新疆大学社科基金资助项目成果

|光明社科文库|

柯尔律治诗歌中的光

董 伊◎著

光明日报出版社

图书在版编目（CIP）数据

柯尔律治诗歌中的光 / 董伊著. -- 北京：光明日报出版社，2023.6
ISBN 978-7-5194-7715-8

Ⅰ.①柯… Ⅱ.①董… Ⅲ.①柯勒律治（Coleridge, Samuel Taylor 1772-1834）-诗歌研究 Ⅳ.①I561.072

中国国家版本馆 CIP 数据核字（2024）第 003186 号

柯尔律治诗歌中的光
KEER LÜZHI SHIGE ZHONG DE GUANG

著　　者：董伊	
责任编辑：史　宁	责任校对：许　怡　贾　丹
封面设计：中联华文	责任印制：曹　净

出版发行：光明日报出版社
地　　址：北京市西城区永安路 106 号，100050
电　　话：010-63169890（咨询），010-63131930（邮购）
传　　真：010-63131930
网　　址：http://book.gmw.cn
E - mail：gmrbcbs@gmw.cn
法律顾问：北京市兰台律师事务所龚柳方律师
印　　刷：三河市华东印刷有限公司
装　　订：三河市华东印刷有限公司
本书如有破损、缺页、装订错误，请与本社联系调换，电话：010-63131930

开　　本：170mm×240mm	
字　　数：192 千字	印　　张：15.5
版　　次：2024 年 3 月第 1 版	印　　次：2024 年 3 月第 1 次印刷
书　　号：ISBN 978-7-5194-7715-8	
定　　价：95.00 元	

版权所有　　翻印必究

序

本书主要研究18世纪欧洲光学知识对英国诗人柯尔律治思想及诗作的影响，材料主要来源为加拿大学者凯瑟琳·科伯恩（Kathleen Coburn）于2002年主编完成的《柯尔律治全集》（即"伯林根"系列丛书，Bollingen series）和《柯尔律治笔记》。

随着外国文学研究和马克思主义融合的不断深化，外国文学研究在方法上越来越重视"文史互证"性和跨学科性，尤其注重科技发展对社会文化的促动作用研究。本书从跨学科视角重读经典作家的经典作品，对丰富我国外国文学研究成果、形成有中国特色的外国文学研究理论体系具有参考价值。

国外不乏从跨学科视角重读柯尔律治作品的研究成果，如心理学、医学、试验方法、博物学等，但鲜有人采用过光学视角。国内外著述主要关注柯尔律治的文学理论、哲学和神学观点，而本文关注的是他和科学家相互砥砺、共同发展的关系。本书覆盖了柯尔律治的主要诗歌类型，包括谈话诗、玄幻诗、寓言诗。篇章顺序安排按照他的诗歌创作历程展开，其内在逻辑遵循他对光学的探究历程，即一个从外到内、从唯物到唯心的发展过程。在论证过程中，本书重史料的分析和综合，轻个人阐发，努力让史料"说话"。

前　言

本书将塞缪尔·泰勒·柯尔律治的作品置于同时代的科学文化史中，发现光对于柯尔律治的诗歌创作具有相当重要的意义。柯尔律治不满于映入眼帘的光，他渴望看到光之外的世界，甚至自愿失明；至此，他想象用眼放光，用这种内源之光向外执掌世界，向内探寻光源。具体而言，柯尔律治在谈话诗中借用光学话语和新的天文发现为外源之光的神性辩护；之后，他在寓言诗中试图超越外源之光，克服科学家之盲，愿做一副望远镜，而不愿做一把显微镜；他在玄幻诗中尝试构建一套"用眼放光"的话语，渴望拥有一双像生物磁疗师那样两眼放光的眼睛；最后，他探索内源之光的光源，发现客体源自主体，主体源自内向性，借助光学话语形成了一套独创的认识论；他尝试用镜子返照出光源，永远奔波在追逐影子的过程上。

总之，不论是对光源位置的思考，还是对照射方向的想象，柯尔律治对光的思考归根结底是为了探究认识能力的本源。他通过光的隐喻思考这一问题，所能得到的本源只能是 subject（主体）里的 sub（幽闭性）。正如反光体无法看到发光体，他永远也看不到这一本源。柯尔律治将光学知识化成诗歌，创造了一种诗人的光学，以此与科学家的光学较力。

目 录
CONTENTS

绪 论 …………………………………………………………… 1
    第一节　研究对象　1
    第二节　文献综述　4
    第三节　选题意义　40
    第四节　研究方法　45
    第五节　章节安排　48

第一章　外源之光：光学和柯尔律治的谈话诗 …………… 50
    第一节　后　像　55
    第二节　景象的流变　61
    第三节　观天象　68
    第四节　对后像祛魅　83
    第五节　颜色　91

第二章　光外之光：盲和柯尔律治的寓言诗 ……………… 102
    第一节　因科学而盲　105
    第二节　为信仰而盲　119

第三章　内源之光：生物磁疗术和柯尔律治的玄幻诗 ·············· 138
 第一节　生物磁疗术　141
 第二节　愿意相信　149
 第三节　阿尔伯特的眼睛　163
 第四节　老水手的眼睛　171
 第五节　吉若丁的眼睛　177
 第六节　疯癫诗人的眼睛　182

第四章　光源之谜：晚期柯尔律治的认识论 ·············· 197
 第一节　客源于主　198
 第二节　主源于内　211
 第三节　追逐影子　220

结　　语 ·············· 226
参考文献 ·············· 230
后　　记 ·············· 236

绪　论

第一节　研究对象

　　本书在浪漫主义时期"文理未分"的历史背景下探究柯尔律治作品中"光"的形象，从文化史的视角考察18、19世纪之交的光学知识对柯尔律治文学作品及思想著作的影响，依靠丰富的佐证材料从柯尔律治的经典诗作中读出新意，用"光"学的话语解读柯尔律治的认识论体系。本书期望在文学研究中凸显被他者化了的科学话题，以此扩展浪漫派文学研究的视野。

　　塞缪尔·泰勒·柯尔律治（Samuel Taylor Coleridge，1772—1834），英国诗人、文评家、哲学家、神学家、政治活动家、心理学家、记者。

他的思想包罗万象，稍稍推敲一下就可以佐证任何论断①，他用有机论赋予文学作品以生命，将原则从神学引入文学批评，为文学的自律乃至文学学科的独立提供了理论支柱。柯尔律治的思想分早、中、晚三个阶段：早期他追随一位论，政治上激进，创作如《忽必烈汗》《老水手吟》等优秀的诗作；1802年后，他抛弃一位论，政治上转为保守，开始将德国哲学引入英国文学批评，在举办一系列文学、哲学讲座后，于1815年完成《文学生涯》；完成了文学事业后，他转而潜心研究三位一体论神学，发表了《思想协助》《通俗布道》等神学著作。他的大部分诗作成于前期，而思想著述成于中后期。可以说，柯尔律治以一位诗人的形象面世，却以一位思想家的形象离世。然而，他的思想不成体系，用中后期思想解释前期诗作会让这些诗歌愈显神秘。柯尔律治一生创作了706首诗歌②，但精品的数量对于一位诗人而言并不多。这些精品诗歌可分为三类：早期的谈话诗、中期的玄幻诗和后期的寓言诗。

---

① 瑞恰兹语。VIGUS J, WRIGHT J. Preface [M] //VIGUS J, WRIGHT J. Coleridge's Textual Afterlives. Houndmills: Palgrave Macmillan, 2008: vii-viii. 英国文评家 L. C. 奈茨（L. C. Knights）也有类似的评价："柯尔律治的世界万物相连。"（In Coleridgean world, everything is connected with everything else.）转引自 PERRY S. Coleridge and the Uses of Division [M]. Oxford: Clarendon Press, 1999: 6. 此外，骚赛也有类似的评价，但略显恶毒：他喜欢"玩弄体系，任何荒唐之言都会被他推演出什么新花样来"。转引自陆建德. 我相信，所以我理解——关于柯尔律治"循环论证"的思考 [J]. 外国文学评论, 1993 (3): 41-49. 保罗·汉密尔顿（Paul Hamilton）对这种"毁誉参半"的评价刻薄地概括道：肯定柯尔律治的人全然无视柯尔律治诗学中的缺漏，他们自己会积极地为柯尔律治的体系补漏，成功与否取决于他们是否成功地把握了柯尔律治暗示的想象力理论，所以这种读者多半会自以为是地赞叹柯尔律治预埋下的玄机和自己的悟性。否定柯尔律治的人像蔑视丑闻（通过服用鸦片酊来获得超验体验的做法）一样蔑视他的学术成就，例如李维斯（F. R. Leavis）对柯尔律治的定论："柯尔律治在学术经典中的地位和声望多少源自丑闻"；他们认为柯尔律治拿一套漏洞百出的体系骗人；就算不计较漏洞，所得出的"文学理论"也与大家心目中的文学理论大相径庭；他的实践批评最多只能算是哲学的边角料。HAMILTON P. Coleridge's Poetics [M]. Oxford: Blackwell, 1983: 1-2.

② COLERIDGE S T. Poetical Works, I [M] //MAYS J C C. The Collected Works of Samuel Taylor Coleridge, Volume 16. Princeton: Princeton University Press, 2001: xxxii.

>>> 绪 论

  1834 年去世后，柯尔律治的杂文集《朋友》启发了英国保守主义社会批判理论，托马斯·卡莱尔（Thomas Carlyle）和马修·阿诺德（Mathew Arnold）看到的是社会评论家柯尔律治；20 世纪 30 年代，瑞恰兹（I. A. Richards）的《柯尔律治论想象》为英语文学界引入了文学评论家柯尔律治；二战后，艾布拉姆斯（M. H. Abrams）的一系列著作又塑造了哲学家柯尔律治。2002 年，凯瑟琳·科伯恩（Kathleen Coburn）主编的《柯尔律治全集》（即"伯林根"系列丛书，Bollingen series）和《柯尔律治笔记》大功告成，两部丛书共计 22 卷 44 册，耗时三十余年，它们为柯尔律治研究提供了持久的动力。

  新千年伊始，新历史主义批评家尼古拉斯·罗（Nicholas Roe）继往开来地总结道："对这位诗人的研究话题大部分仍集中在浪漫派的超验性上。重要论文集里收录的论文就证明了这一点：《柯尔律治的想象》（1986）、《柯尔律治的想象与今日》（1989）、《柯尔律治、济慈、想象》（1990）、《柯尔律治神启的语言》（1993）①。这些论文大都讨论了柯尔律治眼中想象这一概念的'林林总总'。是时候出一部文集研究诗人广博的兴趣和成就，进而扩大浪漫派研究的范围。"不难发现，罗虽然肯定了唯心主义范式复兴浪漫派研究的功劳，但他的"林林总总"却暗指了这一范式所面临的资源枯竭。然而，罗所代表的新历史主义批评家虽坐拥丰厚的历史资料，但左派的政治信仰却限制了新历史主义的理论归宿：

---

① ROE N. Preface and Acknowledgements [M]//ROE N. Samuel Taylor Coleridge and the Sciences of Life. Oxford: Oxford University Press, 2001: vii. 国内近些年来对柯尔律治的研究专著似乎延续了这种对超验性的关注：李枫. 诗人的神学——柯勒律治的浪漫主义思想 [M]. 北京：社会科学文献出版社，2008；白利兵. 走上神坛的莎士比亚：柯勒律治莎评研究 [M]. 北京：中国电影出版社，2009；董琦琦. 启示与体验：柯尔律治艺术理论的神性维度 [M]. 北京：光明日报出版社，2010；刘孟妍. 对立与统一：柯勒律治批评文论中的"生命哲学" [M]. 成都：四川大学出版社，2017；张玮玮. 生态批评视域中的柯勒律治文艺理论研究 [M]. 北京：经济管理出版社，2018；鲁春芳，郭峰. 柯尔律治诗歌的灵视与自然 [M]. 杭州：浙江工商大学出版社，2018.

3

"罗"们忙于重新定位柯尔律治的政治立场,重新雕刻柯尔律治的历史形象,煞费苦心地将柯尔律治的作品解读为左派政治的脚注①;如此对柯尔律治思想的大刀阔斧地简化让他的文学遗产所剩无几,因此也备受后辈的质疑。② 如何克服新历史主义的缺点,又能利用史料延续柯尔律治遗留下来的文学自律原则呢?只有增加历史图景的宽幅和纵深,考察他在其他学科的涉猎,我们才能更加全面地掌握他的文学遗产。

第二节 文献综述

一、18—19世纪之交的科学

根据《不列颠百科全书》,科学是"有关物质世界和其现象的知识体

---

① 例如,彼得·吉岑(Peter Kitson)在《柯尔律治、法国大革命、〈老水手吟〉:集体的懊悔与个人的拯救》一文中认为老水手射杀信天翁后感到的懊悔实际上是诗人因早年支持法国大革命的暴行而感到的懊悔。KITSON P. Coleridge, the French Revolution, and 'The Ancient Mariner': Collective Guilt and Individual Salvation [J]. Yearbook of English Studies, 1989 (19): 197-207. 提姆·富尔福德(Tim Fulford)在《蓄奴制、迷信与玄幻诗》认为水手着魔后变成的僵尸影射的是贩奴船上的奴隶。FULFORD T. Slavery and Superstition in the Supernatural Poems [M] //NEWLYN L. Cambridge Companion to Coleridge. Cambridge: Cambridge University Press, 2002: 45-58. 保罗·马格努森(Paul Magnuson)在《〈霜寒夜〉的政治指涉》一文中认为该诗首尾的"冰柱"(icicles)指的是政府派到史托威镇监视他和华兹华斯的密探,二人在这一临海的小镇被怀疑是在等待法军的登陆。MAGNUSON P. The Politics of 'Frost at Midnight' [M] // BLOOM H. Bloom's Modern Critical Views: Samuel Taylor Coleridge - New Edition. New York: Infobase Publishing, 2010: 51-70. 富尔福德还在《传导生命的液体: 18 世纪 90 年代生物磁疗术的政治与诗学》中认为《克丽丝德蓓》中吉若丁对克实施魔法是在暗指当时的皮特政府欺骗英国民众的政治诡计。FULFORD T. Vital Fluid: The Politics of Poetics of Mesmerism in the 1790s [J]. Studies in Romanticism, 2004, 43 (1): 57-78.
② VIGUS J, WRIGHT J. Preface [M] //VIGUS J, WRIGHT J. Coleridge's Textual Afterlives. Houndmills: Palgrave Macmillan, 2008: viii-ix.

系，它涉及客观的观察和系统的实验，探究对普遍真理和基本定律的运作方式"①。然而，不同时代对"科学"的理解是不同的。本文所谓的英国浪漫主义时期的科学指的是仍未专业化、其研究方法仍未固定、止于第二次科学革命（19世纪30年代）的知识体系。科学在历史上经历了两次革命：一是16—17世纪之交的文艺复兴时期，自然科学分裂成数学性的和实验性的，二是18—19世纪之交的浪漫主义时期，作为专业的科学最终形成。② 第二次科学革命取决于发生在19世纪30年代的两件事：一是科学方法的确立，二是"科学家"的诞生。

新的科学研究方法诞生于约翰·赫歇尔（John Herschel）的《自然哲学研究初论》（1831年）。不同于培根在《新工具》里提倡的单纯靠归纳的研究方法，赫歇尔发现当时的各门自然科学都在运用归纳+演绎的方法：首先，通过观察、实验仔细收集量化的信息；其次，从信息中归纳出一个普遍的假说；最后，通过观察、实验验证这个假说是否成立。③ 这正是今天的科学研究方法。

第二个事件是"科学家"职业化的开始。1833年以前没有"科学家"（scientist）这一称谓，更没有"职业的科学家"一说，只有科学人士（man of science）、"自然哲学家"（natural philosopher）、"自然史学

---

① 笔者以为，如今"科学"这一概念的含义已变得相当模糊。在现代汉语的话述中，"科学"可以指：1. 通过"格物"（接触事物）获得的知识，或通过"切割"（梵语 chyati，拉丁语 scindere）得来的知识；2. 理性，合理度，大部分人都认可的程度，如"这样做不科学"，或"社会科学"；3. 对"真理"的追求，与技术、实践相对，如"科学精神"；4. 为获真理而勇于批判的精神，"吾爱吾师，吾更爱真理"的精神；5. 经验实证主义研究方法，或称"理科的研究方法"，与文科相对立；6. 技术，techtonic age（科学时代），有关外部世界的、掌控、运用外部世界的知识。
② CUNNINGHAM A, JARDINE N. Introduction: The Age of Reflexion [M]//CUNNINGHAM A, JARDINE N. Romanticism and the Sciences. Cambridge: Cambridge University Press, 1990: 1.
③ HERSCHEL J F W. A Preliminary Discourse on the Study of Natural Philosophy [M]. New York: Cambridge University Press, 1830: 36-220.

家"（即博物学家，natural historian），研究科学的人从今天看都属于业余爱好。① "科学家"这一名称由英国科学家威廉姆·温伟尔（William Whewell）于1833年首创，专指那些沿用培根归纳实验法的研究人员。这一命名与柯尔律治还有一段渊源：他给温伟尔写信时抱怨"自然哲学家"中的"哲学家"含义过于宽泛、高雅。② 柯尔律治本以为科学人士与自己一样都有一颗寻求真理的心，但没想到后者却背叛了"初衷"，只满足用实验积累知识（scientia）；他认为科学人士不配"哲学家"这一称号，便建议模仿"艺术家"（artist）的构词法，称他们为"知识家"（即科学家，scientist）。③ 拉斯顿的说法略有差异："'科学家'这个名词在'英国科学进步会'（British Association for the Advancement of Science）的一次会议上被首次提出，柯尔律治好像参与了这次会议，他反对继续使用'哲学家'这一词指代这些人。"《评论季刊》（*Quarterly Review*）1834年第51期第59页记载："一位聪明的绅士提议，我们按照'艺术家'（artist）这个词的构词法称他们为'科学家'。"④

通常而言，英国浪漫主义时期始于1798年《抒情歌谣集》第一版的出版，终于维多利亚女王登基（1837年），因此，本文所谓的浪漫主义时期的科学指的是处于第二次科学革命（19世纪30年代）前夕的科学，即仍未被专业化、其研究方法仍未固定的科学。在浪漫主义时期的英国，

---

① FULFORD T. Science [M] //ROE N. An Oxford Guide：Romanticism. Oxford：Oxford University Press，2005：90. 虽说如此，为了表达方便，本文仍然称与柯尔律治同代的科学人士（man of science）、自然科学家（natural philosopher）、博物学家（natural historian）为"科学家"。
② ROSS S. Scientist：The Story of a Word [J]. Annals of Science，1962，18（2）：68-85.
③ FULFORD T. Science [M] //ROE N. An Oxford Guide：Romanticism. Oxford：Oxford University Press，2005：90.
④ RUSTON S. Shelley and Vitality [M]. Houndmills：Palgrave MacMillan，2005：186.

science 相当于 scientia，即 knowledge 的复数。① 当时的科学包含自然哲学（natural philosophy）和博物学（natural history）。前者包括物理、化学、光学等，演变为今天的自然科学（physical science）。整个 19 世纪，自然哲学和自然科学是可以互换的同义词。② 博物学包括园艺学、动物学和矿物学，部分演变为今天的生物学。与自然科学不同，博物学研究者极力撇清与传统哲学（如亚里士多德的自然哲学）的联系，他们遵循的是 17 世纪培根留下的经验主义传统。③ 斯苔芳诺·伯基（Stefano Poggi）在论文集《科学中的浪漫主义：科学在欧洲，1790—1840》的导言中指出，19 世纪初的欧洲科学界存在一种反思笛卡尔、培根传统的"浪漫主义的意识"，他的论述可归纳为四点。一、在本体论上，浪漫主义科学家摒弃了自然神论，认为大宇宙和小宇宙是同构相连、神圣和谐的。二、在诉求上，浪漫主义科学家对知识的追求从外部功能转向内部机制，从分门别类转向全面系统。这种从应用向理论的转向正是技术蜕变为科学的历史拐点。他们认识到技术会让人异化，相信只有客观、系统的科学才能克服这种异化。三、在对象上，18 世纪的科学家多关注无机世界，所得到的知识形成了如今的物理科学，而 19 世纪的科学家多关注有机世界，所得到的知识就是生命科学。四、在方法上，他们开始质疑"人为呈现"观察对象的英式科研方法，开始认可"自然呈现"观察对象的德式科研方法。当然，与"浪漫主义科学"④ 不同，科学浪漫主义⑤没有将观察、

---

① KELLEY T M. Science [M]//FAFLAK J, WRIGHT J M. A Handbook of romanticism Studies. Chichester: Wiley Blackwell, 2012: 357.
② 除书名（如赫歇尔的《自然哲学研究初论》）和德国自然哲学（Naturphilosophe）之外，本文均将 natural philosophy 译为"自然科学"。
③ HERRINGMAN N. Romanticism [M]//CLARKE Bruce, ROSSINI M. Routledge Companion to Science and Literature. London: Routledge, 2010: 462-473.
④ Romantic science，这里指德国自然哲学，Naturphilosophe。
⑤ Scientific romanticism，指"科学浪漫主义时期的形态"，即浪漫主义时期的科学。

经验降低到次要地位，而是在19世纪末逐渐用观察取代了猜想（speculation）。①

浪漫主义时期，文学和科学尚未完全成为分立的学科，二者的关系要比今天更紧密。根据当代科学史专家戴维·耐特（David Knight）的观点，在18—19世纪之交，"science"与"arts"并不相对：工程被当作实用技艺（art）属于"arts"；其余大部分学科，如化学、历史、神学都被视为"science"。真正的分裂是在"science"内部：一部分由理性统摄，一部分由惯例统摄。有些学科，如药学，被视为一种职业。在公开场合谈论药学是失礼的，会被称作"会讲话的药铺子"②。吉利安·比尔（Gillian Beer）和乔治·莱文（George Levine）指出浪漫派的自然科学和博物学同样具有一种人文主义精神。③ 正如戴维·耐特所言，浪漫主义时期的科学著作很强调作者的声音和风格，其描写渗透着作者的情感，兼具了审美性与科学性。戴维认为，要研究自然，研究者的心里要敬仰自然、爱慕自然，要积极地动用个人情感。柯尔律治发现当时的科学家和其成果都有独特的个人风格，遂将这个时代称作"人格的时代"。自然科学是个人与自然的交流，并不是人对自然的尸检——自然不会向钟表匠或解剖员敞开，后者只知道把原物拆解成无用的零件，然后面对神的杰作自叹不如。④ 于此观点不同，马克·格林伯格（Mark Greenberg）认为，早在浪漫主义时期之前就存在"文理二分"的雏形，只是在浪漫主义时

---

① STAFANO P. Introduction [M]//STAFANO P, MAURIZIO B. Romanticism in Science: Science in Europe, 1790—1840. Dordrecht: Spriger, 1994: xi-xv.
② KNIGHT D. Romanticism and the Sciences [M]//CUNNINGHAM A, JARDINE N. Romanticism and the Sciences. Cambridge: Cambridge University Press, 1990: 14.
③ HERRINGMAN N. Romanticism [M]//CLARKE Bruce, ROSSINI M. Routledge Companion to Science and Literature. London: Routledge, 2010: 462-473.
④ KNIGHT D. Romanticism and the Sciences [M]//Cunningham A, Jardine N. Romanticism and the Sciences. Cambridge: Cambridge University Press, 1990: 15.

期权力的运作下二者又重新融合了。① 博物学家约瑟夫·班克斯（Joseph Banks）和化学家汉弗莱·戴维（Humphrey Davy）先后担任皇家科学院主席的时候，"科学"是一个门槛不高、但又能彰显身份、地位的谈资，科学知识随即成了文人竞相效仿的抢手货。在这一潮流的驱使下，"自然史"（即博物学，natural history）和"自然哲学"（即自然科学，natural philosophy）联手组成了如今的科学，而这个执掌着两个分野的人——"科学家"就是温伟尔在1833年专门献给去世不久的戴维的荣誉称号。可见，当科学家纷纷加官晋爵之后，科学自然就获得了高于哲学、文学的学科独立性。崇尚科学的安娜·巴鲍德（Anna Barbauld）将科学与创作灵感和自由精神联系起来，可见文理汇合的早期动力仍是为了拧成一股异见政治的力量。然而，女作家夏洛特·史密斯（Charlotte Smith）批评"科学的自吹自擂实在是虚荣"、布莱克批评"科学"已不再像曾经那样纯粹的时候，这时的科学家已被权力收编，转型为了保守势力。②

根据科学史学家尼古拉斯·海瑞因曼（Nilolas Herringman），浪漫主义时期的科学对于不同的阶级、性别、国别来说也具有细微的差异。贵族多选择英国国教建制的大学；鉴于教派的排挤，中产阶级多选择类似一位论的异见教派建制的大学。非建制大学不像建制大学那样重视古典研究，而更重视自然科学和博物学的课程。他们认为，古典学是贵族的知识，而科学才是中产阶级的知识。芭芭拉·盖茨（Barbara Gates）和安·诗黛尔（Ann Shteir）指出，19世纪的女性科学书写多与博物学相关，具有普及科学知识的教学的功效，而同时代的男性科学书写多与自

---

① HERRINGMAN N. Romanticism [M] //CLARKE Bruce, ROSSINI M. Routledge Companion to Science and Literature. London: Routledge, 2010: 462-473.
② HERRINGMAN N. Romanticism [M] //CLARKE Bruce, ROSSINI M. Routledge Companion to Science and Literature. London: Routledge, 2010: 462-473.

然科学相关，逐渐演化为如今的自然科学。由于数学家、哲学家谢林成功地将文科和理科融合在唯心的德国自然哲学（Naturphilosophe）中，受此影响，德国浪漫主义时期的文学和科学从一开始就没有完全分裂。相比之下，同时期的文学和科学在英国的差别更加明显。因此，科学在德国仍然属于哲学的范畴，在英国却标志科学学科化的自觉。①

总之，英国浪漫主义时期的科学仍未专业化，其研究方法仍未固定，故包含相当多的猜想的成分；它洋溢着浓厚的人文情怀，汲取着德国自然哲学的养分，受中产阶级喜爱，且与权力有着暧昧的关系。正因如此，当时的文人才对科学产生了兴趣，科学才可以影响文学。②

二、浪漫派与科学

"反科学"的声音在浪漫派作品中的确十分清晰。华兹华斯反对抽象的科学概念：用科学接近自然，我们会"杀戮并肢解"自然；只有"反其道"而行，我们才能让自然之美和自然之谜重获惊异感。柯尔律治视科学为"咿呀学话的泉水"，毫无主动性和道德感，就连"五百个牛顿也

---

① HERRINGMAN N. Romanticism［M］//CLARKE Bruce, ROSSINI M. Routledge Companion to Science and Literature. London：Routledge，2010：462-473.

② 在欧洲思想史研究中，浪漫主义思潮对理性的扬弃已是常识。国内学者卓新平在为李枫2008年的专著《诗人的神学——柯勒律治的浪漫主义思想》作序时指出，欧洲浪漫主义虽然看到了"理性"的不足，却并不是要"放弃"而是积极地"扬弃"理性。为了佐证，他引用了巴尔松对浪漫主义的一段高屋建瓴的定义："浪漫主义不是仅仅反对或推翻启蒙时代的新古典主义的"理性"，而是力求扩大它的视野，并凭借返回一种更为宽广的传统……既珍视宗教，也珍视科学；既珍视形式的严谨，也珍视内容的要求；既珍视现实，也珍视理想；既珍视个人，也珍视集体；既珍视秩序，也珍视自由；既珍视人，也珍视自然。"李枫. 诗人的神学——柯勒律治的浪漫主义思想［M］. 北京：社会科学文献出版社，2008：2. 笔者认为，若将科学等同于18世纪理性主义的遗产，那么，这段话则提前为本研究画上了句号。然而问题是，科学是否等同于理性？理性是否只包含科学？是否还存在其他种类的理性？这些问题的答案指向着另一个话题，毕竟本课题的研究对象是科学，并非理性的某个亚种。

比不上一个弥尔顿";"诗之所以是诗,是因为它不是科学,不是人类史,也不是自然史。"① 在布莱克的神话体系里,尤里森(Urizen)代表理性,扮演了相当于《失乐园》中撒旦的角色。在雪莱的《诗辩》里,诗歌是知识的圆心和周线;诗理解一切科学,是一切科学的起源和归宿。济慈在《拉米亚》里认为科学拆解了彩虹,令世界乏味无趣。《弗兰克斯坦》的导师原型是英国皇家学会主席汉佛莱·戴维;作为第二次科学革命的代表人物,他特意区别了炼金术和化学,并指出现代科学的进步性;然而玛丽·雪莱(Mary Shelley)却故意让故事中的弗兰克斯坦打破一系列道德界限,将现代科学家刻画成渴望权力的炼金术士。② 整体而言,浪漫派诗人好像都在"诅咒现代城市文明,缅怀封建中古,批判理性和机械方法论,否定技术进步"③,这也代表了国内学界普遍的观点。

早期的评论家对浪漫派诗人本人的态度全盘接受,没有考虑到18世纪科学的特殊性,导致浪漫派曾一度被解读为是反科学的。随着更多文献的问世,研究者逐渐明白,浪漫派诗人所批判的是那种"有几分证据说几分话"的实证主义研究方法。对于18世纪的机械论科学(如物理学)浪漫派是排斥的,对于19世纪的有机论科学(如生物学)他们则是拥抱的。歌德挞伐书斋式的学者,认为他们对自然态度冷漠,只会用"杠杆和螺钉"将知识从自然中撬出来;然而歌德自己在科学探索中却十分讲究方法,他所有的结论都严格基于观察和实验。柯尔律治在写给华兹华斯的信中声称,"机械论将向任何值得思考的东西都掷出致命的一

---

① COLERIDGE S T, Biographia Literaria, II [M] //MAYS J C C. The Collected Works of Samuel Taylor Coleridge, Volume 7. Princeton: Princeton University Press, 1983: 9-10.
② HERRINGMAN N. Romanticism [M] //CLARKE Bruce, ROSSINI M. Routledge Companion to Science and Literature. London: Routledge, 2010: 462-473.
③ 孙红霞. 18世纪—19世纪中叶的浪漫主义反科学思潮——一种另类认识论和方法论[J]. 自然辩证法研究, 2010, 26 (10): 30-35.

击",牛顿是机械论的"始作俑者"。① 但在读完他的《光学》之后,柯尔律治竟然赞叹牛顿的"实验工整而完美,从中归纳出的语言及时且准确"。柯尔律治并不完全反对机械论,只是认为它肤浅片面,他要用自己的"生命与智性哲学"去弥补它的不足。博物学与自然科学缘起于启蒙运动。在浪漫派眼里,博物学与自然科学使人类堕落,与自然分离;但同时他们也认为,二者也是一条救赎和回归之路。② 有些学者还会混淆18、19世纪两种不同的科学观念。例如,谢海长认为国内学者普遍认为华兹华斯是反对科学的③,并以此为他的"华兹华斯共生论"立论。但他却没有发现,他援引的国内学者孙红霞在文章第一页的注释里特意说明,她所指的"科学"是18世纪笛卡尔、牛顿的科学研究方法,并非19世纪的有机论科学。艾布拉姆斯在《镜与灯》的最后一章《浪漫派批评理论中的科学与诗歌》中也没有区分"科学"在18世纪英国的双重含义:一是作为机械论世界观和实证主义研究方法的"科学",二是作为18世纪新发现的知识的"科学";艾布拉姆斯在"实证主义"和"科学"两个概念之间画等号;虽然他认可了诗人对新知的包含和取用,但他唯一选用的文本例证《拉弥亚》却放大了诗人对新知的敌意以及对祛魅的不满。④

随着文献的不断丰富,"反科学"的认识逐渐软化为"文理二分""互为砥砺"的观点。汉斯·埃西纳(Hans Eichner)1982年的论文《现代科学的崛起与浪漫主义的出现》从思想史的角度坚持这种"文理二分":古典主义误将自然科学的原则运用到了精神科学上,而浪漫主义则矫枉过正

---

① 实际上是笛卡尔。
② CUNNINGHAM A,JARDINE N. Introduction:The Age of Reflexion[M]//CUNNINGHAM A,JARDINE N. Romanticism and the Sciences. Cambridge:Cambridge University Press,1990:4.
③ 谢海长. 论华兹华斯的诗与科学共生思想[J]. 外国文学,2014(4):193-205.
④ ABRAMS M H. The Mirror and the Lamp:Romantic Theory and the Critical Tradition[M]. Oxford:Oxford University Press,1953:308-312.

地用精神科学的原则统摄自然科学。① 莫林·麦克莱恩（Maureen McLane）2000 年的专著《浪漫派和人文科学：诗歌、人及其话语》关注人文主义特有的含混的特征，既批判了新人文主义对文学的崇拜，也批判了反人文主义、后人文主义对文学的轻蔑，从而巩固了诗与知识之间的鸿沟。② 国内学者谢海长 2014 年的论文《论华兹华斯的诗与科学共生思想》持有相似的观点。他指出，"华兹华斯与同时代科学家的交往已经发展成一种思想砥砺"，"诗人既要像科学家一样奋发有为，又要贡献'神圣精神'去援助物质性或工具性科学，实现其'穿上血肉丰满的衣装'的'形变'，让诗与科学共生共荣、协同造福人类"。国内学者郝苑发现，浪漫主义与同代的 19 世纪科学有着紧密的关联和积极的互动："一方面，生物学、心灵科学和生理学等自然科学的发展，既支持了浪漫主义对机械论自然观的批判，又激发了浪漫主义形成带有活力论特征的自然观、人性观和文化观；另一方面，浪漫主义又从认识论、方法论和本体论等层面，清除了机械论的思想教条，削弱了古典物理学的学术霸权，推进了科学方法的多元化，推动了科学在世纪的多元发展。"③ 值得注意的是，郝苑有意放大了文学对科学的影响——科学家似乎要受到人文思想的指导才能变得"浪漫"。"文"影响"理"的部分，他的标题为"浪漫主义对科学的促动"；"理"影响"文"的部分，他的标题则为"浪漫主义的科学背景"。这样起名无非是为了暗示"文"相对于"理"的独立性。

在新历史主义文评家的眼里，文学和科学并非天然隔绝的"两种文化"，特定时期的科学也是促成同期文学的成因之一。直到 20 世纪初，

---

① EICHNER H. The Rise of Modern Science and the Genesis of Romanticism [J]. Modern Language Association, 1982, 97 (1): 8-30.
② MCLANE M N. Romanticism and Human Sciences: Poetry, Population, and the Discourse of the Species [M]. Cambridge: Cambridge University Press, 2000: 1-9.
③ 郝苑. 科学与浪漫主义 [J]. 自然辩证法通讯, 2014, 36 (3): 88-95.

英美学界才开始正视科学对浪漫派文学的影响。出身于新历史主义的批评家提姆·富尔福德（Tim Fulford）编纂的5卷本的《浪漫主义与科学：1773—1833》发表于2002年，这部文集将与浪漫派文学有关的同期科学文献分为22门学科，所选文献均为英文，曾在英国流通，且都属于在英国被认可为科学的话题，因此，影响柯尔律治的德国自然哲学这部合辑没有收录。期刊《浪漫派研究》（Study in Romanticism）在2004年的第三期开专栏集中讨论了"浪漫派与科学"这个话题。专栏收集了5篇论文。话题主持人、济慈研究专家赫尔迈厄尼·德·阿尔梅达（Hermione De Almeida）① 在这一期的最后一篇文章《浪漫派与生命学说的兴起：研究前景》中罗列了很多有待研究的话题，颇为有趣：华兹华斯与伊拉斯莫斯·达尔文（Erasmus Darwin）的几何学；柯尔律治与德国自然哲学（naturphilosophie）、约翰·弗里德里希·布鲁门巴哈（Johann Friedrich Blumenbach）的种族理论；布莱克与生殖理论；拜伦与革命性的混乱理论；雪莱与戴维的化学、伊拉斯莫斯·达尔文的园艺学、素食主义；玛丽·雪莱与畸形学、产科学；济慈与大脑生理学、激进医学。作者相信，这样的文化史研究扩展了文学研究的视野，在这一领域撒播了更多的研究种子。② 学界似乎受到了启发，进入新世纪后，使用科学文化史研究浪

---

① 阿尔梅达可谓是第一个用科学文化史研究浪漫派诗歌的学者，早在1991年，她的专著《浪漫主义医学与约翰·济慈》就结合浪漫主义时期的医学史料，从济慈诗歌中读出了外科医生救死扶伤的天责、生命的意义、健康的构成与疾病的药方、物与心的演化这四个话题；例如，作者在第16章中介绍，肺结核的症状（发热、胸闷、面色苍白）与相思病很像，因此在那个年代，肺结核被认为是情感过于丰富（滥情）的后果。《希腊古瓮颂》上"面红耳赤、呼吸急促"的少男少女正处于为情而死之前的半生半死的状态。作者最终指出，济慈是灵魂的外科医生，他的美学是一种疗伤的人文科学。ALMEIDA H D. Romantic Medicine and John Keats [J]. Oxford: Oxford University Press, 1991 (4): 206-207, 209-210.

② ALMEIDA H. Romanticism and the Triumph of Life Science: Prospects for Study [J]. Study in Romanticism, 2004, 43 (1): 119-137.

漫派文学的学者越来越多。在他们眼里，文学和科学并非天然隔绝的"两种文化"，特定时期的科学也是促成同期文学的成因之一。

威廉·安德伍德（William Underwood）1997 年的博士论文《英国浪漫派中作为工作的阳光：诗歌、科学与自发性生产理论》回答的问题是浪漫派文学如何用阳光隐喻工作？18 世纪末的资产阶级坚持勤劳致富，但另一种观点认为随性工作才是理想的生活方式。若是将人的工作动力比作孜孜不倦的太阳，让人学习太阳那样心甘情愿地吃苦耐劳，我们就可以解决上述矛盾——从此以后，夸人勤劳不再用 diligent，而是用 energetic。前者"有意劳作"，而后者则是"浑身有使不完的劲儿"。在哲学和诗学领域，太阳还赋予了我们创造的力量。到了 19 世纪，太阳的形象逐渐从这种自然主义转为怀疑主义，即是说虽然太阳仍然是重要的创作源泉，但我们总不能见得全貌，只有从其效果中窥见一斑。对此，柯尔律治的晚期诗歌有所体现。①

克利福德·西斯金（Clifford Siskin）在 1998 年的专著《书写作品：不列颠的文学与社会变革，1700—1830》中区分了新亚里士多德式的实验和培根式的实验：前者为展示型的实验，即研究始于一个理念，再用实验（经验）去佐证这一理念的真实性，在这个模式中，实验是用来辅助科学理念的；后者是探索型的实验，即研究始于实验（经验），再从试验中抽象出一个理念，在这个模式中，实验、经验成为意义的来源，先于理念呈现给我们。西斯金认为《抒情歌谣集》借鉴了培根式的实验观，用主观的、抒情的第一人称透露了客观的、普遍的真理。②

艾伦·理查森（Alan Richardson）2003 年的专著《英国浪漫派与心

---

① UNDERWOOD W E. Sunlight as work in British Romanticism: Poetry, science, and theories of spontaneous production [D]. New York: Cornell University, 1997: abstract.

② SISKIN C. The Work of Writing: Literature and Social Change in Britain, 1700—1830 [M]. Baltimore: Johns Hopkins University Press, 1998: 46.

灵科学》考察了当时丰富的科学发现和假说,在心灵科学史的语境(而非欧陆哲学下的心理学说)内重读了浪漫派作品。例如,理查森在专著第二章《柯尔律治与新无意识》中认为,柯尔律治迟迟不愿发表《忽必烈汗》很可能是因为,在没有弄清楚心理是由大脑独立负责还是身体和大脑共同决定之前,他不愿让自己的诗作卷入同时代心理学的争论,更不愿被划入"身决定脑"的唯物论、机械论阵营。直到浪漫主义时期,人们才开始相信大脑是心灵的处所。然而,尽管柯尔律治毕生坚持身脑合一,但他的《忽必烈汗》仍被后世当作身脑二分的范本:是吸了鸦片的身体让大脑看到了幻想。实际上,与弗洛伊德式的无意识不同,浪漫主义时期的无意识——创作的天赋——是生产性而非压抑性的;它不仅掌管知觉、情感、欲望,还是理性、知觉、概念的源泉。①

乔安·克莱恩奈尔(Joann Kleinneiur)2007年的博士论文《英国诗歌的化学革命,1772—1822》透过化学在浪漫派诗歌中的表现发现了一种成分诗学(compositional poetics)——浪漫派诗人认为语言模仿自然,他们在多变的物质形式和丰富的语言形式之间搭起了一座桥梁,让诗歌像自然那样动了起来。柯尔律治得知结晶从物质内部生成,便认为物质的形式和内容是一起演化的。在《老水手吟》和《霜寒夜》里,作为形

---

① RICHARDSON A. British Romanticism and the Science of the Mind [M]. Cambridge: Cambridge University Press, 2003: viii-xvii, 1-2, 36-65. 丽萨·罗伯森(Lisa Ann Robertson)在10年后重复了理查森的观点。她2013年的博士论文《具身想象:英国浪漫主义认知科学》同样探究了英国浪漫主义文学理论和认知科学理论之间的交集。前人常以为华兹华斯与柯尔律治的思想从早期的经验主义逐渐熟化为后期的先验主义。但若将他们的作品与伊拉斯莫斯·达尔文、汉弗莱·戴维、托马斯·玮致活的认知假说相对比,我们就能发现两位诗人的理论融合了唯物主义的认识论和超验主义的认识论。用今天的认知科学术语说,他们的超验体验(如感受崇高)是一种具身感情(embodied emotion);而生成(enation)则是他们认知心灵、物质、人、自然界之间的关系、情感时的重要前提。可以说,同代科学家对浪漫派文学理论做出了重要的贡献。ROBERTSON L A. The Embodied Imagination: British Romantic Cognitive Science [D]. Edmonton: University of Alberta, 2013: abstract.

式的音步随着作为内容的温度变化形态，像水珠凝结成雪花。①

凯维斯·古德曼（Kevis Goodman）2008 年的文章《浪漫派诗歌与怀旧的科学》更具代表性：文章通过研究"怀旧"的语义变迁，重新解读了华兹华斯的 science of feelings。华兹华斯在《荆棘》（《抒情歌谣集 1800》）后的注释中说：Poetry is the science of feelings. 作者认为，这个词组具有两种解读：如果把 of feelings 视为 science 的属格，则意味着"专门研究情感的科学"；如果把 science of 视为 feelings 的同位格，则意味着"对情感的研究"或"情感学"。前者为赞成科学、模仿科学的"有关情感的科学"，后者为反对科学、类似美学的"情感学"。在他看来，浪漫派诗学观经历了从第一种解读向第二种解读的过渡。18 世纪，怀旧被认为是一种思乡病，医学界研究情感是为了治疗这种病。到了 19 世纪，当怀旧不再被认为是病的时候，研究情感的接力棒从 18 世纪的医生手里传递到了 19 世纪的诗人手里，便成就了浪漫派美学，即大写的诗。他在结论中指出：一、至少在情感研究的方面，科学和浪漫派是承前启后的关系，而非相对；二、以前的医学性怀旧是对历史性的情感依赖，是用情感去追溯历史，而现在的伤感性怀旧变成了情感本身，成了一个空洞的能指，指涉着抽象的过去，这样做间接压制了怀旧这个词原本应有的历史性。②

杰克·诺威尔（Jack Noel）2008 年的专著《浪漫派诗歌中的科学与感觉》为浪漫派诗学所开创的文学自律做了辩护。受到科学研究方法和经验主义认识论的影响，浪漫派诗人在诗作中创造了大量的词汇用以描述感觉。美学研究总是回归英国浪漫主义，是因为在当时审美范畴第一

---

① KLEINNEIUR J. The Chemical Revolution in British Poetry, 1772—1822 [D]. Palo Alto: Stanford University, 2007: iv-v.
② GOODMAN K. Romantic Poetry and the Science of Nostalgia [M] //Cambridge Companion to Romantic Poetry. Cambridge: Cambridge University Press, 2008: 195-199.

次成了一种知识的对象和形式。浪漫派诗歌向上呼应着美学的到来，预示着今天的文学批评的开始；它成了一种审美文化，它具有的历史自觉性和政治独立性，在思想上还为马克思主义铺平了道路。因此，从历史上看，社会批评并不是美学批评的对手，而是从后者中派生而出的。①

罗斯·汉密尔顿（Ross Hamilton）在《"感觉的科学"：华兹华斯的实验诗歌》（2010年）一文中指出，《抒情歌谣集》是一种激动人心的诗学实验，洋溢着科学发现和诗学创新的气氛；而想象力就是支撑华兹华斯"诗歌之学"（poetic science）的内在机制，它像牛顿万有引力一样执掌着宇宙。②

阿曼达·戈尔德斯泰恩（Amanda Jo Goldstein）2011年的博士论文《"甜蜜的科学"：浪漫派唯物主义与新的生命的起源学说》讨论了晚期启蒙诗学和生物医学史的关系。在这个历史时期，文学和科学刚刚开始用不同的方法再现事物。科学和文学二者并非势不两立：诗歌是除科学以外另一种对事物本质的经验性探究。晚期的歌德认为，所谓客观性，是指观察者受到所观察之物影响的可能性。这种观点不仅肯定了客体的主动性，也将生物学的视域从生物内部引向了生物之间。浪漫派文人用韵文、修辞在经验派方法论中开辟了一条新路，例如华兹华斯的"感情的科学"、布莱克的"甜蜜的科学"、歌德的"温柔的经验主义"。这些诗学科学都具有全新的视角（revisionary），它们直面实验主体和实验客体之间的物质交流，承认社会和修辞对感官的影响，并视这一影响为生命的核心。卢克莱修（Lucretius）的经典唯物论认为，身体（文本性的、生物性的）是一个聚合物，它不停地失去、获得非我之物，由此获得外

---

① NOEL J. Science and Sensation in Romantic Poetry [M]. Cambridge: Cambridge University Press, 2008: 1-20.
② HAMLITON R. "The Science of Feelings": Wordsworth's Experimental Poetry [M] //MAHONEY C. A Companion to Romantic Poetry. Chichester: Wiley Blackwell, 2011: 393, 409.

形。因此，身体本身不能直接显现。卢克莱修的著作《事物的本质》认为，随着时间的流逝，外物都在降解，向外发散出微小的原子：simulacra，figurae，imagines。这里的 figurae（原体分子）指从原体身上飘散出的一小部分真实的原体，所有的身体，包括诗人和他们的语言，都会飘散出原体分子。通过这种认识方式，诗歌便可以作用于真实具体的事物。当时的人们不仅对活体研究产生了空前的兴趣，而且也认识到了活体研究的时代意义和历史使命。诗人运用卢克莱修的原子论再现了过去的经历，这就是华兹华斯所谓的"感觉过程的气氛"。象征、讽喻范式一直垄断着浪漫主义的修辞研究，遮蔽了这种唯物的修辞手法。这种唯物的生命哲学观与常见的有机论不同，后者认为，浪漫派诗学和早期生物学具有很多共性；二者都认为，有机体和艺术作品都是自为的整体，它们既是因也是果，分别由生命和想象力生产。康德式和柯尔律治式的有机形式遮蔽了晚期启蒙诗学原本要达到的目的。①

约翰·萨瓦雷斯（John Lorenzo Savarese）2012 年的博士论文《抒情的"将心比心"：英国浪漫派中的科学和文学形式》梳理了浪漫派作品中"将心比心"（mindedness）这一特有的认知途径。18 世纪末是科学和文学学科独立的开始，二者既有冲突，更有交流。例如，文学模仿了其他学科的知识：鲍姆加登的美学的初衷是要用科学研究文学，规定文学，或者说用理性研究文学，规定文学；伯克对文学的研究具有经验心理学的倾向；科学开始"将心比物"地用心研究客观世界，文学则用"将心比心"的方法关注主观世界，并对其寄予厚望。柯尔律治反对联想论是因为后者不承认"心"（心灵）的统摄力，柯尔律治坚持诗歌是体现心灵统摄力的最佳载具；华兹华斯圈将心灵延伸至身体外，认为诗歌是人

---

① GOLDSTEIN A J. Sweet Science: Romantic Materialism and the New Sciences of Life [D]. Berkeley: UC Berkeley, 2011: 1-3.

际思考的载具。由于研究对象的分化，诗歌逐渐弱化了情节动作和实证知识，因此抒情的诗歌成为真正的诗歌，从此文学开始专门指涉抒情的、"将心比心"的作品，"抒情"成为文学的借喻，浪漫主义就是诗歌的抒情化。从此，抒情负责关注主观世界的体验，科学负责积累客观世界的知识。总之，"将心比心"标志着文学学科化、诗歌抒情化的开始。①

约翰·克朗切（Jon Klancher）2013 年的专著《文科与理科的崛起：浪漫派时期的知识与公共文化机构》从文化史中证明了文学对科学欲迎又拒的态度，这种态度最终促成了当代文学的自为。文理分家始于 17 世纪的古今之争：人们发现，在自然科学等理科方面，现代人要高于古代人，而在史诗和演讲等文科方面，古人则高于现代人。18 世纪各种机构的成立就是为推进文科，让它能与理科齐头并进，而柯尔律治的《论方法的原则》（*Essays on Principles of Method*）也是一种机制。他在第七章《柯尔律治学院》中认为，18 世纪，文学一直由上层阶级把守，因此在内容和形式上有诸多限制，史称"文人共和国"（republic of letters）②。将文学引介入大众文化，让诗歌参与科学讨论，让文理融合，就成为进步人士热衷的事业。柯尔律治在 19 世纪前两个十年举办了许多讲座，其规模相当于一所学院。讲座内容多涉及文理融合，如莎评有机论。柯尔律治在《论方法的原则》中提出的元科学体系旨在融合文理，他认为诗高于文学（小说）和科学，是文理的调和物。③

拉斯顿 2013 年的专著《创造浪漫派：18 世纪 90 年代的文学、科学、

---

① SAVARESE J L. Lyric Mindedness: Science and Genre in Romantic Britain [D]. New Brunswick: The State University of New Jersey, 2012: 1-34.
② "文人共和国"指 18 世纪末欧洲启蒙学者（philosophes）组成的共同体，他们互通书信，谈论改革、自由和科学探索等问题。
③ KLANCHER J. Transfiguring the Arts and Sciences: Knowledge and Cultural Institutions in the Romantic Age [M]. Cambridge: Cambridge University Press, 2013: 1-26, 153-161.

医学》复原浪漫派作品的科学、医学语境,展现了科学如何丰富、挑战、促成了自然、想象力、文学作品、文学创作、崇高这些人们熟知的浪漫派概念。从历史上看,华兹华斯与化学家戴维的信件往来促成了如今文理的交锋。可以说,科学界里分裂文理的第一人是化学家戴维,而文学界里分裂文理的第一人是华兹华斯。1802年《抒情歌谣集》的前言塑造了当前文学界敌视科学的态度。然而,纵观这部诗集,其实验的心态、对定律的追求、具体的对象、系统的思想、写实的风格、素朴的语言都说明华兹华斯是在用科学的方法作诗。以身体形象为代表的医学语言在《抒情歌谣集》中也十分显著——身体是说明文学有机论的最佳隐喻,且读者的身体乃至国家的身体也是诗歌旨在改善的对象。作者总结道:与文学观念、哲学观念一样,科学也是浪漫派的成因之一。①

罗伯特·米切尔(Robert Mitchell)2013年的专著《实验性的生命:浪漫派文学与科学中的活力论》(*Experimental Life: Vitalism Romantic Literature and Science*)从艺术实验的角度出发,探讨了浪漫派文学中对"万物皆生命"这一观点的探索性、实验性思考;正是因为诗人从科学挪用了实验这一概念,艺术才得以崛起。作者还认为,华兹华斯和柯尔律治在《抒情歌谣集》的"前言"中强调"诗集是实验"是为了借科学之名获得声誉和地位。②

从科学文化史视角入手浪漫派文学研究的做法脱胎于新历史主义。最早为其提出细读方法的学者尼古拉斯·罗是一位知名的新历史主义者,与他为伍的彼得·吉岑、提姆·富尔福德都是用新历史主义批评浪漫派的行家,他们有关浪漫主义科学的著作都有明显的左派政治倾向。相比

---

① RUSTON S. Creating Romanticism: Case Studies in the Literature, Science and Medicine of the 1790s [M]. New York: Palgrave MacMillan, 2013: 1-27.
② MICHTELL R. Experimental Life: Vitalism in Romantic Science and Literature [M]. Baltimore: Johns Hopkins University Press, 2013: 1-13.

之下，2010年之后的论文以及所有的博士论文都抛弃了"什么都跟政治挂钩"的笔法，这说明在涉及浪漫主义科学时，新一代学者对科学表现出更纯粹的态度。毕竟，在人文学科圈里长期被压制的科学话题本身也是需要新历史主义者大书特书的他者。

三、柯尔律治与科学

在柯尔律治研究中，科学曾长期是一个不瘟不火的话题。尼古拉斯·罗（Nicholas Roe）将这一现象归因于托马斯·麦克法兰德（Thomas MacFarland）极具影响力的专著《柯尔律治与泛神论传统》。在麦克法兰德笔下，柯尔律治首先是哲学家，他谈论科学只是出于兴趣，是一种自大的表现。① 这种观点让柯尔律治对科学的探究显得不值一提，并对柯尔律治研究产生了过大的影响。柯尔律治虽然在信中说过"五百个牛顿也比不上一个弥尔顿"，但之后又后悔，还恳求收信人不要太在意那句话。这样的言论出自柯尔律治特有的一个习惯——否定过去的自我。为了证明自己的思想在进步，柯尔律治会贬损早期追随过的科学家，如下文中的普里斯特利。②

实际上，柯尔律治始终对科学抱有浓厚的兴趣。早期，他对科学产生兴趣主要是因为他追随的一位论神学家约瑟夫·普里斯特利（Joseph Priestley）也是一名科学家。柯尔律治曾在信中告诉骚塞自己很熟悉普里斯特利的《物质和精神问题微探》："我是个彻底的必然论者……"；他曾拜访过知名的一位论者、剑桥大学教授乔治·戴尔（George

---

① ROE N. Preface and Acknowledgements [M]//ROE N. Samuel Taylor Coleridge and the Sciences of Life. Oxford: Oxford University Press, 2001: viii. MCFARLAND T. Coleridge and the Pantheist Tradition [M]. Oxford: Clarendon Press, 1969: 323-324.

② STABLER J. Space for Speculation: Coleridge, Bardauld, and the Poetics of Priestley [M]//ROE N. Coleridge and the Sciences of Life. Oxford: Oxford University Press, 2001: 175-204.

Dyer），询问普氏参与大同世界计划的可能。① 一位论是一支反对三位一体论、拒绝承认圣子基督具有神圣性的神学观念，信众以中产阶级异见分子为主，相信神给人类留下了两本书，一本是《圣经》，一本是大自然。探究大自然和研读《圣经》是一样的，因此其信众崇尚科学。普氏是18世纪最具影响力的一位论者，他在许多论文中为自己的信仰和同时代的必然论哲学辩护。② 普氏曾称："气泵、压缩机、电机实验可以向我们展示自然的工作原理以及自然之神本身，神的作品是可供人类心灵思

---

① COLERIDGE S T. volume I [M] //GRIGGS, E L. Collected Letters of Samuel Taylor Coleridge. Oxford: Clarendon Press, 1966: 98, 137.
② "一位论是一种拒绝承认基督神圣性的神学观念，是一个持异见的教派。自从公元一世纪起，有关三位一体的争论随着异端学说层出不穷，例如4世纪的古希腊神学家阿里乌（Arius），他认为基督虽然也是神圣的，但是其神圣的等级比不上圣父。到了早期现代，这一观点的主要倡导者为西班牙神学家迈克尔·塞维图斯（Michael Servetus），他后来被约翰·加尔文（John Calvin）于1553年处死。倡导者还包括意大利的异端学者李立欧·索齐尼（Lelio Sozzini）与福斯托·索齐尼（Fausto Sozzini），后世用他们的姓氏为这一观点命名——索齐尼派。这个名字一度带有贬义，在18世纪中叶的时候被换成较为中性的"一位论派"。自从17世纪40年代起，索齐尼派的教义就开始挑战英国国教。早在18世纪初，知名的圣公会神学家塞缪尔·克拉克（Samuel Clarke）（1675-1729）长篇大论地分析了《圣经》。文章一经发表，克拉克就被认为是阿里乌的信奉者。这种教义对善于理性思维、推崇《圣经》文本的人很有吸引力，在国教自由派和一些长老会成员中得到了长足的进展，这些人大都是最富有、教育程度最高且最有社会影响力的异见者。一位论坚称基督是普通人，这一观点使得许多长老会的教会产生了分裂。1820年左右，一位论派吸收了分裂出来的长老会成员，成了一个规模虽小、但地位高、影响大的教派。转型期间最具影响力的人物要数科学家、神学家约瑟夫·普里斯特利，他在许多论文中为自己的信仰和同时代的必然论哲学辩护。虽然在法国大革命时期遭到了质疑甚至迫害，一位论者在19世纪初越来越自信，成员也越来越多，在伦敦以外的英格兰地区和知识分子之间具有举足轻重的分量。到了19世纪30年代，普里斯特利的神学理念开始逐渐让位于詹姆斯·马蒂诺（James Martineau）（1805—1900）引领的"新派别"（New School），后者具有更多浪漫气质和更少的科学气质。但一位论在整个19世纪的英国社会和思想中都占有一席之地。" WEBB R K. Unitarianism [M] //MCCALMAN I. An Oxford Companion to the Romantic Age. Oxford: Oxford University Press, 1999: 740. 关于一位论神学对柯尔律治早期作品的影响，参见：ERVING G S. Coleridge as Playwright [M] //BURWICK F. The Oxford Handbook of Samuel Taylor Coleridge. Oxford: Oxford University Press, 2009.

考的最高尚的议题。"① 受此影响，柯尔律治早期的信件记录了他的豪言壮语：

> 我想要成为一名数学家，我要通读机械学、流体静力学、光学、天文学、园艺学、冶金学、化石学（fossilism）、化学、地质学、解剖学、医学……②
>
> 化学既能让你不那么在意心灵，但也不会让原理模糊（it united the opposite advantages of immaterializing [the] mind without destroying the definiteness of [the] Ideas）——不仅如此，它还能让理念更加清晰……在进行化学研究的时候都是心怀期盼，所以化学还具有诗意。③

不仅如此，柯尔律治对科学的兴趣是持久的。早期的柯尔律治经常跟随戴维参与公开的科学实验，还打算建立自己的实验室；柯尔律治相信，知识是从远古传承至今的（知识爆炸并不可能），科学是传承这种知识的重要载体；牛顿的哲学的确引发了一场革命，但这也是符合《圣经》所预测的新千年；柯尔律治研读科学恰恰是为了更好地模仿弥尔顿，他认为科学的对象是生命。④ 晚期的柯尔律治仍对有关客体的知识有着持久

---

① PRIESTLEY J. Lectures on history, and general policy; to which is prefixed, an essay on a course of liberal education for civil and active life [M]. Birmingham: Pearson and Rollason, 1788: 5.
② COLERIDGE S T. volume I [M] //GRIGGS E L. Collected Letters of Samuel Taylor Coleridge. Oxford: Clarendon Press, 1966: 320-321.
③ COLERIDGE S T. volume I [M] //GRIGGS E L. Collected Letters of Samuel Taylor Coleridge. Oxford: Clarendon Press, 1966: 557.
④ ROE N. Preface and Acknowledgements [M] //NICHOLAS R. Samuel Taylor Coleridge and the Sciences of Life. Oxford: Oxford University Press, 2001: viii.

的兴趣，仍需要与客体建立联系，而不是像华兹华斯那样完全沉浸在主体的世界中。①

由此，从20世纪末起，英语世界的学者开始正视柯尔律治与科学的关系。凯瑟琳·科伯恩1974年的文章《柯尔律治：科学与诗歌之间的桥梁》介绍了柯尔律治眼中化学与诗歌之间的相似性：二者的目的都是在现象中寻找规律，都具有广泛的适用性和前瞻性。② 特雷弗·莱弗里（Trevor H. Levere）1981年的专著《自然之歌：柯尔律治与19世纪初的科学》详述柯尔律治与同时代科学及科学家的交往，介绍了柯尔律治独创的、与德国自然哲学一脉相承的元科学③，以及他在物理学、地质学、化学和生物学上的建树。④ 提摩西·科里根（Timothy Corrigan）1986年的文章《文学生涯与科学的语言》对比了柯尔律治的两本著作《文学生涯》和《生命的起源》（*Theory of Life*），发现柯尔律治借用科学的语言、概念和逻辑论述文学理论。这不仅是一种文学和科学之间的对比或隐喻，而且是融合或嫁接。他这样做最终是为了证明文学像科学一样具有标准性和真理性。⑤ 首位在柯尔律治研究中挺身为科学话题鸣不平的学者是伊恩·怀利（Ian Wylie）。他在1989年的专著《柯尔律治和自然哲学家》

---

① PERRY, S. Coleridge and the End of Autonomy [M] //ROE N. Coleridge and the Sciences of Life. Oxford: Oxford University Press, 2001: 246-270.

② COBURN K. Coleridge: A Bridge between Science and Poetry [M] //BEER J. Coleridge's Variety: Bicentennial Studies. London: Palgrave Macmillan, 1974: 86-100.

③ 柯尔律治的元科学并不属于当代科学，而是一种糅杂了英国经验哲学、谢林自然哲学和基督教神学的猜想科学，具有包罗万象的体系性，是一套倡导理念指导实践的演绎法。柯尔律治对元科学的论述主要来自后期一系列期刊杂文《论方法的原则》（*Essays on Principles of Method*），以此对抗培根在《新工具》（或称《新方法》）中提出的经验主义归纳法和实证主义研究方法。

④ LEVERE T H. Poetry Realized in Nature: Samuel Taylor Coleridge and Early Nineteenth-Century Science [M]. Cambridge: Cambridge University Press, 1981: 6.

⑤ CORRIGAN T. The Biographia Literaria and the Language of Science [M] //BLOOM H. Modern Critical Views: Samuel Taylor Coleridge. New York: Chelsea House Publisher, 1986: 167-190.

中指出，科学对柯尔律治诗作的影响远比理念派批评家所认为的大得多。① 但不得不说，这些早期的文献都是介绍性，略显宽泛。相比之下，研究具体学科如何影响柯尔律治的著作更多，例如以下 23 部。按照影响源的学科划分，它们可分为以下 9 组：德国自然哲学、化学、生理学、心理学、科学研究方法、自然科学、博物学、人种学、生物磁疗术。

（一）德国自然哲学（*Naturphilosophie*）

M. H. 艾布拉姆斯（M. H. Abrams）1972 年的文章《柯尔律治的"声中之光"：科学、元科学和诗学想象》首次探讨了柯尔律治元科学理论的诉求——天人合一、万物归一。根据德国自然哲学家亨里克·史蒂芬斯（Henrik Steffens）的理论，万物都是光与重力的组合。当重力大于光的时候便有了声，当光大于重力时就有了色。受此影响，《风弦琴》里的"声中之光，光中之声"和随之而来的"喜悦"赞颂了万物归一的状态。根据柯尔律治的元科学，人是生命进程的极点、自然个体化的结果。个人的独立程度应该与社会人相互独立的程度相当，所以最高级的天才应该切断与社会和自然的联系。为了获得独立意识和自由意志，他必须独立于自然和社会之外，但这就造成了异化。在这种情况下，《风弦琴》里的"喜悦"抛弃异化和个体化，反驳了牛顿式的分子论。精密的科学逻辑将人与自然分割开来。柯尔律治利用类比、交流、统一这些属于想象的范畴帮助人重返自然。这是一套针对科学"自下而上"研究方法而产生的"自上而下"的研究方法，它是一种替换宗教的迷思。柯尔律治要做的和同代的德国自然哲学家一样，将那个时代的科学发现及假设整合到主观的需求和想象的形式中去。如此，自然会重获生命力，其目的

---

① WYLIE I. Young Coleridge and the Philosophers of Nature [M]. Oxford: Clarendon Press, 1989: 1-11.

与价值也变得清晰,成为我们可以赖以生存的家园。可以说,柯尔律治用他猜想物理学仿写了《圣经》中的犹太教、基督教神话。①

(二) 化学

奇兰·托尔(Kiran Toor)2011年的专著《柯尔律治的炼金诗学:炼金术、作者身份与想象》指出,柯尔律治将自己比喻为思想的炼金术士,他可以用自己流动的作者身份——即第二想象力——融合他人的声音,从而炼出一种弥合主客二分的"黄金第三者"(a golden tertium aliquid),因此柯尔律治的抄袭行为与其美学地位仍需重新评估。②

(三) 生理学

A. 杰拉德(A. Gérard)1967年的论文《心脏收缩的韵律:柯尔律治谈话诗的结构》在解剖学和谈话诗之间建立了联系。柯尔律治曾说:不够自我的诗歌是无趣的;依此类推,浪漫派之所以"浪漫"是因为自我主义将自己和世界完全分离。但实际上,存在两种自我主义:第一种完全投入自我,永久与外部世界分离;第二种将自我视为探索宇宙的起点,因为要认识世界,我们首先需要知道我们在其中的位置。哈兹里特称柯尔律治"谈论自己却不自我,因为对于他,个人总是与抽象与普遍相融合的",即是在说,柯尔律治属于第二种自我主义。他的谈话诗以周围环境的描述开始,在一阵奇思妙想之后又回到了原点。这种结构像心脏的舒张与收缩运动一样往返于自我与世界之间,从近身地体验到五光十色

---

① ABRAMS M H. Coleridge's "A Light in Sound": Science, Metascience, and Poetic Imagination [J]. Proceedings of the American Philosophical Society, 1972, 116 (6): 458-476.
② TOOR K. Coleridge's Chrysopoetics: Alchemy, Authorship and Imagination [M]. Newcastle upon Tyne: Cambridge Scholars Publishing, 2011: 1-6.

的非我，体现了柯尔律治天人合一的自我主义。①

珍妮弗·福特（Jennifer Ford）1998年的专著《柯尔律治谈梦：浪漫派、梦和医学想象》指出科学和医学是浪漫主义的重要成因之一。浪漫主义时期的许多科学家也是诗人，他们与柯尔律治交往甚多。受此影响，柯尔律治在解释梦和想象的成因时同时运用了文学和医学知识。②

弗朗西斯·欧高曼（Francis O'Gorman）在其2011年的论文《柯尔律治、济慈和呼吸的科学》指出，在浪漫主义时期，大家相信呼吸与精神、灵魂同源，所以只有人才具有呼吸的特权。如果谈话诗是被转述了的气息，那么大浪漫派抒情诗歌所具有的那种自给自足的生命力和自律性也是建立在这种呼吸观上的。③

史蒂芬妮·李斯珀利（Stephanie Adair Rispoli）2013年的博士论文《解剖、生命、浪漫的身体：布莱克、柯尔律治和亨特的交际圈，1750—1840》认为，柯尔律治在约翰·亨特（John Hunter）的医学思考（medical metaphysics）中找到了生命的定义：身心是相互融合的，它们的组合促成了自我。生的本质是力量的运动，死只是运动的停止，二者并非循环反复，而是相互渗透（osmosis），在自然界中周而复始。然而，由于这种定义不够明晰，后期的柯尔律治又诉诸神灵：心仿自神的心，身仿自神创的自然。④

凯维斯·古德曼（Kevis Goodman）2015年的论文《阅读的动作：柯

---

① GéRARD A. Systolic Rhythm: The Structure of Coleridge's Conversation Poems [M] // COBURN C. Coleridge: A Collection of Critical Essays. Ed. New Jersey: Prentice-Hall, 1967: 80-85.
② FORD J. Coleridge on Dreaming: Romanticism, Dreams and the Medical Imagination [M]. Cambridge: Cambridge University Press, 1998: 1-8.
③ O'GORMAN F. Coleridge, Keats, and the Science of Breathing [J]. Essays in Criticism, 2011 61 (4): 365-381.
④ RISPOLI S A. Anatomy, Vitality, and the Romantic Body: Blake, Coleridge, and the Hunter Circle, 1750—1840 [D]. Chapel Hill: The University of North Carolina at Chapel Hill, 2013: iii-iv.

尔律治的"自由精神"与其医学背景》发掘了科氏有关韵律的理论和18世纪的健康理念。一方面，柯尔律治重视诗歌的韵律，反对华兹华斯将诗歌等同于散文；另一方面，他也清楚，过于规整的韵律会将读者的心灵韵律化，会限制了读者心灵的自由，打破身心内外的平衡，从而违背了18世纪医学的健康理念。因此，柯尔律治认为韵律虽然是诗歌的重要属性，但不能喧宾夺主。他认为，韵律可以吸引注意力，可以产生一种治愈性的气氛，就像葡萄酒一样可以活跃气氛。一旦缺少与其适配的事物或合适的议题，韵律就会喧宾夺主，破坏整体性。读者不能仅仅为了好奇而去读，或是为了解决问题而去读，而是应该用心去体会旅途的愉悦：就像古埃及人智慧的象征——衔尾蛇，或像空气中的一条声道，进两步，退一步，从后退中汲取前进的力量，这即是自由精神之所在。①

（四）心理学

尼尔·威克斯（Neil Vickers）2001年的论文《柯尔律治"玄奥的研究"》发现《失意吟》里"玄奥的研究"和幻想、想象的区分都源自柯尔律治对心理学的思考和探索。柯尔律治在一段时间内对心理学做了一番探究，其成果得到了科学家的认可，作者称这一段探究为"玄奥的研究"，它出自《失意吟》。总的来说，在这一段时间里，柯尔律治逐渐从柏克莱倡导的观念论转向伊拉斯莫斯·达尔文倡导的唯物论。作者将这一阶段细分为三段："玄奥的研究"第一阶段通过强调心灵的动态性和主动性捍卫乔治·柏克莱（George Berkeley）的理念论和有神论，批判托马斯·玮致活（Thomas Wedgwood）的经验论和唯物论。柏克莱认为所有感觉都是相连的，当我们感知距离的时候，视觉引发了眼球的触觉，不同的触觉决定了我们对不同距离的判断。距离既不是通过视觉产生的，也

---

① GOODMAN K. Reading Motion: Coleridge's "Free Spirit" and its Medical Background [J]. European Romantic Review, 2015, 26 (3): 349-356.

柯尔律治诗歌中的光　>>>

不是通过触觉产生的,而是二者结合所产生的体验。柏克莱仍相信神是联系各种感觉最终的原因,而玮致活则认为距离感源自我们对不同距离的记忆。每一次感知距离,我们就会形成一次距离的理念。随着这种理念的增加,我们对距离的感知就越来越清楚。简而言之,二者都认为任何体验都需要综合感觉,但柏克莱认为综合各种感觉的是神,而玮致活则认为是记忆。"玄奥的研究"的第二阶段将各种感觉综合成一种统一的感觉,对比它们的不同,从而探寻生命和意识的秘密。实验的过程主要是凝视物体,注意感官现象如何呈现到眼前。为了实验,他吸食了过量的鸦片,导致严重的便秘,间接地引发"失意"。虽然实验无法进行下去,但受到了伊拉斯莫斯·达尔文等科学家的认可,柯尔律治因此获得了科学幻想家(a scientific visionary)的称号,其深邃的见地得到了科学实验派人士的赞赏。"玄奥的研究"的第三阶段围绕达尔文对触觉的观点,探讨了"失意"的原因。达尔文认为所有的感觉都原发于触觉。受此观点的影响,柯尔律治将没有触觉做基础的视觉视为幻想,将有触觉做基础的视觉视为想象。他认为自己得不到足够的"触觉",所以导致灵感的匮乏。柯尔律治追随达尔文将触觉置于视觉之上,说明他抛弃了柏克莱的理念论而转向唯物论。[1]

　　理查德·沙(Richard C. Sha)2013年的论文《浪漫主义生理学与浪漫派想象作品:柯尔律治和科学假说与猜想》将柯尔律治想象力学说的根源定位在18世纪的生理学中。当想象和假设遭到大部分科学界的唾弃时,生理学由于缺乏研究仪器且不能活体解剖而只能严重依赖想象、猜想(speculation)和假设;生理学家索理查德·玛莱斯(Richard Saumarez)

---

[1] VICKERS N. Coleridge's "Abstruse Researches" [M]//ROE, N. Coleridge and the Sciences of Life. Oxford: Oxford University Press, 2001: 156-174.

和柯尔律治都认为人的生理的提升取决于心智，而想象则是心智的核心。①

（五）科学研究方法——原则

柯尔律治对元科学的论述主要来自后期一系列的期刊短文《论方法的原则》（*Essays on Principles of Method*），以此对抗培根在《新工具》（或称《新方法》）中提出的经验主义的归纳法。《论方法的原则》的核心论点是：人文科学要像自然科学寻求自然定律一样寻求原则。这方面最具影响力的研究要数杰克逊和巴菲尔德。J. R. de J. 杰克逊（J. R. de J. Jackson）1969年的专著《柯尔律治批评理论中的方法和想象》从文学的视角介绍了柯尔律治的《论方法的原则》——它让批评建立在原则之上，是探究创造力源泉的必经之路。当发现经验主义过于依赖实验且唯心主义具有潜在危机的时候，柯尔律治的"方法"折中了柏拉图式综合、演绎的方法和亚里士多德式分析、归纳的方法。重视本原的人倾向于第一种，重视现象的人倾向于第二种，而柯尔律治更倾向于第一种。②

欧文·巴菲尔德（Owen Barfield）1971年的专著《柯尔律治所思》是目前介绍柯尔律治思想最权威的几本专著之一。巴菲尔德称柯尔律治的哲学为活力哲学（Dynamic Philosophy）③，其核心概念为理性，它体现为光，象征神，不是、也不能是感官对象，而是一种对人类存在的恒常的、忠实的存在。作者试图理清柯尔律治常用的几个哲学概念：思想（thought）与思考（thinking）、能造自然（natura naturans）与被造自然

---

① Sha R C. Romantic Physiology and the Work of Romantic Imagination: Hypothesis and Speculation in Science and Coleridge [J]. European Romantic Review, 2013, 24 (4): 404-419.
② JACKSON J R J. Method and Imagination in Coleridge's Criticism [M]. Cambridge: Harvard University Press, 1969: 36-37.
③ 或称物力论（dynamism），即认为任何物的存在取决于某种力量，以此克服"物力二分"的二元论。

(natura naturata)、力量（power）与两极性（polarity）、生命与外向性（outness）、想象与幻想、知性与理性。第十章《理念、方法、定律》揭示了精神世界的原则与物质世界的原则之间的互通性，即理念与定律之间的互通性，而科学（即柯尔律治的"方法"）的对象即是发掘这种互通性，换言之，方法是用来连接理念和定律的。因此人的进步并非是对中世纪宗教哲学（追求理念）的抛弃，也不是对现代科学（追求定律）的拥抱，而是目光由内向外的转移。①

（六）科学研究方法——实验

简·斯特布勒（Jane Stabler）2001年的论文《猜想的空间：柯尔律治、巴鲍德与普里斯特利的诗学》指出，早期柯尔律治在多方面受到科学家普里斯特利思想的影响，这种影响在诗作中以细致的观察、重复的意象、活泼的律动得以体现；但中后期由于忌惮科学的道德缺陷，逐渐放弃科学。细致的观察，而非平静的思考，才是柯尔律治创作的模式。科学家都明白，同样的实验在不同时期可能产生不同的结果，所以柯尔律治诗作中的律动和偶然性的发现不仅体现了他的思考，也是一次次试误的结果。1794年至1805年，即柯尔律治从早期过渡到中期的时候，柯尔律治的诗论出现了一种矛盾：受德国自然哲学的影响，他追求意义含混和道德化的语言，"用心感受，以诚相待，万物有灵，天下太一"。同时，受到经验派科学哲学的影响，他也感叹自己不是画家，无法细致地记录下每一个细节。这种矛盾同样存在于普里斯特利所创办的学院和学

---

① BARFIELD O. What Coleridge Thought（Third Edition）［M］. Oxford：Barfield Press，2014：157-178. 根据巴菲尔德介绍，柯尔律治的大部分哲学概念都是成对的，有主动、被动之分：思想（thought）为被动的，思考（thinking）是主动的；能造自然（natura naturans）具有创造性，被造自然（natura naturata）不具创造力；想象是主动的，幻想是被动的；知性也分主动的和被动的；此外，两极性（polarity）统一于力量（power）；生命是自然个体化（individuation）的结果；外向性（outness）与主体分立，又与主体同源，它并非客体。

派。中后期的柯尔律治一面嫌弃普里斯特利对于新事物所表现的热情过于幼稚,但同时也渴望自己的作品活力四射,生怕自己的思想老顿退化。他也追求奇思妙想,以防自己因具体的结果而停滞不前。谈话诗的模式借鉴了18世纪诗人马克·艾肯赛德(Mark Akenside)的科学猜想诗。此外,受到普里斯特利一位论的信仰影响,谈话诗中万物相连,哲思取代了视觉描写,诗中弥漫着"此处无声胜有声"的气氛和亲切又普遍的活力。由于上述两个原因,谈话诗具有明显的律动,且这种动律是幻想所致。然而,柯尔律治又担忧这种活力四射的伦理向度和道德后果。他认为普里斯特利这一类科学家的观察(speculation)只是为了实用,让生活舒适安逸。而伟大高尚的猜想(speculation)则应该教人向善。1803年,柯尔律治写信给玮致活,宣称停止攀登"科学之巅"。①

埃里克·艾尔施泰因(Eric P. Elshtain)2010年的博士论文《事实、诗歌、科学:歌德、达尔文、柯尔律治的客观诗歌和科学猜想》认为诗歌和猜想科学有着密不可分的关系。柯尔律治的作品中存在一种猜想科学的诗学(poetics of speculative science),这是因为当时的科学话语与诗歌极其相似:科学家用这套话语探究外在自然,而柯尔律治用这套话语探究内在自然。因此,他的诗歌就成了一次公开实验,会像科学实验一样让读者感触到科学的普遍性。②

(七)自然科学

彼得·吉岑早在1991年的论文《"真理的电流":柯尔律治杂文"被

---

① STABLER J. Space for Speculation: Coleridge, Bardauld, and the Poetics of Priestley [M] //ROE N. Coleridge and the Sciences of Life. Oxford: Oxford University Press, 2001: 175-204.
② ELSHTAIN E P. Fact, Verses, Science: Objective Poetry and Scientific Speculation in Johann Wolfgang von Goethe, Samuel Taylor Coleridge and Charles Darwin [D]. Chicago: The University of Chicago, 2010: 126-128.

发现的计谋"中联邦人的意识形态》中就指出,后期柯尔律治的政治观在1799年从激进转为保守,此时他认为政府各层次的机构需要扮演绝缘体的角色从而削弱电流般的真理,因为它过于纯粹、激烈。这种思想预示了他后期保守的社会政治观:一个由知识分子统治的社会。他认为民众对极端主义(雅各宾派、拿破仑)的不满情绪像积雨云一样最终会释放出复仇的闪电。① 尼古拉斯·罗在其主编的论文集《柯尔律治与生命的学说》(Coleridge and the Sciences of Life)绪论中指出,柯尔律治相信电流是可以迅速传遍导体的真理。他曾想象国家可以像电流通过人体一样,各个方面和角落顷刻间同时进步,从而得以复兴。②

(八) 博物学

约翰·劳威尔(John Livingston Lowes)1930年的专著《通向上都之路:想象方法研究》最早提到,《老水手吟》里有关极地和极光的诗行来源于伊拉斯莫斯·达尔文的《植物园》;该诗中的"发光的海洋"是浮游生物腐烂后产生的白磷造成的荧光现象,而这一解释源自约瑟夫·普里斯特利的科学著作《光学》。③

H. W. 派珀(H. W. Piper)1962年的专著《动态宇宙:泛神论与英国浪漫派诗人的想象理论》中补充道,《老水手吟》中黏稠的海洋和古铜色的天空是被哈麦丹风④炙烤西大西洋水域的景象,该现象在《植物园》中有所记载。在风的推动下,船在全球各地之间飞速穿梭,按照普里斯

---

① KITSON P. "The Electric Fluid of Truth": The Ideology of Commonwealthman in Coleridge's The Plot Discovered [M] //KITSON P, CORNS T N. Coleridge and the Armory of Human Mind: Essays on his Prose Writing. London: Frank Cass, 1991: 36-62.
② ROE N. Introduction [M] //ROE N. Samuel Taylor Coleridge and the Sciences of Life. Oxford: Oxford University Press, 2001: 1-21.
③ LOWES J L. The Road to Xanadu: A Study in the Ways of Imagination [M]. London, 1930: 99, 79.
④ 指从撒哈拉沙漠向西非海岸刮起的干燥沙尘风暴。

特利的《电的历史》的说法，这一奇迹是电引发的。①

詹姆斯·麦克库西克（James Mckusick）2001年的论文《〈忽必烈汗〉与地质理论》指出该诗是用神创论视角改写达尔文的无神论长诗《植物园》。它不仅综合了当时流行的两种地质学说——火创论与水创论，也同时涉及了生物学、水文学和农学。《忽必烈汗》的副标题"片段"（fragment）在地质学中指火山喷发出的石块，而这种石块的形成过程象征创世的地质运动。因此，作诗、创世相互类比，创世就是创诗，我们看到的"片段"只是整个创诗、创世过程的一个片段，一个缩影。如果作诗要求诗人来作逻辑前提，那么创世也需要设立一个必然的前提——神。因此，整诗的核心是神创论。②

雷蒙达·莫迪亚诺（Raimonda Modiano）2001年的论文《〈老水手吟〉的历史主义解读》批判了历史主义派在解读该诗时流露出的宗教情怀。她认为这种解读与之前神学学派的解读是一脉相承，仍然在突出堕落、救赎的主题，从而放大而非弱化其宗教内涵。麦甘（Jerome McGann）（包括艾布拉姆斯）视此诗为《圣经》，这种观点本质上是一种圣餐式的阅读（sacramental reading）：作品成为圣体，对作品的解读就像享用像圣餐一样再现着《圣经》里的情景，潜台词都在说《圣经》里的预言得到了印证，这种历史循环论式的解读不增加新的历史知识。历史主义学派应该提供一种于当代不同的解释，而不是延续同一种理解方式。《老水手吟》的创作背景除了《圣经》里的该隐和亚伯，还包括法国大革命时期邻里的突然反目、达荷美共和国的人祭和人贩、探险家遇到的表面友善、内

---

① PIPER H W. The Active Universe: Pantheism and the Concept of Imagination in the English Romantic Poets [M]. London: Bloomsbury, 1962: 90-105.
② MCKUSICK J C. "Kubla Khan" and the Theory of the Earth [M] //ROE N. Coleridge and the Sciences of Life. Oxford: Oxford University Press, 2001: 135-151.

心残暴的土著。这些事件让柯尔律治认识到人既是加害者，也是受害者；认识到善与恶之间的裂痕；认识到人的相互憎恶和随之而来的苦难是必然的，这一点与基督教倡导的拯救和现代性倡导的博爱是完全相反的，它才是《老水手吟》的主题。①

（九）种族理论

杰克·黑格尔（Jack Howard Haeger）早在1974年的论文《柯尔律治的种族想象》里提及柯尔律治晚期的著作《集大成之作》（*Opus Maximum*）中就发现，柯尔律治的废奴主义与其白人至上的人种主义并不冲突。人种差异是人类进步的条件：作为中心种族的高加索人种负责生产，作为衍生种族的其他人种负责毁灭；科学桥接人种差异，从而带动全人类的进步。②

对此，彼得·吉岑在2001年的论文《柯尔律治和"猩猩假说"：浪漫主义种族理论》中却为柯尔律治的种族言论辩护道：它只是一种为帝国主义辩护的族裔中心主义，并非一套完备的种族理论。不同人种是同一早期人种退化或偏离的结果——人种实际上只是在程度上有细微的差异，并不是种类的差异。人种概念只是便于在语义层面加以区别，并非绝对的种属概念。优等和劣等人种的关系相当于太阳之于行星，前者有责任用光和热（科学的象征）统一后者，这种观点只是一种犹太、基督教堕落、救赎元素的体现。③

提姆·富尔福德的2001年论文《理论化受难地：种族理论和皮肤下

---

① MODIANO R. Historicist Readings of The Rime of the Ancient Mariner [M] //ROE N. Coleridge and the Sciences of Life. Oxford: Oxford University Press, 2001: 271-296.
② HAEGER J H. Coleridge's Speculations on Race [J]. Studies in Romanticism, 1974, 13 (4): 333-357.
③ KITSON P. Coleridge and the "Ouran utang Hypothesis": Romantic Theories of Race [M] //ROE N. Coleridge and the Sciences of Life. Ed. Nicholas Roe. Oxford: Oxford University Press, 2001: 91-116.

的脑颅》指向了科学、宗教、帝国主义三者的共谋关系。对柯尔律治人种研究影响极深的颅相学始作俑者德国生理学家约翰·弗里德里希·布鲁门巴哈（Johann Friedrich Blumenbach）是按照一种古典学式的审美唯心主义而对人种进行分类的——古希腊雕塑超常的脑颅尺寸成了他判断人种的标尺，离这个标准越远，退化得就越严重。柯尔律治的废奴主张是为了解放被称作堕落人种的黑人，让他们心甘情愿地服从耶稣和被称作优等人种的主人。帝国为了征服而开展的探险活动为人种理论提供了必要的科学佐证——头颅、信息、图像，而人种理论又反过来确保了探险的正当性。① 相似的观点也出现在富尔福德与黛比·李（Debbie Lee）、彼得·吉岑2004年合著的《浪漫主义时期的文学、科学与探险：知识有机体》中。②

（十）生物磁疗术（Animal Magnetism）

富尔福德2004年的论文《传导生命的液体：18世纪90年代生物磁疗术的政治与诗学》探讨了柯尔律治如何用18世纪90年代末的作品影射威廉·皮特（William Pitt）掌管的政府欺骗英国民众的行径。生物磁疗术在浪漫主义时期被当作一种操控人的方法，自然地成了一句攻击政敌的恶语：异见分子（如柯尔律治）指责皮特首相正在向民众施行磁疗术；在法国被雅各宾派政府关押后获释的异见分子詹姆士·马修斯（James Tilly Matthews）指责皮特被法国的雅各宾派实施了磁疗术，像法国政府一样欺压百姓；当局指责马修斯被法国的雅各宾派实施了磁疗术，因为马修斯的确是一个笃信磁疗术的英国人。磁疗术让大革命时期的英

---

① FULFORD T. Theorizing Golgotha: Coleridge, Race Theory, and the Skull Beneath the Skin [M] //ROE N. Coleridge and the Sciences of Life. Oxford: Oxford University Press, 2001: 107-113.
② FULFORD T, DEBBIE L, KITSON P. Literature, Science and Exploration in Romantic Era: Bodies of Knowledge. Cambridge: Cambridge University Press, 2004: 23-25.

国人联想起法国革命：革命的思想很容易笼络人心，就像磁疗术一样。在保守派看来，相信磁疗术的人和革命者一样都缺乏理性的思维，因此皮特政府的支持者将磁疗术视为革命者的计谋。但在柯尔律治看来，用磁疗术形容皮特政府对民众的所作所为更适合。在他的诗中，磁疗术等同于迷信，被操控等同于听任于迷信，而操控他人等同于传播迷信。在《法国颂》中，柯尔律治称不列颠人是一群"贪婪的家伙"，他们"被迫让自己成为奴隶！在疯狂地对决中/他们砸碎了脚铐，却又带起了/新的锁链，它虽然镌刻着自由之名，却加沉重"，听命于一位拿着"巫师魔杖"的暴君。在《致伯克》一诗中，法师利用民众的缺点，用"巫术"将他们变成暴民。在《老水手吟》中，整只船象征英国社会，船员没有任何抽象的信仰，看到什么就信什么。他们迷信老水手因为误射了信天翁而让全员受到诅咒，老水手胸前挂着信天翁的尸体，就像背负着十字架的基督，而在这首诗刚发表的1798年，柯尔律治追随的一位论的确认为基督只是凡人，并非圣子，任何将他圣子化的说法都是迷信。此外，老水手不光是迷信的受害者，还是迷信的传播者。他像磁疗师一样将迷信传播给前来参加婚礼的年轻人，进一步扩大了迷信的破坏力。在《克丽丝德蓓》一诗中，蛇女吉若丁对克丽丝德蓓做的性侵犯式的催眠回应着男性磁疗术催眠女性患者所引发的令人不安的联想，成了一种操控和被控的话语。在戏剧《奥索里奥》中，巫术（催眠术）成了两个阶级相互对抗的手段。戏剧的背景为中世纪的西班牙，曾经征服伊比利亚半岛的北非穆斯林——摩尔人现在已成为被西班牙天主教压迫的底层。然而，天主教徒却迷信摩尔人会魔法。弟弟阿尔伯特打扮成摩尔人的模样骗过了哥哥奥索里奥，还用一次像是磁疗术的假的降神会让打算施骗的哥哥感到了被骗的感觉，最终唤起了他的内疚感。换句话说，被压迫者巧用骗术，让施骗的压迫者尝到了受骗的感觉。①

（十一）光学

马乔里·霍普·尼科尔森（Marjorie Hope Nicolson）在其专著《需为牛顿写诗：牛顿的〈光学〉与18世纪诗人》（*Newton Demands the Muse*，1966）专门探讨了18世纪描述派诗人和科学派诗人对牛顿的追捧，以及牛顿《光学》的美学、哲学内涵。作者在最后一章介绍了第一位反感牛顿光学的18世纪诗人布莱克，②但由于题目所限在18世纪，受这一时期光学学说影响颇多、但恰好生活在18—19世纪之交的柯尔律治作者却无法收录，实属遗憾。

柯尔律治对日光和目光都有研究，后者在那个时代与光学有着密切的关系。不同于今天的光学，18世纪的光学不仅研究日光，还研究目光。实际上，光学与视觉成像的科学在很长的一段时间都是相互纠缠的。尼科尔森在第三章中介绍，在牛顿的《光学》问世以前，欧洲人一直满足于古希腊人对光学的猜测。古希腊人研究视觉的学问，而非光的学问。对于他们，光本身并没有意义，它只是视觉的工具；它本身并非思考的对象，只是可见物的一种条件。古代思想里有许多有关光的理论，这些理论也限于专门的光学著作，但说到底，它们与其说是有关光的理论，不如说是有关知觉的理论。对"人眼如何看到事物"的研究逐渐理论化为点和线的关系，因此此前的光学又可称为几何光学。到11世纪初，埃及数学家、天文学家阿尔哈曾（Ibn al-Haytham）首次发现，视觉的生成不是由于眼睛发光，而是因为眼睛受光。从此，光（而非眼睛）成为了

---

① FULFORD T. Vital Fluid: The Politics of Poetics of Mesmerism in the 1790s [J]. Studies in Romanticism, 2004, 43 (1): 57-78.
② NICOLSON, M H. Newton Demands the Muse: Newton's Opticks and the 18th Century Poets [M]. Princeton: Princeton University Press, 1966: 165-174.

解视觉的钥匙。到了文艺复兴时期，光的知识被凸显出来，用以解释视觉现象：约翰内斯·开普勒（Johannes Kepler）试图用暗房（camera obscura）原理类比视觉成像原理，之后克里斯多夫·塞纳（Christopher Scheiner）用实验证明了他的假说：玻璃体将接收到的光倒置地折射到视网膜上，这一点在牛顿《光学》第一卷第一部分的第八节也得到了肯定。光这一方面的定律已基本被确立，但视觉方面仍有未解的学理上的问题，牛顿在《光学》结尾就抛出了这样一个他也未能解答的问题："动物的身体为何构造如此复杂？每一部分的目的是什么？莫非，眼睛在被设计出来的时候就已懂得光学知识？（Was the Eye contrived without skill in Opticks？）"[①] 换言之，眼睛之所以构造复杂难道就是为了见光？对于这一点，牛顿也无法确定。可见，相比古代，视觉虽然在18世纪的光学中占有的份额有所减少，但仍然是一个重要的、有待探索的领域。

第三节　选题意义

本书发掘了光学知识对柯尔律治思想及作品的影响，揭示了其谈话诗、玄幻诗、寓言诗等重要作品的背景和成因。埃里克·威尔逊（Eric G. Wilson）2009年在《牛津柯尔律治研究手册》里的文章《柯尔律治与科学》按照学科分类介绍了柯尔律治与化学、生理学、心灵科学、催眠

---

① NICOLSON M H. Newton Demands the Muse：Newton's Opticks and the 18th Century Poets [M]. Princeton：Princeton University Press，1966：76-99. 牛顿在文末提出的一系列问题都是否定设问句，这一句的否定词即"without"，它相当于 was not the Eye contrived with skill in Opticks？

术、光学、病理学的联系，最后以《方法之原则》中的元科学结尾。①对比威尔逊的分类与笔者的分类（德国自然哲学、化学、生理学、心理学、科学研究方法、自然科学、博物学、人种学、生物磁疗术），不难发现，有一门古老的学科，它虽然也影响了柯尔律治的作品，但至今仍没有专著研究——它就是光学。

本书采用科学文化史视角。这一视角避免像唯心主义范式那样封闭地看文学文本，也不会像传统的新历史主义那样过度强调政治定性，而是努力发挥前者重史料的特长，继承后者维护文学自律的传统，顺应了浪漫派研究范式演变的规律。

根据艾登·戴伊（Aidan Day）所论②，至21世纪初，英国浪漫派研究先后经历了文体风格对比、历史主义、唯心主义、新历史主义四种主要范式的转变；笔者发现，这一进程始终徘徊于文学自律和文学他律两个极点之间，而每个新范式与之前的旧范式之间既有传承，也有革新。德国的奥古斯塔·施莱格尔（August Wilhelm Schlegel）和英国的弗朗西斯·杰弗里（Francis Jeffrey）代表了第一阶段。早在浪漫派诗人活跃的时期，他们便指出了浪漫派的文体学属性：同代的作家用有机论和力本论打破了新古典主义的合适主义（decorum），这种认识只限于文学内部。爱德华·道顿（Edward Dowden）代表了第二阶段（从19世纪末至二战后）的观点。他将文体上的变革扩大到了社会上的变革，首次指出了浪漫派的历史属性——它不仅在文体上革了仪轨的命，受法国大革命的影响，在政治和精神两个方面也革了旧体制、旧思想的命。这一观点视文学为历史事件的影响结果，因此，当人们开始将希特勒比作拿破仑的时

---

① WILSON E G. Coleridge and Science [M] //BURWICK F. The Oxford Handbook of Samuel Taylor Coleridge. Oxford: Oxford University Press, 2009: 639-657.

② AIDAN D. New Critical Idiom: Romanticism [M]. London: Routledge: 1996: 79-125.

候，浪漫派在二战前一度被认为是法西斯主义的号角。为了匡正社会解读在政治上极左极右的偏好，艾布拉姆斯透过德国古典唯心主义哲学重读了浪漫派诗歌。他代表了第三阶段，即二战后至20世纪80年代。他指出，大革命对浪漫派诗人精神上的影响远大于政治上的影响，并认为诗人将政治的革命内化为精神的革命；浪漫派诗歌中神化的自然是对中世纪宗教情怀的继承；当代人不应该过多纠缠于作品的社会关联和政治意图，而是要借鉴这种强大的内化能力和精神制胜的策略，用个人主义、自由主义、人文主义对抗商业社会和大众奴性。① 鉴于冷战的历史背景，这种捍卫文学自律的解读也承担了对抗东方阵营的马克思主义解读的政治目的。这种观点后来受到了两派的左右夹击——右面，保罗·德·曼（Paul de Man）通过颠覆象征和讽喻的上下关系解构了唯心主义解读赖以立命的修辞概念：象征；他批评道，浪漫派称象征可以弥合主客，而讽喻不行；但实际上只有讽喻才意识到自己是语言，因此对其局限性是自明的；而象征却以神秘性自居，自不量力地在主客之间做掮客。左面，代表第四阶段的新历史批评者不断发掘被宏大叙事压制的小历史、新历史，那些被艾布拉姆斯们"纯化""去政治化"的浪漫派诗歌被重新赋予了社会、政治意义。对浪漫派诗人的精神革命性他们避而不谈，对道顿曾提出的政治革命性他们则大书特书，这种极"左"的文学他律解读可谓是一种矫枉过正。如此，诗歌被置入了左派思潮的审视中，诗人的政治品质被重新定性——他是否具有阶级意识、第二性意识、帝国意识、生态意识？在新自由主义政治气候笼罩下的世纪末，新历史主义解读对浪漫派诗歌做了祛魅处理，其理论归宿从"精神制胜法"转向"反思视

---

① 张旭春. 革命、意识、语言：英国浪漫主义研究中的几大主导范式［J］. 外国文学评论，2001（1）：116-127.

代性"——这些左派的他者诗学也是一种对主导意识形态的反抗。① 然而，新历史主义解读的成功多少有些剑走偏锋。它将文学文本视为潜在的史料，不断发掘、放大文本中的历史政治元素，却减弱了对诗作文学性的关注，乃至文学批评的学科独立性都受到了威胁，文学沦为了政治的脚注。

"柯尔律治与科学"这一话题长期是"天人合一""政治定性"的脚注，也在自律和他律之间摆荡：唯心主义范式透过柯尔律治后期哲学和神学思想突出著作中"天人合一""万物归一"的主题；在他们眼里，科学概念被柯尔律治用来隐喻内心活动，如艾布拉姆斯和杰拉德的著述。新历史主义范式多运用史料复原前期著作中他者的声音；在他们眼里，科学概念被柯尔律治用来表述政治观点，如吉岑和富尔福德的著述。唯心主义范式将文本圣经化，新历史主义又将文本政治化，但二者却有共同点——"圣餐式解读"（sacramental reading）。

"圣餐式解读"是莫迪亚诺为唯心主义范式和新历史主义范式扣的一顶新"帽子"。用一个经典的解读案例就可以说明这个概念：《老水手吟》中"赎罪""重回天堂"的主题明显延续了基督教神话，新历史主义的代表人物麦甘虽然认识到了这一点，但他所引领的新历史主义评论家却只将"得罪"的对象从"神"替换成了"黑奴"，在20世纪末仍旧宣扬着宗教的主题。从更大的文学史角度看，这正是西方文学经典化过程的核心：只有重放基督教主题的作品才能成为经典。在人文主义者的心目中，文学是一种"人学"，是专门研究人的学问。"人文学"（humanities）所要探索"圣杯"的就是那个抽象的"人性"（humanity）。如此一来，人文主义者像修士一样，视文本为圣经，视人性为神性，认为

---

① 张剑，浪漫主义诗歌与新历史主义批评［J］. 外国文学，2008（4）：118-127.

经典中处处都是微言大义，"真理"就在文本中……这样下去，文学恐怕要重蹈神学的覆辙。回到《老水手吟》：莫迪亚诺批评这种阅读不增加新的知识，只有深挖创作语境，考察滋养作品的其他学科，我们才能透过同时期的博物学知识发现这部作品"非基督教"的主题————人的相互憎恶和随之而来的苦难是没有原因的。①

浪漫派研究发展到今天，我们如何在方法论上平衡自律和他律，克服这种"圣餐式解读"？如何继承新历史主义的历史进步性，但又不将文学性"随洗澡水泼出去"？为此，我们有必要回到文学学科化的伊始，回到促成它的文学有机论。国内学者白利兵指出，柯尔律治在评论莎士比亚作品时常将"作品当作有着自己生命的艺术体系"②。文学作品若是一个有机体，便有了自己的生命，就会像一个人一样"活了起来"，文学由此取得了学科独立。但按照谢默斯·佩里（Seamus Perry）的看法，这种形式主义的观点误读了柯尔律治的有机论：形式主义批评家只强调有机个体对内的自律性和随之而来的平静、安逸，却忽视了有机体与外部世界扭结、嵌纳的关系。实际上，有机的个体并非独立，它同样也嵌入在外部的环境里。若将这个有机体等同于文学批评，那么柯尔律治开创的文学有机论也是具有内外两面的：文学内部的各元素间的关系是有机的，文学与其他学科的关系也是有机的，而文学界却常顾此失彼；可以说，柯尔律治的诗学有多么强调自律，历史派批评家就可以以相同的程度消解自律，强调他律。③ 要强化文学的学科性，浪漫派研究就必须跨向更远的科学文化史史料。

---

① MODIANO R. Historicist Readings of The Rime of the Ancient Mariner [M]//ROE N. Coleridge and the Sciences of Life. Oxford: Oxford University Press, 2001: 271-296.
② 白利兵. 柯勒律治莎评的有机美学论 [D]. 北京：首都师范大学，2009: i.
③ PERRY S. Coleridge and the End of Autonomy [M]. ROE N. Coleridge and the Sciences of Life. Oxford: Oxford University Press, 2001: 246-268.

<<< 绪 论

第四节 研究方法

本书采用的研究视角为一种"没有政治倾向性的新历史主义"。浪漫主义时期，文科和理科仍未完全分立，科学常在大众文化中掀起浪潮，渗透文学的机理，影响文本的生成。专注于研究这一时期科学如何影响文学的著作之多，以至于形成了一种新的浪漫派诗歌研究视角——科学文化史视角。采用这一视角研究浪漫派诗歌的英美学者继承了新历史主义的历史性，悬置了政治性；他们不再将作品置入政治史中，不急于确定作家是左派还是右派，而是将文本置入了科学文化史的语境中，考察科学对文学的促动作用，用科学的进步衬托出文学的进步，这种进步就是浪漫派对自身文学性的自觉。通过在科学文化史中寻找文学概念，在文学中寻找科学元素，浪漫派研究既拓宽了视野，又保持了文学自律。总之，这种新兴的研究潮流视浪漫派文学为科学进步的产物，其理论归宿是为了全面、如实地复原"理"对"文"的影响，从而凸显科学对人文的促动作用。

透过科学文化史细读文本的方法叫作文化考古学，其具体的操作方法为：纵向地在历史中、横向地在其他学科中梳理一个文学概念的外延。它是一个由尼古拉斯·罗首创的概念，但它刚问世的时候显得很粗陋："考察作品中的语言、意象、风格的意义如何流变至今。"[1] 其他使用科学文化史的研究者虽未明说，但也沿用这一思路。艾伦·理查森将文化考古学转述为"在意识形态、科学和文化中找寻文学概念外延的意义"[2]。仔细比

---

[1] ROE N. Keats and the Culture of Dissent [M]. Oxford: Clarendon Press, 1997: ix.
[2] RICHARDSON A. British Romanticism and the Science of the Mind [M]. Cambridge: Cambridge University Press, 2003: xv.

较二人的定义，可见理查森在罗的定义上增加了一层跨学科性。莎伦·拉斯顿在介绍其2005年的专著《雪莱与活力论》的研究方式时明确地拒绝像C. P. 斯诺（C. P. Snow）那样将科学与文学严格地区分开，而是跨越学科藩篱，考察文学史料和科学史料如何相互影响。① 她又在2013年

---

① RUSTON S. Shelley and Vitality [M]. Houndmills: Palgrave MacMillan, 2005: 5. 活力论（vitalism）认为生物与死物之间最大的不同在于任何生物体都有一种类似灵魂的东西贯穿其中。该著作关注同代有关生命的研究对雪莱诗歌的影响，典型之一就是《西风颂》与活力论之间的联系。这一时期多种活力论学说常运用"植物孕育种子""橡树孕育橡果"之类的意象。雪莱之所以对橡果和种子产生了兴趣，是因为他认为这些种子携带着革命的潜力。他的作品在同代不是很受欢迎，他便转向后代，相信未来某些明眼的观众会理解、复兴他那"死亡的思想"上的"枯萎的树叶"。"死亡的树叶"指雪莱书写、印刷他的诗歌的书页，因此，曾经死去的，若自己不能重生，至少可以为其他事物提供重生的机会。雪莱的话将会在他死去之后供给新的一代，这样，他的话就可以像卢克莱修所说的那样"生生不息"。从字面上讲，书页也是曾经活着、现在死去的；未来读者的脑海和心田可以为书页提供新的生命。雪莱在笔记中写道："佛罗伦萨近郊，阿尔诺河河畔，生长着一片树林。那天，树林里云雾迷蒙、秋雨绵绵；突然，一阵狂风吹过，温和地唤醒了万物，将雨雾一扫而净。就在那时，我有了写这首诗的想法，并完成了大部分。"是风造就了这首诗。雪莱的诗歌有生命，不仅是因为新的读者会去阅读、解读它，还因为它可以对社会产生具体的效果。诗歌变成了生命力（vital principle），可以赋予其他人生命。RUSTON S. Shelley and Vitality [M]. Houndmills: Palgrave MacMillan, 2005: 7. 拉斯顿介绍自己的研究方法时言简意赅，她主要列举了大量前人的观点用以佐证：伊恩·怀利（Ian Wylie）曾用这种视角研究柯尔律治，他的研究不仅仅是寻找与科学有关的指涉，也不仅仅是探讨柯尔律治的科学观，而是坚称他的诗歌受到了诗人在18世纪90年代学习的科学知识的滋养，这种影响是深刻的，且起着关键性的作用。同样，科学史专家帕特丽夏·法拉（Patricia Fara）也提醒当前的学界不要将今天的分类方法强加于过去的事件上。她对18世纪欧洲的"磁疗术热"探究一番后总结道，文科和理科相互塑造对方。她的研究方法即是将与磁疗术有关的话述（不论是文字转述还是磁疗师的亲身经历）重新置入18世纪英国社会的语境中，考察磁疗术如何影响大众的生活方式。另一位专注于浪漫主义时期科学史的专家扬·戈林斯基（Jan Golinski）也指出，科学像音乐、文学、服饰一样也是一种文化形态，我们需要回到历史中，将科学与社会动向（social forces，如竞争行为和消费主义）并置，如此才能理解它。此后，拉斯顿又列举了一系列使用了同样的方法的学者和专著：Alan Bewell, *Romanticism and Colonial Disease* (1999); Marilyn Gaull, *English Romanticism: The Human Context* (1988); Noah Heringman, *Romantic Science: The Literary Forms of Natural History, Studies in the Long Nineteenth Century* (2003); David Philip Miller and Peter Harms Reill, *Visions of Empire: Voyages, Botany, and Representations of Nature* (1996); Jenny Uglow, *The Lunar Men: The Friends Who Made The Future* (2002). RUSTON S. Shelley and Vitality [M]. Houndmills: Palgrave MacMillan, 2005: 5-6.

46

的专著《创造浪漫派：18世纪90年代的文学、科学、医学》中延续了这一思路和方法："在过去的三十年中，人们逐渐对这些概念（自然和自然之物、想象、文学作品和文学创作、崇高）失去了兴趣，最近一些新的研究复原了作品的历史语境和政治语境，而本书的目的则是复原作品的科学、医学语境，进而展现科学如何丰富、挑战、促成这些概念。"① 拉斯顿将操作方法说得非常具体：作品中的很多关键的词汇在浪漫主义时期的各个学科中都具有不同于今天的、更加专业的意义，熟悉这些学科的作者在使用这些词汇的时候都是有意识的；透过这些新的意义重读这些作品，我们就可得到新的意义。②

  国内学者胡亚敏在专著《马克思主义文学批评中国形态的当代构建》中指明了西方马克思主义和马克思主义中国形态在对待文学和科技之关系时表现出的差异："与西方马克思主义主要着眼于高科技的警惕和批判不同，中国形态更强调高科技对文学的革命性影响和科技的意识形态构建功能。"③ 如果将视角平移到第二次科学革命前夕的英国社会，今天看来是常识甚至是伪科学的知识对那个年代的人而言可谓是"高科技"。因此，考察这些"高科技"如何丰富当时的文学想象也是一种具有中国特色的马克思主义文学批评形态。

---

① RUSTON, S. Creating Romanticism: Case Studies in the Literature, Science and Medicine of the 1790s [M]. New York: Palgrave MacMillan, 2013: 3.
② RUSTON S. Shelley and Vitality [M]. Houndmills: Palgrave MacMillan, 2005: 8.
③ 胡亚敏. 马克思主义文学批评中国形态的当代构建 [M]. 北京：人民出版社，2020: 238.

第五节　章节安排

柯尔律治研究光是为了探求认识的本源，这一过程经历了从外源（第一章）到内源（第二章）、从向外（第三章）到向内（第四章）的转变。

第一章《外源之光》研究了一位论时期的柯尔律治在外源之光中找寻神迹的努力，主要研究对象是他的谈话诗。谈话诗的基底是对光的观察报告：前期的谈话诗是对牛顿和歌德的光学研究著作的改写，诗人在一系列谈话诗中常凝视光源，研究后像、玻璃窗折射和反射效果之间的切换、天象；随着他从一位论转向三位一体论，他不再相信后像中有神迹，认为任何幻象都是某种眼疾；他认为是光生成颜色，颜色不是光的组成部分，而是一种生理现象，是在观察过程中由观察者人为创造的，因此在《失意吟》的结尾处，颜色之于光相当于万物生命之于造物神；在他的象征论中，他用透光的玻璃窗比喻象征语言，后者可以透出真理之光。

第二章《光外之光》探讨跨越外源之光后的柯尔律治如何用"盲"分别隐喻无神论科学家和他自己，主要研究对象是他有关盲的寓言诗。科学像显微镜一样只关注当下的细节而无视远方的未来；与此相反，宗教像望远镜一样只关注远方的未来而无视当下的细节。在寓言《寓言性的神启》中，他将无神论科学家刻画成一个只会用放大镜看自然的人，他们要么像瞎子摸象一般愚蠢，要么像盲人领盲人一样危险。在寓言诗《显微人》中，柯尔律治称无神论科学家因摘除了象征灵魂的眼球而致盲。在寓言诗《时间：现实的与想象的》中，姐弟分别象征现实和想象的时间，柯尔律治让失明的弟弟悠然自得地跑在姐姐后面而不摔倒。他讽刺无神论科学家像地下的"鼹鼠"一样近视,想象自己是失明的时间老人,虽然像鼹鼠一样也受困于"地狱边缘的囚牢",却拥有否定之眼,即像望远镜那样眺望天际、与信仰融为一体的能力。总之,在柯尔律治看来,科学之于宗教就像显微镜之于望远镜,虽然各有盲点,但后者的视野远大于前者。

第三章《内源之光》专注于柯尔律治的"用眼放光"话语,主要研究对象是他的玄幻诗。但他愿意相信于生物磁疗术,究其原因,一是为了反对视觉专制,二是觉得"用眼控制人"有趣,三是向往磁疗师的致信力。相应地,他为了反对"祛魅风"小说而开启了玄幻诗作;让"用眼控制人"的元素推动《奥索里奥》《老水手吟》《克丽丝德蓓》情节的发展;还让《忽必烈汗》中的"疯癫诗人"的两眼射出致信力。柯尔律治选择了最具致信力的视觉神话用于玄幻诗作,让一只致信之眼纵览文本内外,用玄幻作品续写了视觉神话,构建一种内源之光的话语。

第四章《光源之谜》聚焦柯尔律治对内源之光光源的探索,主要研究对象是他的寓言诗。柯尔律治徒劳地在内心寻找光源,这个向内照射的过程成就了柯尔律治自己的一套唯心主义认识论。他用聚焦、穿透、反射三个光学原理设立了主、客体以及二者的关系,认为自己在暮年仍要做持续发射哲思之光的主体,这才是对自己"长久的自爱"。客体源于主体,而主体又源于内向性,后者是"发光的主体永远处于暗影"的状态。因此,主体理应看不见自己,但可以触摸到自己。主体让《失意吟》里的诗人不再失意,让欣赏版画《薄伽丘花园》的诗人感到了由婴儿的小手传递而来的灵感。柯尔律治试图用镜子反照自己的主体,他看到自己像《对于一个理想中的客体的执着》一诗中追逐自己影子的农夫。最终,他在墓志铭式的《魅影还是事实?》一诗中将认识自己定为一生的精神追求。

第一章

外源之光：光学和柯尔律治的谈话诗

柯尔律治在《失意吟》一诗中将"失意"的原因统称为"现实的阴森梦境""毒蛇般盘绕心头的思想"，在前文中说自己一度沉迷于这种"陶然梦境"。学者们对"陶然梦境"的具体所指众说纷纭：鸦片成瘾、来自华兹华斯的创作压力、经济压力、感情压力、他曾笃信的一位论、泛神论、哈特利的联想论。但我们看向诗歌的前半部分，却发现失意的根源竟是外在的美景：

> 整整这一个黄昏，温馨澄澈，
> 我一直注视着西方天宇，也注视
> 天边那如黄似绿的奇异色泽，
> 此刻还注视着——眼神却茫然若失！

他逐渐意识到美景已不能启发他、鼓舞他，但他仍情不自禁地描写了起来，仿佛受到了"陶然梦境"的蛊惑，让他几度游离在迷醉和清醒之间：

> 天边的新月牢牢坐定，仿佛

生根于一片无星无云的碧湖；
眼前的景物呵，美得无可比拟，
我看出，而不是感觉出，它们有多美！
……
哪怕我始终在注视
流连于西方天宇的绿色光辉；
激情和活力导源于内在的心境，
我又怎能求之于、得之于外在的光景？

他意识到贪恋"陶然梦境"是一种坏习惯，是一种错误的"执念"（compulsive habit）[1]：

"希望"茁长如藤蔓，有叶有果，
虽非出自我自身，却似乎属我。
……
向来就只会这些，别无法门；
而这些，后来由局部波及全体，
到如今几乎成了我心灵的积习。

去吧，毒蛇般盘绕心头的思想！
现实的阴森梦境！[2]

---

[1] COLERIDGE S T. volume I [M] //GRIGGS E L. Collected Letters of Samuel Taylor Coleridge. Oxford: Clarendon Press, 1966: 557.
[2] 柯尔律治. 柯尔律治诗选 [M]. 杨德豫, 译. 桂林：广西师范大学出版社, 2009: 117-120.

景色描写是《失意吟》所属的8首谈话诗特有的组成部分，其他7首包括《风弦琴》（1795）、《离别憩所的忧思》（1796）、《这椴树凉亭——我的牢房》（1797）、《霜寒夜》（1778）、《孤独的恐惧》（1798）、《夜莺》（1798）、《失意吟》（1802）、《致华兹华斯》（1807）。早在1928年，乔治·哈珀（George Mclean Harper）称赞这8首诗是自从弥尔顿以来最流畅、易懂的英语诗歌；这些诗歌的语言虽然亲切得像"谈话"一样，但话题涉猎广泛，思想深邃；他从《夜莺》的标题中取"谈话诗"一词为这组诗歌命名。① 然而，有学者认为不应将《失意吟》归为谈话诗。② 这是因为《失意吟》是一首颂歌，它采用较长的品达体，正节（strophe）、反节（antistrophe）来回交叠数次后回归合节（epode），以突出特有的冲突性和戏剧性。对此，艾布拉姆斯创造了一个新名词"浪漫派大抒情体"③，以将《失意吟》《西风颂》《秋颂》这样的颂歌和谈话诗含纳在一个概念下，这些诗歌都遵循"写景—沉思—写景"（或称"内外内"）的叙事结构：

> 有些诗歌叫作颂歌，有些诗歌靠近颂歌，但具有显著的抒情性，主题更为严肃，内容多为情感饱满的沉思。这些诗具有特定的言说者，通常他们身处一个具体的户外场景；读者旁听到他的谈话，谈话开始为口语体，逐渐转变为更正式的语体，同时保持谈话的语气；谈话对象有时是自己，有时是场景外的

---

① ABRAMS M H. The Structure and Style in the Greater Romantic [M] //Hilles F W, Bloom H. From Sensibility to Romanticism. Oxford: Oxford University Press, 1965: 527-560.
② FAIRBANKS A H. The Form of Coleridge's Dejection Ode [J]. PMLA, 1975, 90 (5): 874-884.
③ 该名称取自对颂歌的分类，小颂歌为结构简单、篇幅较短的贺拉斯式，大颂歌为结构繁复、篇幅较长的品达式。

<<< 第一章 外源之光：光学和柯尔律治的谈话诗

一个事物，更多的是一个不言语的听众，他时而在场，时而不在场。谈话诗通常以写景开篇，这个景象或景象的变化唤起了他的记忆，让他回想起曾经的一个想法、一种期盼、一种情感，这些心境都是从景色的描写中渗透而出的；在沉思的过程中，言说者获得一种新的认识，重拾勇气以克服困难，做出一个道德抉择，解决一个情感问题。诗歌始于景色描写，也终于景色描写，通过思考，言说者改善心情，深化认识。①

有学者认为，田园赋予了诗人灵感②，弥合了主客二分③；回归田园，诗人的危机也就迎刃而解了。④ 但在《失意吟》里，柯尔律治却说

---

① ABRAMS M H. The Structure and Style in the Greater Romantic [M]//HILLES F W, BLOOM H. From Sensibility to Romanticism. Oxford: Oxford University Press, 1965: 527-560.
② CURRAN S. Poetic Form and British Romanticism [M]. Oxford: Oxford University Press, 1990: 111.
③ 谈话诗适合用哲学的"主客二分"话语去分析：这些诗歌都出于对另一个主体的回应的渴望，但这种渴望一直未被满足。EILENBERG S. Strange Power of Speech Wordsworth, Coleridge, and Literary Possession [M]. Oxford: Oxford University Press, 1992: 22. 谈话诗语意模糊，是因为柯尔律治想要弥合主客二分。BURWICK F. Coleridge's Conversation Poems: Thinking the Thinker [J]. Romanticism, 2008, 14 (2): 168-182. 诗人在诗歌的开始分离出一个自我，随着谈话诗的展开，最终又合二为一。BARRY P. Coleridge the Revisionary: Surrogacy and Structure in the Conversation Poems [J]. The Review of English Studies, New Series, 2000, 51 (204): 600-616. 谈话诗象征着神与人的交流，象征着神的道成肉身，所以这些诗歌里的有关声响的意象和诗歌语言的读音都是这个神圣仪式的声响。MORRIS G S. Sound, silence, and voice in meditation: Coleridge, Berkeley, and the conversation poems [J]. Christianity and Literature, 2005, 55 (1): 54-60. 他在这些诗作中体现了一种"自我发现"（Empfindung），突破了谢林的先验唯心主义对他的影响。JONES E J. "Less Gross than Bodily": Materiality in Coleridge's Conversation Poem Sequence [J]. Review of English Studies, 2012, 64 (264): 267-288. 诗人将自己的思考过程视作观照对象，达到了现象学意义上的本质直观。MARSHALL T. Aesthetics, Poetics and Phenomenology in Samuel Taylor Coleridge [M]. Cham: Palgrave MacMillan, 2020: 164.
④ MAGNUSON P. The "Conversation" Poems [M]. NEWLYN L. The Cambridge Companion to Coleridge. Cambridge: Cambridge University Press, 2006: 32-44.

美景令他"失意",导致此后诗人再也没有写出任何抒情作品,间接断送了他的创作生涯。"陶然梦境"对他意味着什么?

学者简·斯特布勒(Jane Stabler)将这类景色描写归因于一位论科学家普里斯特利和诗人马克·艾肯赛德(Mark Akenside)的影响,柯尔律治对美景的拒绝是他对前期一位论思想以及相关的政治激进主义的割席。她一反前人的结论,指出谈话诗的语言基底并非像艾布拉姆斯所谓的"沉思","而是像科学家那样细致的观察,是用语言对景象的临摹;其语言的模仿对象不仅包括17世纪的沉思录[1]和当时家庭成员之间的日常对话[2],还包括18世纪诗人艾肯赛德科学猜想诗,后者采用的素体诗行为思想实验提供了自由的语言空间"[3],诗人可以在这一载体上"痛快想象,获得智慧,就像炼金术士在疯狂的炼金过程中偶然发现了良药"[4]。笔者试图在此结论基础上增加一层更鲜明的解释:从柯尔律治对光影的描写看,谈话诗的语言基底是对光的观察报告;前期的谈话诗之所以避免使用象征丰富和音韵优美的词汇,是因为柯尔律治在模仿牛顿和歌德的光学研究著作,这些前期作品主要关注后像、景象的流变、天象。而后期的谈话诗则是对二人思想的反拨,诗人发现后像和颜色并非外在的物理现象,而是一种生理现象,是被主体创造出来供主体观照的。

---

[1] GASKINS A F. Coleridge: Nature, the Conversation Poems and the Structure of Meditation [J]. Neophilologus, 1975, 59 (4): 627-635.

[2] CHRISTIE W. A Literary Life [M]. Basingstoke: Palgrave Macmillan, 2007: 67. KOELZER R. The Poetics of "Divine Chit-Chat": Rethinking the Conversation Poems [J]. Literature Compass, 2006, 3 (3): 388-396. 还有学者认为,谈话诗语意模糊,是因为诗人不确定读者会是谁,因此在语域上采取了折中主义。NEWLYN L. Introduction [M] //Cambridge Companion to Coleridge. Cambridge: Cambridge University Press, 2002: 9.

[3] STABLER J. Space for Speculation: Coleridge, Bardauld, and the Poetics of Priestley [M] //ROE N. Coleridge and the Sciences of Life. Oxford: Oxford University Press, 2001: 175-204.

[4] COLERIDGE S T. volume I [M] //GRIGGS E L. Collected Letters of Samuel Taylor Coleridge. Oxford: Clarendon Press, 1966: 71.

从此以后，柯尔律治的光、景、色不再是光、景、色本身，而是被抽象化成象征符号。总之，"陶然梦境"指的是他对自然科学的热爱。

第一节 后 像

在牛顿刚开始对光和视觉产生兴趣的时候，他做研究并不需要什么额外的实验工具，只需要摆弄自己的眼睛。他这么做丝毫没有考虑过对眼睛的伤害。为了检测幻想的原理，他用一只眼直视太阳，直到其他原本苍白的物体开始发红，发紫，最后变成蓝色。直到适应了这种情况，他将这只眼睛闭上，想象看到太阳景象的感觉，看到了五颜六色的画面。待睁开眼后，又看到了红色、紫色、蓝色，就像刚才直视太阳一样。据此他总结道，想象与太阳几乎一样能激起视觉神经的反应。这个实验几乎弄瞎了他的眼睛，他不得不将自己关在黑屋内数日，直到眼前不再出现五颜六色的景象。此后他不再研究太阳了，但从没有停止摆弄自己的眼睛。约一年后，他将一根小棍顺着下眼皮尽可能地插到眼球后方，以此试图改变视网膜的弧度，从而观察色彩的光圈如何随着小棍的挤压而改变。①

为了复建牛顿的光学实验，歌德准备一间不透光的暗房，在窗户挡板上抠出一个直径3英寸的洞，让阳光从洞口射入暗房内。② 歌德的论文《论色彩学》写到这里，我们发现，他的实验和牛顿的相差不大。但接下

---

① WESTFALL R S. Never at Rest: A Biography of Isaac Newton [M]. Cambridge: Cambridge University Press, 1980: 94-95.

② CRARY J. Techniques of the Observer [J]. October, 1988, 45 (Summer): 3-35.

来的内容就开始和牛顿出现差异。二者的差异可以概言之为：牛顿关注光的客观存在，而歌德更关注观察者的主观体验。歌德接下来写道，让光打在一块白色的平面上，观察者需要目不转睛地观察这个光斑。

> 将这个洞堵上，让观察者望向房间内最黑暗的地方；此时，他会看到一个圆漂浮在他面前。圆的中央发光，稍偏黄，边缘处发红。过一会，边缘的红色会向中央聚集，逐渐吞噬中央的亮点，占满整个圆。圆刚全变成红，边缘又发蓝，蓝色也向中央聚拢，吞噬红色；圆全变成蓝色，边缘处变暗，无色。暗色的边缘也向中央聚拢，吞噬蓝色，最后整个圆失去颜色。①

与牛顿的《光学》相比，歌德没有通过棱镜看到即时的彩色，而是从后像中看到了延时的色彩和画面的变化。这是一种有别于牛顿物理光学的生理光学，前者研究光和其传播形态，后者研究眼睛和其感知能力。牛顿所代表的经典认识论相信"所见即知识"，而后康德时代的认识论则认为"看本身也是知识"。牛顿在暗房里将光色散成七彩；看到了七彩，你就看到了光的奥秘，获得了光的知识。但到了歌德的时代，看到七彩，你未必就获得了有关光的所有知识；你还需要描述观后感，这也是知识。总之，19世纪初欧洲人发现："知识是以解剖学和生理学为前提条件的，知识是在身体结构中逐渐成形的，且处于一个有利的地位，知识的形式与知识的形成过程是不可分离的。"②

在光被认定为一种波之前（1821年），光学一直是一门独立于物理

---

① GOETHE J W. Theory of Colours [M]. EASTLAKE C. Trans. Cambridge: MIT Press, 1970: 17.

② FOUCAULT M. THE ORDER OF THINGS [M]. NEW YORK: PANTHEON, 1970: 139.

学之外的研究领域①，尤其是生理光学，它不需要太多仪器就可以研究，很容易置喙。柯尔律治热衷于光学实验，坚信自己也有研究光学的资质和权利："我有勇气希望，我能弄清颜色背后的原理和工作方式。"② 他托朋友为他捎的棱镜但一直未果。③ 他也曾模仿牛顿和歌德，研究过强光对眼睛造成的效果："瞥一眼太阳，再望着喷泉，研究太阳的样子。"④ 在一首早期诗歌《致晚星》（1790）中，他将发源于肉眼的光晕现象附加到他物上："夕阳余晖温顺的侍卫，/甜美的星，贞洁的光，我向你致敬。/我常凝望你/直到万灵发光。"⑤ "万灵发光"的幻想正好呼应具有泛神论倾向的一位论学说。

为了证明颜色是一种生理现象，柯尔律治常测试不同颜色对肉眼产生的效果。平时出游时，他会携带一种滤镜——克劳德镜（Claude Mirror）。这是一种背面涂上黑色的凹镜，艺术家不需要面对刺眼的阳光，只需背对景物，举起凹镜，从镜里观察景物的影像，如此一来景物聚拢，刷在镜子背面的黑色物质还能降低亮度和颜色的饱和度，筛选出更加显著的物体，以便艺术家临摹。克劳德镜的一个变体是刷上颜色的滤镜，用它长时间观赏景色，不必受光线刺激，柯尔律治常用它检测不同颜色对后像的作用。

---

① CRARY J. Techniques of the Observer [J]. October, 1988, 45 (Summer): 3-35.
② COLERIDGE S T. Marginalia, IV [M] //WHALLEY G. The Collected Works of Samuel Taylor Coleridge, Volume 12. Princeton: Princeton University Press, 1980: 209.
③ COLERIDGE S T. volume II [M] //GRIGGS E L. Collected Letters of Samuel Taylor Coleridge. Oxford: Clarendon Press, 1966: 712.
④ COLERIDGE S T. Shorter Works and Fragments, I [M] //BOSTETTER E E. The Collected Works of Samuel Taylor Coleridge, Volume 11. Princeton: Princeton University Press, 1995: 156.
⑤ COLERIDGE S T. Poetical Works, I [M] //MAYS J C C. The Collected Works of Samuel Taylor Coleridge, Volume 16. Princeton: Princeton University Press, 2001: 21.

柯尔律治诗歌中的光 >>>

  有一天，他将一副染了色的镜片作眼镜，左眼戴红色，右眼戴黄色镜片——只从黄色的望去——用指头闭合右眼，保持左眼的位置不变——之后马上从红色镜片望去。右眼明显更强烈，很奇怪，也许是因为黄色镜片会捕捉更多的光，我将两个镜片调换位置，黄在左，红在右，之后从黄色这边望向地面的景物——可能有一点发红，但天空和云朵却像是从红色镜片望去的一样。①

  柯尔律治珍惜每一次研究后像的机会。有一次生病，他卧床不起，头晕目眩，他趁机开始研究起眼前的五颜六色：

  星期三——下午——卧床——精神紧张——注意到杯子像棱镜一样反射出七彩的颜色——华兹华斯到访——与他谈话——他走了——我闭上眼——看到两道美丽的颜色，橘色和紫色——又看到了绿色，之后马上变为豆绿色，然后在眼中长成一片美丽的青苔，就像格拉斯米尔壁炉台上的青苔一样。——抽象的概念——无意识的联想！！②

  秉烛夜读，停下来闭上眼睛，他常看到"像马粪或烤苹果那样的环状物"，他在笔记中感叹道："为何出现这种同心圆环？我要是能将这些

---

① COLERIDGE S T. Volume I [M] //COBURN K. The Notebooks. London: Routledge, 2002: 1412.
② COLERIDGE S T. Volume I [M] //COBURN K. The Notebooks. London: Routledge, 2002: 925. 柯尔律治的笔记夹杂了很多个性化的、不规则的标点符号。本文的翻译原则为：保留不影响理解的，改动干扰理解的。

第一章 外源之光：光学和柯尔律治的谈话诗

幻象解释清该有多好！"①

在《风弦琴》（1795）一诗中，诗人将眼神迷离时所见的幻象当作一种神迹。幻象不招自来，好像灵感之风轻拂过心灵之弦后留下的印记：

> 为此，亲爱的！午刻，我躺在那边
> 半山坡上，把肢体怡然伸展，
> 眼帘半闭着，也能看得见：阳光
> 在海上跳荡不定，晶亮如宝石；
> 我静穆冥想，冥想这一片静穆；
> 有多少不招自来、阻留不住的
> 思绪，和忽来忽去的无稽幻想，
> ——掠过这慵懒温顺的脑膜。
> 轻狂，善变，犹如任性的雄风
> 在这驯服风瑟上威武鼓翼！
> 又何妨把生意盎然的自然界万类
> 都看作种种有生命的风瑟，颤动着
> 吐露心思，得力于飒然而来的
> 心智之风——慈和而广远，既是
> 各自的灵魂，又是共同的上帝？②

诗人"眼帘半闭"，便见到了瑰丽的幻象（"阳光/在海上跳荡不定，晶亮如宝石"）。眼睑的稍稍抖动促成了美妙的图像，这让他联想到风吹

---

① COLERIDGE S T. Volume II [M] //COBURN K. The Notebooks. London：Routledge，2002：1681.
② 柯尔律治. 柯尔律治诗选 [M]. 杨德豫，译. 桂林：广西师范大学出版社，2009：7.

59

柯尔律治诗歌中的光 >>>

动自然万物的景象。这股风在内唤起"无稽幻想",在外轻抚"自然界万类",它就是同时弥漫在心智和自然中的神。所以,《风弦琴》虽然是由"风"吹动的,但唤起这个隐喻的却是眼睑的跳动。在《这椴树凉亭——我的牢房》一诗中,他眺望宽阔的海面,当时阳光更充沛,不久他便看花了眼:

> 闪耀吧,碧蓝的大海!让我的友人
> 也像我那样,感受到深沉的欢愉,
> 肃立无言,思潮涌溢;环视着
> 浩茫景象,直到万物都俨如
> 超越了凡俗形体;全能的神明
> 为缤纷色相所掩,威灵仍足以
> 令众生憬然于他的存在。①

"直到万物都俨如/超越了凡俗形体"说明他望了很久,最终望见了幻象,他认为这幻象是神迹。同样,在《孤独中的忧思》中,他也将眼花当成的神迹:

> 朗照的红日,飘拂的清风,无不
> 给他以温馨陶养他身心震颤,
> 多少种情怀,多少种思绪,汇成了
> 沉思冥想的愉悦,在自然界的
> 千形万态里体味出神圣内涵!

---

① 柯尔律治. 柯尔律治诗选［M］. 杨德豫,译. 桂林:广西师范大学出版社,2009:11.

于是，他的官觉迷茫了，仿佛在
假寐，梦见了世外的洞天佳境，
而梦中仍然听到你，歌吟的云雀呵，
你高唱入云，宛若云端的天使！①

在《致华兹华斯》一诗中，柯尔律治听华兹华斯为他朗诵《序曲》，他心潮澎湃；待到朗诵完毕，他仍能看到华兹华斯留给他的"后像"：

当你持续的歌声最终结束的时候，
你深沉的声音停止了，你的形象
仍然在我的眼前，而我们的四周
是我们亲人的脸庞喜滋滋的景象——
毫无意识，而又意识到它的结束，
我坐在那里，身心融入一个思想……②

华兹华斯的朗诵让他出现了种种幻觉，包括四周"亲人的脸庞"。这和歌德在暗房中凝视光斑后的体验颇为相似。

第二节 景象的流变

和光学家一样，柯尔律治也关注光影的变化。1800年12月到1801

---

① 柯尔律治. 柯尔律治诗选 [M]. 杨德豫, 译. 桂林：广西师范大学出版社, 2009：87.
② 柯勒律治. 柯勒律治诗选 [M]. 袁宪军, 译. 福州：福建教育出版社, 2015：198.

柯尔律治诗歌中的光 >>>

年6月间的某一个日落时分，他隔着玻璃窗坐在屋内望向窗外，研究窗户上的景象切换：

  物体，换言之，火，壁炉搁架，水壶，第一眼望去，向着客厅对面的灌木发出明显的光，但过了几秒钟，隔着一段理想的距离（当然那是一个无法比拟的距离），灌木便挡住了视线，物体好像又出现在灌木后面——/当我区别灌木和影像时，我的视觉便产生了一种不悦的感觉。①

  1801年3月17日下午9点，他在屋内隔着窗户仰望天空。一段时间里，屋内的风弦琴从窗户上反射出来："风弦琴伫立在房间的影像中，漆黑的一块，轮廓清晰，但仍是透明的——。"不久，当屋内的光线减弱，窗面上浮现出星空："云朵、月亮、由神造的、月一样的星星，都依然明亮——相比之下，屋顶的影像看起来像银河中的迷雾，闪光的星星点缀其中，但雾让星光显得暗淡了一些。"②

  虽然人类很早就将玻璃板用作窗户，但英国普通民众要等到18世纪末才能买得起玻璃窗户，此前只有豪宅和教堂才配得起。当时的窗户玻璃光滑不及今天，但当这边的光线强于对面的光线时，窗户从这边看也会形成镜像。当内外光线一样强时，窗户表面会出现两个重叠的图像，原本两处的物体会并置，这不啻为当时的视觉特效。

  在20世纪浮制玻板法出现之前，玻璃板均是吹制或铸造、打磨而

---

① COLERIDGE S T. Volume I [M] //COBURN K. The Notebooks. London: Routledge, 2002: 894.

② COLERIDGE S T. Shorter Works and Fragments, I [M] //BOSTETTER E E. The Collected Works of Samuel Taylor Coleridge, Volume 11. Princeton: Princeton University Press, 1995: 110.

成，工艺复杂，成本高昂，相当于一种奢侈品。1773年，一块1平方米的玻璃板价值约37英镑。很长一段时间里，恩主玮致活每年赏赐给柯尔律治150英镑，这笔钱足够他养活他自己、妻子、三个孩子和岳母。除了工艺复杂以外，英国的玻璃板市场还常年被法国占有。18世纪70年代，英国每年都要从法国进口价值六十万至一百万英镑的玻璃板。① 局面直到1776年才发生转变。这一年7月12日至15日的《劳埃德晚报》（*Lyoyd's Evening Post*）第52版上，英国本土的玻璃制造商兴奋地在向公众联名预告，他们已"愉快而成功地铸造出大型玻璃板，尺寸可与进口货媲美，质量和尺寸可以满足各种需求，几个月内就可以面世"②。兰卡郡的瑞文海德区于1792年成立了不列颠玻璃板铸造厂。两年后（1794年），英国市面上就可以买到大到1.9米乘3米、小至15厘米乘13厘米的玻璃板，价格上至404镑、下至5先令。到了1826年，伦敦的玻璃板工厂多达14座，10年后又增加到32座。③ 直到18、19世纪之交，英国才最终打破了法国对国内玻璃产业的垄断。

除了玻璃板材产业的本地化，玻璃制作工艺的革新也是促成玻璃窗户大众化的另一个因素。1791年，法国化学家尼古拉斯·路布兰（Nicholas Leblanc）发明了新的制碱法，史称路布兰制碱法，这种方法可以生产更纯的碱；用它烧制玻璃，炉温不需要太高，这样成本就降了下来。此外，一种更加透明的冕牌玻璃板（crown glass）在漫长的一百年中逐渐取代了粗糙的吹筒法制的玻璃板。18世纪30年代，大部分的玻璃板都是通过吹筒法而制成的，即先将熔化的玻璃吹成圆柱形的管子，再将管子加热、劈

---

① LOUW H. Window-Glass Making in Britain c.1600–c.1860 and its Architectural Impact [J]. Construction History, 1991, 88 (7): 47-68.
② MACKEY G. CAST PLATE GLASS [N]. LLOYD's EVENING POST, 1776-07-12 (2972).
③ LOUW H. Window-Glass Making in Britain c.1600–c.1860 and its Architectural Impact [J]. Construction History, 1991, 88 (7): 47-68.

开、摊平。这种方法制成的玻璃板透明度很差。柯尔律治1803年在湖区游览,将一处水流平缓而均匀的瀑布形容成"吹筒法制成的玻璃"(broad sheet)或者"流动的鱼胶"①,其透明度可想而知。到了18世纪中叶,市场上一半的窗户已是冕牌玻璃板:这种制法先将熔化的玻璃吹成球状,再改为半球状,然后以半球的中心为轴旋转,原本碗状的玻璃受离心力的牵引成了圆盘,最大直径可达1.5米;将这个圆盘切割成若干菱形,最后拼接到窗扇上。这种制法生产的玻璃板透明度要比吹筒法制成的好得多。当然,将铸造而成的玻璃手工打磨平整的压铸制法也存在,但这种制法耗时费工,只有凡尔赛宫才配使用;虽然19世纪初引用蒸汽机来磨平玻璃,但其价格比起前两种玻璃仍要高出很多。到了1780年,冕牌玻璃板因其合理的价格和可接受的透明度已称霸英国的玻璃板材市场,便宜但粗糙的吹筒法制的玻璃几乎失去了市场。②

然而,英国特有的玻璃窗户税还是限制了大片玻璃窗户出现在伦敦街头。英国政府不断提高从1696年开始征收的玻璃板消费税,直到1851年开办大英博览会,向世界展示"水晶宫"的年代才取消。1776年以前,除教堂以外,凡带有15扇玻璃窗户以上的房屋就要按照每扇几便士的额度开始缴税。1776年以后,带有7扇玻璃窗户的房屋就要缴税。1797年,税额又增加了三倍。为了避税,很多户主不得不将多余的窗户用砖、灰泥或板条封起来。相比之下,欧洲对玻璃窗的使用少有限制。走在汉堡市街头的柯尔律治十分羡慕当地的"玻璃房":"(英国的)玻

---

① COLERIDGE S T. Volume I [M] //COBURN K. The Notebooks. London: Routledge, 2002: 1778.
② LOUW H. Window-Glass Making in Britain c. 1600-c. 1860 and its Architectural Impact [J]. Construction History, 1991, 88 (7): 47-68.

璃窗户税就像大蛤蟆背上驮个小蛤蟆，接二连三地冒出来。"① 纵观18世纪，随着工艺的完善，玻璃窗越来越大，每扇窗户的玻璃的分块越来越少。② 总之，在18世纪末的伦敦，观察玻璃窗反射折射效果的切换对于普通英国民众仍算是一件新鲜事。

图示1　冕牌玻璃制成的窗户③

柯尔律治明白这一现象背后的原理，类似的经历成了柯尔律治一篇科普文的素材，该文主旨为反对迷信，于1809年到1810年期间发表在他

---

① COLERIDGE S T. The Friend, II [M]//ROOKE B. The Collected Works of Samuel Taylor Coleridge, Volume 4. Princeton: Princeton University Press, 1969: 212.
② LOUW H. Window-Glass Making in Britain c. 1600-c. 1860 and its Architectural Impact [J]. Construction History, 1991, 88 (7): 47-68.
③ Commons, AKMuseum5 [DB/OL]. Wikipedia, 2007-10-07.

主笔的《朋友》杂志上：

  首先，我努力将我的鬼魂理论为我的读者解释得更清楚，身体健康、神经健全的读者很幸运，但你们可能会觉得这个理论晦涩。我在湖区凯瑟克地区有个家，家里的书房的窗户正对着壁炉，窗外，成片的花顺着山坡向山脚铺开。由于这个位置，一部分光线穿过玻璃（光线来自花园、对面的山、桥梁、小河、湖泊、附近的山谷），一部分光线从窗户上反射回来（光线来自壁炉等），两种光线同时映入眼帘。当傍晚来临，我的乐趣之一就是观看火焰的影像，随着光线的强弱变化，火焰看上去好像燃烧在灌木中，树林间，花园里，田野外。它能镶嵌在实物当中，距离和大小与清晰度成比例。光线越暗，火焰的影像就变得更小、更近、更清晰；直到晚霞变得浓重，成为完美的夜，所有外部的物体都被排除，窗户就变成了一面完美的镜子：但是，随着天空中云朵密度的变化，星星也会印在书架一侧的书籍封面上（此时星光是唯一能穿透玻璃的光线）。现在将路德脑海里的幽灵替换成反射的光（例如火焰的光），将他的房间和家具替换成穿过玻璃的光线，我们就可以得出类似幻想一样的效果，反射的物体和真实的物体混在了一起。①

  壁炉里的火焰不仅在玻璃窗的镜像效果中起到了穿插两幅图景的作用，在《午夜寒霜》中也起到了穿插两个场景、两段经历的效果。柯尔律治在该诗的第一段里一边陪着孩子入睡，一边看着壁炉中的"蓝色火

---

① COLERIDGE S T. The Friend, II [M] //ROOKE B. The Collected Works of Samuel Taylor Coleridge, Volume 4. Princeton: Princeton University Press, 1969: 144-145.

第一章 外源之光：光学和柯尔律治的谈话诗

苗"；不久，火苗"不再抖动"，一道青烟升起，让他浮想联翩：

炉火不旺了，
细弱的蓝色火苗已不再抖动；
只有炉子上那一缕轻烟，还照旧
在那儿袅绕——只有它静不下来。
万籁俱寂中，它独自活动着，我想
它对我这个活人，会隐约萌生
几分亲切感，会乐于和我做伴吧。
闲荡的精灵（它到处寻觅自己的
回声或影像），凭着自己的心境
来解释轻烟的袅绕和怪态奇姿，
借幽思遐想来消遣。

刚进入第二段，伴随着摇曳的青烟，场景切换成了柯尔律治的童年，那时，他常紧盯着教室里的炉火，思绪万千：

哦！多少次，
我在学校里，怀着真诚信念
和殷切预期，凝望着炉子，守望着
那翩然浮现的"远客"！还有多少次，
我睁着两眼，居然分明梦见了
心爱的家乡，古老的教堂钟楼，
清脆的钟声——穷人仅有的音乐，
在热闹集日，从清晨响到黄昏，

67

>悠扬悦耳，以酣畅淋漓的欢乐
>撩拨我，纠缠我，在我听来，这音响
>真像是对未来事物的分明预告！
>我睁眼望着，直到梦中的佳境
>诱我入眠，而睡眠又延长了美梦！①

柯尔律治"守望着"（to watch）青烟，暗示他凝望着火苗熄灭、青烟升起的全过程。青烟在英国民俗文化中预示将有客人到访，它让柯尔律治想起了童年的一幅幅画面，让他想起儿时的梦想，这些梦想在第三段又成为他寄予孩子的希望："宇宙的恩师！／他会塑造好你的心灵。"② 火苗和青烟将前后两个场景串起来，就像折射景象切换至反射景象时不变的是明亮的火焰。在《夜莺》一诗中，柯尔律治和华兹华斯一家凝视天空，从傍晚一直凝望到深夜，他将天色的变化记录了下来："没有了云霞，没有了西边惹眼的／回光落照，没有了缕缕残晖，／没有了深浓而明灭不定的色彩。"③ 他这时发现星星不亮，气象学知识告诉他，这预示着"沛然而来的春雨"，而"春雨"又向他暗示自然的生机，他这才切入诗歌的主题：诗人应该从外在自然中汲取灵感。

第三节 观天象

18世纪末，光学仪器的发明极大促进了天文学的发展，柯尔律治对

---

① 柯尔律治. 柯尔律治诗选［M］.杨德豫，译.桂林：广西师范大学出版社，2009：73-74.
② 柯尔律治. 柯尔律治诗选［M］.杨德豫，译.桂林：广西师范大学出版社，2009：75.
③ 柯尔律治. 柯尔律治诗选［M］.杨德豫，译.桂林：广西师范大学出版社，2009：96.

<<< 第一章 外源之光：光学和柯尔律治的谈话诗

光学的研究对象也相应地从日常拓展到了天象。此时，科学家利用望远镜发现了天王星，观测到数颗彗星，遥望深空的星系和星云，他们的每一个发现都会轰动社会。天文学的前身是占星术，前者是对天象的客观记录，而后者是用星象占卜，是一门没落的学科，对此柯尔律治十分清楚。① 柯尔律治在诗歌中融入了最新的天文学学说，但从占星术的立场出发与这些天文学说展开争论。他相信宇宙中的光源是神所在的地方，他期望通过歌颂这些光源，有朝一日能让自己的灵魂升天。

柯尔律治从小就对天文学产生了浓厚的兴趣。柯尔律治在信中曾提到，8岁那年，一个冬天的傍晚，父亲和他一同回家，路上父亲告诉他星星的名字；木星比这个世界大一千倍；其他的星星都是闪烁的恒星，周围环绕着不同的世界；到家后，他还为孩子演示它们是如何环绕的。整个过程柯尔律治都怀着极大的兴趣和崇敬的心情，这给他留下了深刻的印象。② 16岁那年，他就创作过一首《致秋月》（1788）：

> 我望见你悄然游动，慵倦的娇眼
>
> 从云雾轻纱里透出似水清辉；
>
> 有时，你乐意把苍白脸盘儿藏入
>
> 叠叠乌云的后边，在高空隐去；
>
> 有时，又从吹散的乱云间射出
>
> 恬静光华，照耀觉醒的天宇。
>
> 与你同样美、同样多变的，是"希望"：

---

① COLERIDGE S T. Lectures 1808—1819 on Literature, II [M] //FOAKES R A. The Collected Works of Samuel Taylor Coleridge, Volume 5. Princeton: Princeton University Press, 1987: 114.

② COLERIDGE S T. volume I [M] //GRIGGS E L. Collected Letters of Samuel Taylor Coleridge. Oxford: Clarendon Press, 1966: 210.

它时而在阴沉背景上幽幽闪现，

时而在"绝望"巨龙翅翼下隐藏。①

柯尔律治曾声称，对于无知者和不善于观察的人而言，宇宙的许多方面看起来是琐碎无用的，然而天文学家却可以从中获得令人羡慕的力量，用以行善。② 他称天文学是"人类之伟大的丰碑"，因为天文学来自数学论证，而非对现象的观察。柯尔律治称其为"崇高的科学，其研究对象是神在天堂为了象征季节、日期、年代而设立的巨大物体"。与启蒙时期机械论下的天文学家不同，他一直对天文学怀有一种宗教般的敬仰。③ "所有的科学都必然具有预言性，其预言的准确度是一种测试，一种可靠的标准，只有通过这项测试，这种标准，一门学问才能成为一门科学。托勒密天文学连月食都无法预测；而开普勒和牛顿则带来了真正的科学和预言。"④ 相比其他学科，天文学是柯尔律治怀疑最少的一门科学。

然而，出于宗教信仰，柯尔律治也认为天文学的最终目的是占星术，观察天象可以预测人类的命运。他曾声称天文学的最终成就在于占星术。⑤ 星丛在天文学中意为恒星的排列，而在占星术中则指星星的排列对

---

① 柯尔律治. 柯尔律治诗选 [M]. 杨德豫，译. 桂林：广西师范大学出版社，2009：1.
② COLERIDGE S T. Marginalia, IV [M] //WHALLEY G. The Collected Works of Samuel Taylor Coleridge, Volume 12. Princeton：Princeton University Press, 1971：150.
③ COLERIDGE S T. Lectures 1808—1819 on Literature, II [M] //FOAKES R A. The Collected Works of Samuel Taylor Coleridge, Volume 5. Princeton：Princeton University Press, 1987：486.
④ COLERIDGE S T. On the Constitution of the Church and State [M] //COLMER J. The Collected Works of Samuel Taylor Coleridge, Volume 10. Princeton：Princeton University Press, 1976：118.
⑤ COLERIDGE S T. Lay Sermons [M] //WHITE R J. The Collected Works of Samuel Taylor Coleridge, Volume 6. Princeton：Princeton University Press, 1972：86.

<<< 第一章 外源之光：光学和柯尔律治的谈话诗

人的影响，意思与命运相似。柯尔律治在1809—1819年间的文学讲座中就曾用"星丛"指代"命运"。① 他曾引用爱德华·杨（Edward Young）的诗句"不虔诚的天文学家一定是疯癫的"②。当柯尔律治无法反驳天文学的理论，他就拓展天文现象的意义。

柯尔律治专门以天文为题材而创作的诗歌为《天文颂》（1793）和《彗星，1811》（1811），两首诗歌都以"升天"的场景结束，表达了"与神同在"的期望，体现了基督教新柏拉图主义的信仰。《天文颂》是为了参加剑桥大学布朗诗歌比赛（Brown Competition）而创作的一首原本为希腊语的古体诗。该诗没有获得一等奖，在信中称这首诗获得了二等奖，但相关凭证无法得到证实。柯氏自称这首诗正是因为太好所以无法获奖。③ 梅斯（J. C. C. Mays）发现，与获得一等奖的诗作相比，柯氏颂扬天文学的态度并不明显。获得一等奖的诗歌涉及了天文学对导航和农业的益处，却很少谈及这门有关神造之物的学问如何通神。相比之下，柯尔律治却认为天文学是一门可以通神的科学。④ 该诗后来被诗人翻译成英语，于1801年发表在《朝日邮报》上。《彗星，1811》一诗发表于1811年11月16日的《快讯报》上。⑤ 两首诗大段的赞颂之后，诗人在

---

① COLERIDGE S T. Lectures 1808—1819 on Literature, I [M] //FOAKES R A. The Collected Works of Samuel Taylor Coleridge, Volume 5. Princeton: Princeton University Press, 1987: 559.

② COLERIDGE S T. Lectures 1808—1819 on Literature, I [M] //FOAKES R A. The Collected Works of Samuel Taylor Coleridge, Volume 5. Princeton: Princeton University Press, 1987: 326.

③ COLERIDGE S T. Poetical Works, II [M] //MAYS J C C. The Collected Works of Samuel Taylor Coleridge, Volume 16. Princeton: Princeton University Press, 2001: 83.

④ COLERIDGE S T. Poetical Works, II [M] //MAYS J C C. The Collected Works of Samuel Taylor Coleridge, Volume 16. Princeton: Princeton University Press, 2001: 84.

⑤ COLERIDGE S T. Essays on his Times in the Morning Post and the Courier, III [M] //ERDMAN D V. The Collected Works of Samuel Taylor Coleridge, Volume 3. Princeton: Princeton University Press, 1978: 307-309.

结尾段都将自己的灵魂外化出来，希望它能飞到远到看不见的地方，受到神的眷顾。两首诗的创作时间相隔18年，宗教情结一直贯穿在他对天文的见解中。对于柯尔律治，宇宙就是天堂。细读这两首诗，我们从中可以发现同代的天文学发现以及与其相异的学说。结合整体"升天"的主题，他这样做是在将新的天文知识汇编入旧的天文神话系统中。

一、从海面出发

结合《天文颂》，我们可以在《失意吟》（1802）中读出一个水手飞天的过程，这个过程始于凶险的海面。柯尔律治的数学老师威廉·威尔士（William Wales）是一位天文学家，他曾随库克船长一同出海；海上导航依靠对天象的观察，他们需要威尔士测量南半球的天象，以此为那片未知的海域作图。① 面对未知海域，水手们的心情就像《老水手行》（1797）第二章里说的那样，"这幽静海面，在我们以前/从来没有人闯入"。在柯尔律治第一次乘船前往德国的途中，他仰望夜空，像一个航海员一样记下了详细的天文数据。在这次航行中，他第一次引用英国中世纪谣曲《帕垂克·斯本斯爵士》的一句诗行描述了夜空中的地球反照现象，即"新月将残月拥抱"。② 地球反照现象常发生在新月和多云的时候。由于云对阳光的反射率比陆地和海洋都高，所以当地球有大片乌云覆盖的时候，就会有更多的光从地球反射出去，这些光射到月球的表面又会反射回地球，所以造成了两个月球的景象：一个是新月，另一个是被地球照亮的全月。由于新月位于全月的下方，相比之下更加明亮，便造成了"新月抱残月"的想象。地球反照现象说明天空中有大量的云存

---

① FULFORD T. Romanticism and Science, I. [M]. London: Routledge, 2002: 15.
② COLERIDGE S T. Volume II [M] //COBURN K. The Notebooks. London: Routledge, 2002: 1995-2009.

<<< 第一章 外源之光：光学和柯尔律治的谈话诗

在，继而说明这个方向可能会发生暴风雨。对于船员而言，海上遇到暴风雨会增加海难事故发生的概率。因此，"新月抱残月"的确是暴风雨、厄运的征兆。

柯尔律治后来还用同样的诗句作为《失意吟》（1802）的题词："昨天深夜，我曾瞥见／新月将残月拥抱；／船长！船长！我真心担心／会有凶险的风暴。"① 这是一个海难故事：苏格兰英雄帕垂克·斯本斯爵士长于航海，而国王听信谗言，命令他在暴风雨季节出海航行，斯本斯明知此行凶多吉少，但不能违背王命，终于在暴风雨中沉船遇难。进入第一段，诗人描绘了远处的地球反照现象，意识到他会像古谣中的水手，遭遇一场风暴："我望见残月被新月揽在怀里，／预示惨厉暴风雨汹汹逼近。"如果身处凶险洋面的水手是柯尔律治，他必定会期望飞离危险。我们可以从《天文颂》中听到他向天神乌拉尼亚呼唤道："赐予我力量／让我乘着翅膀高飞，／在天空的暴风骤雨中驰骋。"但尽管已经腾空，"巨龙与女巫……口吐毒气，／……／愤怒地／向水手发出死亡的尖叫"②。回到《失意吟》，待暴风雨到第八段过去后，我们看到一个飞离地球的柯尔律治："愿两极之间的万物在他眼前生机活泼，／她的灵魂也为之激荡，生生不息！"（To her may all things live, from Pole to Pole, / Their life the eddying of her living soul!）③ 地球的南北极让他尽收眼底，可知两句诗的视角来自一个飞升至太空、回头望向地球的诗人。总之，《失意吟》虽然表面上描写了一个在自家小院观天象、淋暴雨的柯尔律治，但结合《天文颂》，我们还可以读出一个从海面飞升至太空的柯尔律治。

---

① 柯尔律治. 柯尔律治诗选 [M]. 杨德豫. 译. 桂林：广西师范大学出版社，2009：116.
② COLERIDGE S T. Poetical Works, II [M] //MAYS J C C. The Collected Works of Samuel Taylor Coleridge, Volume 16. Princeton: Princeton University Press, 2001: 88.
③ COLERIDGE S T. Poetical Works, II [M] //MAYS J C C. The Collected Works of Samuel Taylor Coleridge, Volume 16. Princeton: Princeton University Press, 2001: 702.

柯尔律治诗歌中的光　>>>

二、飞向天王星

天王星的发现影响了柯尔律治笔下的太阳系神话。天王星是人类借助仪器——望远镜发现的第一颗太阳系的行星，于1781年由威廉·赫歇尔（William Herschel）发现。前五颗行星均由罗马神话人物的名称命名——墨丘利、维纳斯、马尔斯、朱庇特、萨图恩。这颗行星在普鲁士被称为乌拉努斯（Uranius），但当时有人反对，因为乌拉努斯（天神）是整个天空拟人化了的名字。奥地利人称这颗行星为乌拉尼亚（Urania），同样也与"天神"同名，故也不合适。乌拉尼亚原本是希腊诗人赫西奥德笔下的缪斯女神之一，在公元前2世纪左右开始逐渐指代天文。赫歇尔认为"在如今科学的时代，用同样的方法将这颗新发现的行星命名为朱诺、帕拉斯、阿波罗或密涅瓦，这样不太合适"。他认为用时代命名更加科学，但若成"在乔治三世执政的时代"又会佶据拗口，便用拉丁语称其为Goergium Sidus——"乔治之星"。① 这些天文学的知识和争议在《天文颂》一诗以两点得以体现。首先，在过去很长一段时间里，太阳执掌的领域到土星萨图恩为止，所以，在柯尔律治的视角飞离地球、驶向天神的途中，土星是旅途的终点，在此眺望新发现的天王星：

我可否踏入你火焰的门槛？
我离开地球可爱的景象，
我离开宁静的月，
它是夜的女王，
我离开她宽阔的辖域，

---

① FULFORD T. Romanticism and Science, III [M]. London: Routledge, 2002: 5-6.

74

>>> 第一章 外源之光：光学和柯尔律治的谈话诗

  飞越马尔斯掷出的愤怒之光

  飞越朱庇特广袤的原野

  （这位王者系着多副腰带）

  到达某位被放逐的暴君

  隐隐看见他肃穆阴沉的力量，

  独自在冰冷的天堂

  沿着巨大的轨道

  缓缓驶过一年又一年。①

  其次，如果他用罗马神话人物的名字称那些旧行星，那么称新行星"乔治之星"会破坏平行。他也无法像普鲁士人那样称其为"乌拉努斯"，因为这样就会与他反复称颂的天神重名。所以，他在诗中没有明确天王星的名字："你也逃不过我的视线，/在太阳之殿的门槛/颤抖，夜空中最年轻的女儿！"② 柯氏巧妙地将轰动一时的天文发现融汇到了赞颂天神的颂歌中，让神话与时俱进。

三、邂逅彗星

  彗星沿弧线绕太阳行进，行进的弧线由太阳引力决定，而彗星喷射出的尾巴的方向却与阳光一致，所以彗星的尾巴与星体运行的轨道不在同一条弧线上，尾巴会形成一个扇形；这个知识点虽然细微，但也被柯尔律治巧妙地运用到诗歌中。英国化学家威廉·尼克尔森（William

---

① COLERIDGE S T. Poetical Works, I [M] //MAYS J C C. The Collected Works of Samuel Taylor Coleridge, Volume 16. Princeton: Princeton University Press, 2001: 86-87.
② COLERIDGE S T. Poetical Works, I [M] //MAYS J C C. The Collected Works of Samuel Taylor Coleridge, Volume 16. Princeton: Princeton University Press, 2001: 86-87.

Nicholson）在杂志《自然哲学、化学、艺术期刊》多次撰文讨论彗星的成分。他介绍了两种有关彗星的假设：彗星朝向太阳的一面是由像电一样的液体构成的，即暗示彗星的动能来自电磁力，而非引力。尼克尔森继续推测，当电一样的液体离开了星体，仍会受电磁力推动前进一段距离，但由于离星体距离越来越远，弧度就会越来越大，从而产生了扇形。另一种假设认为，像任何行星早期的情况一样，彗星的核心是液体构成的，而且这种液体是带有荧光的，所以会发亮。柯氏大致赞同这两种观点，但质疑尾巴扇形的原因也许更多是出于惯性，就像从马车里掷出的石块，手枪射出的子弹，蒸汽船喷出的烟雾。① 在《天文颂》一诗中，柯氏想象自己像彗星尾巴一样跟随彗星星体前进，但又不会被星体挡住视线：

还有你——你，留着火焰长发的陌生者！
你，漫步宇宙的彗星，
我能否跟随你/沿着你无路的轨道，
这样，当你转弯，我便可以看到
被更古老的恒星赐予生命的各种世界。②

柯氏结合了彗星自动说和惯性理论，让视角随扇形的尾巴在空间中飞散。

在19世纪初，天文学家已可以预测彗星大致到来的时间，但预测的精度很差，柯尔律治借此为笔下的彗星增加了神秘感。埃德蒙·哈雷（Edmund Halley）推测彗星的轨道受到了木星的影响，这种说法在1682

---

① COLERIDGE S T. Marginalia, III [M] //WHALLEY G. The Collected Works of Samuel Taylor Coleridge, Volume 6. Princeton: Princeton University Press, 1980: 946.
② COLERIDGE S T. Poetical Works, I [M] //MAYS J C C. The Collected Works of Samuel Taylor Coleridge, Volume 16. Princeton: Princeton University Press, 2001: 86-87.

<<< 第一章 外源之光：光学和柯尔律治的谈话诗

年和1759年出现的彗星现象得到了证实。1817年的《大英百科全书》也证实了木星和土星对彗星轨道的影响。但舒伯特却指出，天文学家相信可以通过计算来预测彗星到来的时间，但有时候会出错。有人认为是木星干扰了彗星的轨道，但他却反驳道：彗星经过近地行星时，这些行星的行进轨迹都没有受到干扰。① 柯尔律治在《彗星，1811》中断定："在无路的天空/探寻你神秘的轨道，都是徒劳之举；/时间也无法把握你的线路。"若彗星真是神的使者，它何时到来定由神决定，而神意是不可妄加揣测的。

在柯尔律治的宇宙观里，彗星是神的使者。19世纪初的英国，关于彗星的文献渗透至各个层面的阅读公众。彗星于1808、1811、1817、1812年都曾出现，柯氏也于1825年亲眼观测过彗星。② 柯尔律治常用彗星作喻③，他阅读过德国天文学家约翰·希罗尼莫斯·施罗德（Johann Hieronymus Schröter）有关彗星构成的文章。他撰文回应了施罗德提出的一些问题，打算发表在杂志《黑林》上，但由于完成的时候已是一年以后，最终作罢。这封信的主要目的在于挑战牛顿提出机械论的宇宙观。牛顿认为彗星的尾巴是彗星核心受太阳加热后发散出来的蒸汽。而施罗德则认为彗星是自己发亮的。简而言之，按照牛顿的说法，彗星是受太阳引力牵引的无生命体，而施罗德则暗示彗星是有目的性、有灵性的物体。④ 另一位与施罗德观点相似的是德国博物学家戈特希尔夫·海因里

---

① COLERIDGE S T. Marginalia, IV [M]//WHALLEY G. The Collected Works of Samuel Taylor Coleridge, Volume 6. Princeton: Princeton University Press, 1980: 518.
② COLERIDGE S T. volume V [M]//GRIGGS E L. Collected Letters of Samuel Taylor Coleridge. Oxford: Clarendon Press, 1966: 499.
③ COLERIDGE S T. volume II [M]//GRIGGS E L. Collected Letters of Samuel Taylor Coleridge. Oxford: Clarendon Press, 1966: 918-919.
④ COLERIDGE S T. Shorter Works and Fragments, I [M]//BOSTETTER E E. The Collected Works of Samuel Taylor Coleridge, Volume 11. Princeton: Princeton University Press, 1995: 766-767.

柯尔律治诗歌中的光 >>>

希·冯·舒伯特（Gotthilf Heinrich von Schubert），他将宇宙比作人的身体，而彗星则是连接身体血液："宇宙不是依照力学原理由多组运动的物体构成的，而是一个有生命的、相互协作的整体，而彗星则是这个整体中共通的、关涉所有方面的纽带。""彗星的路线看起来无法确定，像液体一样没有形状。""据称，彗星核心被以太包裹着……一定量的液体——液体的量不仅由类似血管一样的容器决定，还由某种推力决定——形成一个球形，沿着轨道在永恒的以太中行驶，几乎不会有损耗。""彗星的体积与其轨道（通过彗星的位置和前进方向而推测出来的）的比例和流经全身的血液与大大小小的血管的比例也许是一样的。""彗星的轨道与行星的轨道相比就像血管一样难以捉摸，因为血管遍布全身的各个角落，突然（首先通过动脉，再通过静脉），在毫无防备的时候，血液又会倒流……"① 受到这种有机论宇宙观的影响，柯尔律治在草稿中反复论证"彗星自动说"，猜想彗星尾部的喷射状物体是推动彗星前进的主要动力。② 在正式的书信中，他反复推敲了两边论点的可靠性，并提议：彗星的移动轨迹受阳光的牵引，彗星排放的蒸汽的光亮并不是阳光，而是与阳光产生了化学反应。③ 他在《彗星，1811》（1811）一诗中称彗星为

神秘的访者！你美丽的光
在好奇的星丛中奇怪地闪烁；
像夜空的行进中光荣的旗帜；

---

① COLERIDGE S T. Marginalia, IV [M] //WHALLEY G. The Collected Works of Samuel Taylor Coleridge, Volume 1. Princeton: Princeton University Press, 1971: 518-522.
② COLERIDGE S T. Shorter Works and Fragments, I [M] //BOSTETTER E E. The Collected Works of Samuel Taylor Coleridge, Volume 11. Princeton: Princeton University Press, 1995: 768-768.
③ COLERIDGE S T. volume IV [M] //GRIGGS E L. Collected Letters of Samuel Taylor Coleridge. Oxford: Clarendon Press, 1966: 954-955.

引领着神祇无纹章的旌旗；

你的光芒中写着无限。①

彗星的轨道跨越太阳系，成了宇宙的血液系统，而彗星像使者一样传达神意，见证彗星就是领受神意。

四、到达星团

柯尔律治想象，恒星在星云的中心诞生、死去。赫歇尔在《千颗新星云、新星团的天体表：浅谈宇宙的结构》中猜想，是引力影响原始的星尘、气体，进而创造了恒星与行星。②他在上文提到的文章结尾处设想："这种看法可以让我们重新认识宇宙。现在，它们看起来像一个繁茂的植物园，其中包括成千上万种的产物，生长在不同的花床上；尽管我们的收获只是众多果实中的一个，它也极大地扩展了我们的见识。不管我们见证到的是一枝植物的发芽、开花、长叶、施肥、失色、凋谢、腐烂，还是处于各个生长阶段的大量物种，如果继续这样比喻下去的话，它们（天文和园艺）不都是一回事吗？"③舒伯特在《关于科学背面的看法》中认为：

> 猎户星云并不是唯一此类的星云。赫歇尔在他最近发表的论文中探讨了天空的结构，他也提及了同样的现象。星云中间有乳白色圆形的云状物，中央还有一颗小一些的明星；中央这

---

① COLERIDGE S T. Essays on his Times in the Morning Post and the Courier, III [M] //ERDMAN D V. The Collected Works of Samuel Taylor Coleridge, Volume 3. Princeton：Princeton University Press, 1978：307-309.

② FULFORD T. Romanticism and Science, I [M]. London：Routledge, 2002：15.

③ FULFORD T. Romanticism and Science, III [M]. London：Routledge, 2002：48.

颗星是可见的,说明中央地区不是由遥远且不可变的恒星构成的。这些系统的直径大概超过了天狼星距离我们的几百倍,它们大部分仍处于液态,中央都在孕育着一颗颗的太阳。①

"星云孕育恒星"这个设想也出现在了《天文颂》一诗中:

你命定里要在黑暗的胸襟中
隐藏着气若游丝的光线,
最老的与最新的
……
多变的彩云
装饰着你斑斓的面纱。②

与赫歇尔一样,柯尔律治将生物的生老病死附会到了天体上。在他看来,星团神秘的核心很可能就是神所在的位置。天文学家威廉·赫歇尔(William Herschel)于1789年在《皇家学会哲学汇刊》第79期发表文章《千颗新星云、新星团的天体表:浅谈宇宙的结构》,探讨了恒星、星团和宇宙的关系。"与我们的太阳一样,恒星很可能都是一个由行星、卫星、彗星构成的系统,而这些系统又是一个更大的统一体的一小部分……这些恒星构成了分立的系统,这些系统又构成了宇宙……每个星团里的恒星都逐渐向中央靠拢,中央有一个亮到无法识别的中心。""我可以判定,这些星团都是由位于中央的力所构成的。""如果可以使用譬喻的

---

① COLERIDGE S T. Marginalia, IV [M] //WHALLEY G. The Collected Works of Samuel Taylor Coleridge, Volume 1. Princeton: Princeton University Press, 1971: 516.
② COLERIDGE S T. Poetical Works, II [M] //MAYS J C C. The Collected Works of Samuel Taylor Coleridge, Volume 16. Princeton: Princeton University Press, 2001: 85.

<<< 第一章 外源之光：光学和柯尔律治的谈话诗

话——恒星簇拥着力量之座，新来的恒星在早来的恒星之后向外排列开，有些把早来的挤到一旁，有些则屈居一旁。但它们都努力占据中央的位置，从而形成了一个球形。"① 柯尔律治常年阅读该汇刊。他在阅读舒伯特的《关于科学背面的看法》的时候，在相关话题旁批注道："星系的中央也可能是相互离得比较近的三四颗恒星。或许，中央是一个巨大的单一的恒星。"② 他将这些天文学知识运用在《彗星，1811》（1811）一诗中：

> 你是我所有的希望，也是我唯一的畏惧；
> 光之父，所有的星系都围你而转，
> 连同它们的恒星、流星，一层一层的球体，
> 无处不在的力量，灵魂。
> 你就是整个力量的中心！
> ……
> 群星，宝座，
> 围绕在永恒的心智周围，
> 他们跳着神秘而欢乐的舞。③

他相信，光源（"光之父""永恒的心智"）就是神，他执掌着万物的运转。如此，天文学知识中也就有了神的位置。

两首诗大段的赞颂之后，诗人在结尾段都将自己的灵魂外化出来，

---

① FULFORD T. Romanticism and Science, III [M]. London: Routledge, 2002: 41-42, 46.
② COLERIDGE S T. Marginalia, IV [M] //WHALLEY G. The Collected Works of Samuel Taylor Coleridge, Volume 1. Princeton: Princeton University Press, 1971: 516.
③ COLERIDGE S T. Essays on his Times in the Morning Post and the Courier, III [M] //ERDMAN D V. The Collected Works of Samuel Taylor Coleridge, Volume 3. Princeton: Princeton University Press, 1978: 307-309.

柯尔律治诗歌中的光 >>>

希望它能飞到远到看不见的地方，受到神的眷顾：

> 我的灵魂，我将不再称你为凡夫俗子。
> 对永生的渴望将你带入天堂，
> 对你出生地的爱将你点燃
> 让你虔诚、疯狂、睿智。
> 你认识了自我，绽放出神圣的花朵，
> 不久将随着你的父辈，将在
> 星丛中点亮一颗星，
> 成为众神中的一员。①

在《天文颂》的最后一段，诗人想象自己的灵魂最终升天，遇到了神。柯尔律治相信，灵魂是人分有的神性。因此，"对你出生地的爱"即是对神的爱。遇到了神（"父辈"），诗人的灵魂也终将成为神的一员，成为一个发光体。《彗星，1811》具有相似的主题：

> 人——人，虽然像昆虫一般降生在尘土里，
> 却可以在神中看到自己的本质，
> 地球与金色的宝座由一条
> 永恒的锁链相连；
> 让恒星、星系毁灭——耶稣死去；
> 夜空中有生命的火光一个也不会熄灭，
> 它是由神点燃的——我的灵魂向它倾诉

---

① COLERIDGE S T. Poetical Works, II [M] //MAYS J C C. The Collected Works of Samuel Taylor Coleridge, Volume 16. Princeton: Princeton University Press, 2001: 87.

在永恒之力的臂膀中，

在无需创造的光环内。①

"永恒的锁链"源自中世纪基督教的宇宙观——宇宙万物，从神到昆虫，都有一条巨大的"存在之链"（Great Chain of Being）串联。这条链条确保了诗人看到星光的能力，只要诗人能仰望星光，他就能与神同在（"我的灵魂向它倾诉"）。只要能做到这一点，其他事物都无关紧要了（"恒星、星系毁灭"），耶稣也只不过是一位凡人。两首诗的创作时间相隔18年，宗教情结一直贯穿在他对天文的见解中。对于柯尔律治，宇宙就是天堂，而星光就是神。

第四节 对后像祛魅

早在1797年的《这椴树凉亭——我的牢房》诗中，柯尔律治已开始怀疑他从外部自然中获得美的能力："我早已失去了美的风致和情感——/这些呵，哪怕我老得眼睛都瞎了，/也还是心底无比温馨的回忆！"② 到了《失意吟》前后，柯尔律治对外部的光影现象失去了兴趣。1800年，他就在《诗人之眼》一诗中嘲笑自己服用掺有鸦片的酒精后满眼幻象的状态。诗人在笔记中为本诗铺设了场景："夜里11点——烧煤的圆柱形火山，区区半英寸高，不停地喷射着烟，烟形成了一个倒置的

---

① COLERIDGE S T. Essays on his Times in the Morning Post and the Courier, III [M] //ERDMAN D V. The Collected Works of Samuel Taylor Coleridge, Volume 3. Princeton: Princeton University Press, 1978: 308-309.

② 柯尔律治. 柯尔律治诗选 [M]. 杨德豫，译。桂林：广西师范大学出版社，2009: 10.

圆锥形——烟在怒风中飘到这，飘到那——吵死了！"原诗每两行押韵，大都第一行四个重音，第二行三个重音，像是民谣的最后两句，但搭配"崇高"这样严肃的话题，不失"大词小用"的幽默，可谓是一首打油诗。诗歌创作完成后，直到1822年1月才发表在《黑林》上：

>微醺的时候，诗人的眼
>具有放大镜的功能
>他的灵魂解放了双眼
>尤其在大小方面
>不论是油腻的烟囱
>还是烟斗飘出的烟
>他的眼都能看出
>崇高。①

在他看来，诗人并没有什么"特异之眼"，全是酒精和烟草的作用，并没有什么神秘之处。

到了这个阶段，柯尔律治不再相信任何幻象背后的神迹，他认为所有的幻象都是眼疾造成的。相关证据有如下五处：

第一次在1804年，他断言见鬼是眼睛出了问题。根据画家约瑟夫·法灵顿（Joseph Farington）的日记第二册记载，1804年3月25日，柯尔律治、法灵顿、设计师乔治·当斯（George Dance）在柯尔律治的恩主乔治·博蒙特爵士（George Beaumont）家里用餐。博蒙特夫人极力邀请法灵顿讲温亚德船长见到鬼魂的故事，她非常想知道柯尔律治怎么看。柯

---

① COLERIDGE S T. Poetical Works, I [M] //MAYS J C C. The Collected Works of Samuel Taylor Coleridge, Volume 16. Princeton: Princeton University Press, 2001: 639-640.

<<< 第一章 外源之光：光学和柯尔律治的谈话诗

尔律治"斩钉截铁地回答：那是眼睛出了问题"，鬼魂是船长劳顿的时候想象出来的。①

第二次在1809年至1810年，他在自己主笔的杂志《朋友》中称自己虽然经常"见鬼"，但这些经历的唯一指向是心理学。"恶产生于极度的无知，产生于疲劳造成的轻信，疾病造成的愤怒——半醒没醒的时候，容易将噩梦与真实事物混淆的时候，困倦的双眼不时地半开半合。"②"我不认为这种迷信有什么不好解释的，半睡半醒、时睡时醒的时候其实就是闹鬼的时刻。"③他在一篇杂文的注释中娓娓道来："一位女士问我信不信世界上有鬼，我真诚而简单地答道：'不信，女士！我自己的确见了不少鬼。我有一个本子记满了这些现象，其中很多特别有趣，完全可以作为心理学研究的案例。倘若我要提出一种建立在记忆和想象之上的知觉理论，这个本子可以提供极佳的材料。'"④

第三次在1816年，他在信中称梦魇不是魔鬼缠身，只是睡眠环境的影响。5月13日，柯尔律治在写给丹尼尔·斯图亚特（Daniel Stuart）的信中说："我们梦到的影像、想法自己有一股力量：与它们相关的情绪实际上是身体的感觉，是这些感觉造成了图像，而不是图像造成了感觉，后者常发生在清醒的时候。"⑤ 这种看法源自柯尔律治的亲身经历，他在笔记、信札中常有记载，梦与身体的疼痛、睡觉的姿势、压在身上的被

---

① COLERIDGE S T. Volume III [M] //COBURN K. The Notebooks. London: Routledge, 2002: 4396.
② COLERIDGE S T. The Friend, I [M] //ROOKE B. The Collected Works of Samuel Taylor Coleridge, Volume 4. Princeton: Princeton University Press, 1969: 67.
③ COLERIDGE S T. The Friend, I [M] //ROOKE B. The Collected Works of Samuel Taylor Coleridge, Volume 4. Princeton: Princeton University Press, 1969: 139-140.
④ COLERIDGE S T. The Friend, II [M] //ROOKE B. The Collected Works of Samuel Taylor Coleridge, Volume 4. Princeton: Princeton University Press, 1969: 118.
⑤ Coleridge S T. volume IV [M] //Griggs E L. Collected Letters of Samuel Taylor Coleridge. Oxford: Clarendon Press, 1966: 641.

子、怀表的声音都有关系。①

第四次在1816年至1823年，他断定第二视是一种流行病。他释读的《戈特霍尔德·伊弗雷姆·莱辛传》写道：古人常常看到自己，但他们将这种现象解释成眼疾。塞内加称"有些人会由于身体孱弱而看到幻想——他们到处都看到自己的影像，这些影像好像还都在向他们奔来"。柯尔律治在一旁注释道："这种疾病的确流行过，而且现在仍流行于苏格兰北部和附近的岛屿。"柯尔律治这里指的仍是上文提到的第二视。收留晚年柯尔律治的吉尔曼大夫家里有一本塞缪尔·约翰逊（Samuel Johnson）写的书，题为《苏格兰西部诸岛一游》。作者称，对于第二视的传说，他最多有相信的心，却没有相信的理。②

第五次是他对神启（vision）"信其诚，不信其真"的复杂态度。那个年代最著名的神启经历描述莫过于伊曼纽尔·斯韦登伯格（Emanuel Swedenborg）的《天堂、奇迹和地狱：神启见闻》。对于他的神启，柯尔律治的只愿相信他的诚意，不愿相信事件本身的真实性。斯韦登伯格是18世纪瑞典路德派神学家、科学家，1741年，53岁的斯韦登伯格自称被神开了天眼，上至天堂、下至地狱他可以随意进出。数年后他将自己的经历写成了轰动一时的《天堂、奇迹和地狱：神启见闻》，得到了欧洲学界褒贬不一的评价。这种像是从中世纪故纸堆挖出来的"神游记"在充满科学精神的18世纪显得格格不入，是绝不可能逃过柯尔律治的眼睛的。斯韦登伯格在说自己有幸被开天眼的时候，语气神秘而骄傲：

---

① COLERIDGE S T. Volume I [M] //COBURN K. The Notebooks. London: Routledge, 2002: 848, 1620, 1726.
② COLERIDGE S T. Marginalia, III [M] //WHALLEY G. The Collected Works of Samuel Taylor Coleridge, Volume 12. Princeton: Princeton University Press, 1971: 653.

<<< 第一章 外源之光：光学和柯尔律治的谈话诗

爱自己、爱世界的人无法接收这种启示。启示刚一触碰他们、渗入他们的时候，这些人会退缩、拒绝，转而与那些地狱中跟他们臭味相投的混在一起。也有些灵魂怀疑是否能感受天堂之爱，他们渴望知道是否真是如此。因此，他们被允许感受了一段时间，届时一切相异的东西都被暂时移除。他们随后又被带去瞻仰天使的天堂，他们对我说，他们感到了一种无法言表的内在的幸福感，但他们不久就必须返回原初的状态，对此他们伤心不已。①

柯尔律治抱怨这段话缺少铺垫：

这段话前面没有解释和限定，看起来与斯氏好用的主题不同，即天堂既始于受赐福的居民，也终于他们——而在这里，所再现的场景却是一个对身体的渗透过程，一种有益身心的传染病（salutiferous contagion）。斯氏这部著作若晚写 30 年，斯特拉斯堡的磁疗师肯定会空口白牙地将斯氏看到的灵异景象归因为危象（crisis），即接受磁疗治疗后所引发的最高阶段的生理反应，的确，老到的透视眼情绪也是这样的，态度模棱两可。②

同样，在后面的旁注中，柯尔律治反复说这些亲历都是病，且是有根有据的、病理学意义上的病。他怀疑斯氏患了臆想症，身心受到了影响，

---

① Coleridge S T. Marginalia, V [M] //Whalley G. The Collected Works of Samuel Taylor Coleridge, Volume 12. Princeton: Princeton University Press, 1980: 414.
② Coleridge S T. Marginalia, V [M] //Whalley G. The Collected Works of Samuel Taylor Coleridge, Volume 12. Princeton: Princeton University Press, 1980: 414.

87

才看到了幻象。① 在他释读其他教会史的时候，如《M. L. 弗勒里神父的教会史》，如遇到神启现象的描述时，他都在一旁将其诊断为癫痫、歇斯底里、臆想、舞蹈病。② 当然，这些病在柯尔律治看来很可能都是"有益身心的"（salutiferous），毕竟都是神启。

但从笔记看，经过自言自语的分析，柯尔律治最终更愿意相信神启是神引导的梦。柯尔律治在笔记中摘抄了《亨利·摩尔博士哲学文集选编》第 27 章《激动时看到启示的本质》中的一段话："但在这些外向的感官相互关联，这时为心灵所见的本质上是梦。但这不同于普通的梦，鲁莽的人可能就会当它是神启；实际上，这种神启的真实性无法确定，很可能都是梦。"③ 从这种观点看斯氏的神启，就等于说斯氏"鲁莽"。柯尔律治似乎不愿意这么早下结论，他在笔记中试图区分斯氏神启式的梦和普通的梦：

> 斯韦登伯格"难以忘怀的亲历"源于外向的感官产生的印象，这种印象十分晦暗，断断续续，就像入睡前思考的东西在梦中变成了真实，却又不像睡眠那样悬置了意志力和分辨力，因此就成就了一种将思绪转化成连续的画面和声音的自发的能力……④

---

① Coleridge S T. Marginalia, V [M] //Whalley G. The Collected Works of Samuel Taylor Coleridge, Volume 12. Princeton: Princeton University Press, 1980: 414.
② Coleridge S T. Marginalia, II [M] //Whalley G. The Collected Works of Samuel Taylor Coleridge, Volume 12. Princeton: Princeton University Press, 1980: 700, 706, 720, 728, 739.
③ Coleridge S T. Volume I [M] //Coburn K. The Notebooks. London: Routledge, 2002: 1069.
④ Coleridge S T. Volume III [M] //Coburn K. The Notebooks. London: Routledge, 2002: 3474.

<<< 第一章 外源之光：光学和柯尔律治的谈话诗

与普通的梦不同，斯氏神启式的梦似乎由某种意志引导。然而，这并不是说有意志的参与就可以等同于清醒的状态。柯尔律治继而又将神启式的梦与清醒状态做了区分，二者虽然都有意志的参与，但神启式的梦所产生的印象不同外部施与的真实印象，后者由显著程度均等的事物投射而成；而在前者印象里，没有明显的偶然事件发生，我们用以分辨虚实的客体的位置也并不杂乱，这种印象不可能受制于观看者的意愿，而来自其他的一种或多种意愿。①

这是在说，引导神启式的梦的意志不是做梦者自己，而是"一种或多种意愿"——柯尔律治暗想，难道真有神带他神游了？他不愿轻信，思绪又转向了疾病：

> 这种状态是不是有机体结构及功能的某种变化造成的？这一变化是不是疾病造成的？（……毛毛虫变成蝴蝶的过程对于毛毛虫而言也是一种疾病——蚂蚁的眼睛先天发育不足的——）造成这种状态的原因若不是源自外部，是否源自更远的地方？——这些都是我现在无法解决的问题……②

虽然是疾病，但也是神启式的、"有益身心"的疾病，就像毛毛虫看蛹像得了病的毛毛虫，我们看蚂蚁像瞎了眼的虫子，却不知道可能有一种"源自远方的"力量在带领它们进入另一个的境界。想着想着，柯尔律治开始相信斯氏了。

最终，像约翰逊（Samuel Johnson）"有心无理"地相信第二视的传

---

① Coleridge S T. Volume III ［M］//Coburn K. The Notebooks. London：Routledge，2002：3474.

② Coleridge S T. Volume III ［M］//Coburn K. The Notebooks. London：Routledge，2002：3474.

说一样,柯尔律治认为斯氏的神启"诚而不真"。他在释读斯氏著作的时候多次在旁注中重申,他坚信斯氏天堂亲历的真诚度(veracity),但不相信其真实性(reality),①"精神直观的理论(透视、弥留之际所见的景象、内向的视野)是合理的,每一个都以一个超自然的神为前提——这些理论也展现了人性的基础,展现了为了让这个基础变得真实所需要的超自然物"。他将人和神的关系比作大理石、帆布和雕塑家、画家的关系。大理石、帆布若是因为可塑造性才能被改造成雕塑和画卷,那么,"人的可启发性即是证明某些人会受到神启的一半证据"②。很早的时候,柯尔律治就有一个愿望:"让自己和其他人明白,伟人可能错得离谱,但绝不会发疯,这是我长久的愿望,我将引以为豪。一些观点并不难理解,也不相互冲突,其内涵远比那些偏执、迂腐、不懂装懂的人认为的要丰富得多。"③他相信,像斯氏这样的"天才的内在感官既具精神性,又具真实性。"这是在说,天才看到的事物不论真假,都有意义:"作家获得灵感时和精神残疾一样,眼前满是幻象,却能连篇写下真理和真理的象征,令人印象深刻。"④"诚而不真"的立场让柯尔律治对斯氏的思考最终回到了他自己,宗教启示和文学想象之间隐约浮现出一座桥梁。

出身于牧师之家的柯尔律治无法否认斯氏的虔诚,但在这样一个具有科学精神的时代如此直白地描述天堂他也是无法接受的。身边朋友的怀疑论若让他背后发凉的话,斯氏的"天堂亲历"又令他尴尬不已。这样看来,"诚而不真"的定性的确缓解了这种尴尬。

---

① Coleridge S T. Marginalia, V [M] //Whalley G. The Collected Works of Samuel Taylor Coleridge, Volume 12. Princeton: Princeton University Press, 1980: 407, 414.
② Coleridge S T. Volume IV [M] //Coburn K. The Notebooks. London: Routledge, 2002: 4908.
③ Coleridge S T. Volume I [M] //Coburn K. The Notebooks. London: Routledge, 2002: 1647.
④ Coleridge S T. Volume III [M] //Coburn K. The Notebooks. London: Routledge, 2002: 3474.

第五节　颜　色

基督教神学认为光是神的象征，颜色是生命的象征；神创造生命，光构成颜色；但牛顿用棱镜将日光色散成七彩，暗示光是由颜色构成的。如果说光（或白光）由颜色构成，那就相当于说生命创造了神，显然这让牛顿的理论看起来像一种亵渎神灵的无神论学说。[1]

柯尔律治认真阅读过牛顿的《光学》，在笔记中对牛顿发表在《皇家学院哲学汇刊》（删节版）的文章《艾萨克·牛顿先生光与彩学说散论》做了拓展性的思考。[2] 他明白牛顿提出的颜色理论，即白光是由不同颜色构成的；而且，他尝试回答了牛顿在文末提出的疑问，即棱镜将白光色散为七彩是由于七彩具有不同的折射率：

只存在三种颜色：红、绿、紫。

红（从 A 到 B）＝红。

红+绿（从 B 到 C）＝橙。

绿+红（从 C 到 D）＝黄。

绿（从 D 到 E）＝绿。

绿+紫（从 E 到 F）＝蓝。

紫+绿（从 F 到 G）＝靛蓝。

---

[1] 牛顿虽然自称神学家，但在较为传统的三位一体论者眼里，他就算不是自然神论者，也是宗教异端，正在慢慢滑向无神论。

[2] COLERIDGE S T. Volume II ［M］//COBURN K. The Notebooks. London: Routledge, 2002: 3116.

紫（从 G 到 H）= 紫。

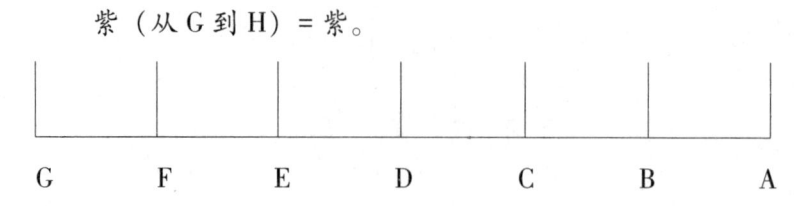

G	F	E	D	C	B	A

在光谱的圆盘中，任何直径两端的颜色都可以组成白色。因此，一道红光+绿=白；橙+蓝=白；紫+黄=白。这就意味着，每对颜色中都包含着红、绿、紫。[1]

牛顿在文末提出了自己仍未能回答的问题："假设去除偶然性，不同的折射是由光线各异的折射率造成的，还是棱镜将一种光线分裂、分解、色散成了两种颜色？"对此，柯尔律治大胆回答道："如果没错的话，光这种同质物射到棱镜上后，肯定是通过多种不同的角度照射到物体上的；而且，是折射的不同造成了不同的颜色，而不是各种颜色的差异造成了折射。"[2]

柯尔律治继而引用歌德的生理光学学说，证明颜色是明和暗互动的结果。"牛顿认为日光由相似的纤维构成，每一根纤维又由七根更细小的、相异的纤维构成，这个观点我完全不能接受。毕德哥拉斯认为颜色起源于光和影的交互，这才是令我信服的理论。"[3] 在柯尔律治眼里，歌德是古代毕德哥拉斯光学理论现代的代言人。在1830年11月星期四夜晚的一条笔记中，他将颜色定义为：

"被暗影遮蔽的事物"——以光为形式而存在的暗影，或者

---

[1] COLERIDGE S T. Volume II [M] //COBURN K. The Notebooks. London: Routledge, 2002: 3116.

[2] COLERIDGE S T. Volume II [M] //COBURN K. The Notebooks. London: Routledge, 2002: 3116.

[3] COLERIDGE S T. Marginalia, V [M] //WHALLEY G. The Collected Works of Samuel Taylor Coleridge, Volume 1. Princeton: Princeton University Press, 1971: 452.

<<< 第一章 外源之光：光学和柯尔律治的谈话诗

受质量影响的光。用平常且现代的科学话语说，物质的暗影（物质真正的代表）只是一种否定或缺失。对于那些驳斥牛顿的颜色理论的人，暗影与光是同一的（"光"在艾萨克·牛顿爵士那里应该以复数出现，这样才能统一）——对于运用最远古的、即毕德哥拉斯派光学理论的人，如最近知名的德国诗人歌德，暗影肯定是跟光一样的正面的力量——也许，光与暗影一样都是一种实体——因为光和暗影构成了日光光谱中的颜色。①

德国自然哲学家劳伦兹·奥肯（Lorenz Oken）将这一古老的学说解释得更清楚："光和暗影在棱镜中相互纠缠，形成了一种实体，他们的影子落在了墙上，成了暗影与光的结合物，因此就必然是带有颜色的——光谱实际上是带有颜色的影子。"② 受其影响，柯尔律治曾希望自己能掌握相关专业技术，成为——

一名几何学家，我会用正、负算法计算出光线中所有的比例；这样一来，根据希腊思想家的观点，通过有光和无光的比例就可以算出不同的颜色。类似：五分之二又二分之一＝红色，五分之一又二分之一＝绿色，五分之一＝紫色，当然五分之五＝白色。③

牛顿的解释是棱镜利用不同颜色的折射率而色散了白光，而柯尔律

---

① COLERIDGE S T. Volume V [M] //COBURN K. The Notebooks. London: Routledge, 2002: 6529.
② COLERIDGE S T. Marginalia, III [M] //WHALLEY G. The Collected Works of Samuel Taylor Coleridge, Volume 1. Princeton: Princeton University Press, 1971: 1018.
③ COLERIDGE S T. Volume II [M] //COBURN K. The Notebooks. London: Routledge, 2002: 1136.

治却认为棱镜将光加工成白色，再将白色分化为七彩；换言之，是棱镜自己制造了白色和不同程度的暗影，进而产生了七彩：

> 然而，如果我们要用黑和暗之一表示与白相反，另一个表示与白相异，那么，区别黑与暗是很有益的。对于那些围绕牛顿的棱镜而展开的歪理邪说，将两个概念混淆在影子这个术语中可谓是他们的惯用伎俩——第一个义项为光的缺失，另一个为光的减少（通过部分拦截）。表示后者的时候，影子是某物——看得见；表示前者的时候，影子是无——看不见。棱镜作为一个高密度、半透光的整体，所投下的是表示后者的影子；但同样也投下了1.全部能量的颜色，它影响了（而非拦截）光，换言之，棱镜自身产生白色；2.它将其各部分的、导致两极化的能量作用于白色之上，以此投下的颜色是棱镜自身产生的。①

棱镜自造白色，并将其色散成七彩——柯尔律治巧妙地将"光"这一概念偷换成"白色"，让棱镜去处理自造的白色，而非代表神的光，这样，他就可以运用牛顿所提出的棱镜对白光的色散效果，不仅让自己的学说与牛顿的理论不起冲突，甚至还能让后者为自己服务。

柯尔律治还借用德国自然哲学的思路和方法，试图证明颜色即是生命。概而言之，德国自然哲学（Naturphilosophie）是一种不同于英国实验哲学（科学的前身）的猜想科学，它不依靠实证，而只依靠二元对立原则，善将具体的科学概念象征化成某种符号，并用这些符号比对二元对立原则衍生出的五元、七元进程图，类似中国古代的《易经》，金木水火

---

① COLERIDGE S T. Volume IV [M] //COBURN K. The Notebooks. London: Routledge, 2002: 4855.

土有时是真实的金木水火土，但有时只是符号。知名的德国自然哲学家包括谢林、劳伦兹·奥肯（Lorenz Oken）、亨里克·史蒂芬斯（Henrik Steffens），他们都对柯尔律治产生了影响。在德国自然哲学中，颜色通过多种渠道与生命相关联。柯尔律治曾在多处援引德国自然哲学的论断："颜色是重力下的光。"① 柯尔律治在诗歌中运用过这一学说，如《风弦琴》中的"声中之光，光中之声"和《失意吟》中有光声音、光颜色的描写。M. H. 艾布拉姆斯1972年的论文《柯尔律治的"声中之光"：科学、元科学和诗学想象》② 详细发掘了这一理论渊源：当时的物理学认为万物都是光与重力的组合；当重力大于光的时候便有了声，当光大于重力时就有了色；因此诗中的"声中之光，光中之声"和随之而来的"喜悦"赞颂了万物归一的状态。③ 但艾布拉姆斯并没有提到，柯尔律治本人也批判过德国自然哲学，他认为这一学科滥用象征符号，混淆事物本身和其象征所指，论断缺乏实证。④ 然而，在科研方法于1830年被确立之前，这种"猜想加象征"的研究方法在当时也是一种被认可的研究方法，因此柯尔律治也会采用这种方法写一些类似的研究文章，其中一篇《有关颜色、光等事物的笔记》（1817）就试图证明颜色和生命的关联。简而言之，由于光与运动相关，所以与生命相关：

---

① COLERIDGE S T. volume IV ［M］//GRIGGS E L. Collected Letters of Samuel Taylor Coleridge. Oxford: Clarendon Press, 1966: 773, 751. COLERIDGE S T. Volume IV ［M］// COBURN K. The Notebooks. London: Routledge, 2002: 4929. COLERIDGE S T. Marginalia, IV ［M］//WHALLEY G. The Collected Works of Samuel Taylor Coleridge, Volume 12. Princeton: Princeton University Press, 1980: 637, 638.
② 详见本文绪论第二部分相关综述。
③ ABRAMS M H. Coleridge's "A Light in Sound": Science, Metascience, and Poetic Imagination ［J］. Proceedings of the American Philosophical Society, 1972, 11 (6): 458-476.
④ COLERIDGE S T. Marginalia, III ［M］//WHALLEY G. The Collected Works of Samuel Taylor Coleridge, Volume 12. Princeton: Princeton University Press, 1980: 1021, 1017. COLERIDGE S T. Marginalia, IV ［M］//WHALLEY G. The Collected Works of Samuel Taylor Coleridge, Volume 12. Princeton: Princeton University Press, 1980: 316.

自由的光是时间和运动主要的代表,我们用自由的光认识到天体的自转,并用这一运动计时。(注:自由的光也许只还未被棱镜分裂的光)颜色是固定的光——但它仍是光的一种,它需要光作为其必要条件,而光与运动相关,所以不像形状那样可以形成对峙——而是参与其中的——其结果将是:附着了形状的颜色必然主观地赋予形状一种运动,所以也会赋予形状一种与生命关联或一种让人联想到生命的能力。①

想必从这段文字思维跳跃的跨度我们可以大致理解柯尔律治对德国自然哲学的批判了。

我们在柯尔律治的诗作中可以发现,光和彩必须是分开的,就像神和被造物一样不能混为一谈;而且,光是代表神,是万物之源头,彩是代表生命的流布。在残篇《有关颜色和光的观察记录》(1810)中,光总是高于颜色:"色彩沿着小溪闪烁,/光的尘埃在水面上/交织起舞。/"②《失意吟》(1802)一诗表明了二者的源流关系:

它是大自然下嫁时随带的嫁妆,
是新的大地和天宇
俗子和妄人做梦也不曾想到!
欢乐呵,是明丽云霞,甘美乐调,

---

① COLERIDGE S T. Shorter Works and Fragments, I [M] //BOSTETTER E E. The Collected Works of Samuel Taylor Coleridge, Volume 11. Princeton: Princeton University Press, 1995: 606-607.

② COLERIDGE S T. Poetical Works, I [M] //MAYS J C C. The Collected Works of Samuel Taylor Coleridge, Volume 16. Princeton: Princeton University Press, 2001: 878.

<<< 第一章 外源之光：光学和柯尔律治的谈话诗

它存在于我们自身！
魅力——耳闻的，目见的，都由此而出：
妙曲无不是这支乐调的回音，
异彩无不是这道亮光的流布。（All colours a suffusion from that light.）①

最后一句原文中的 suffusion 词源意为"向下流淌"，即在说彩源于光，生命源于神。这两对"源流"相互类比的结构在《生命是什么》（1804）一诗中成了主题。诗中，柯尔律治将生命视为无法直视的日光（神），但"可见的"生命的实体则以"所有的色彩"的形式呈现，且后者是明暗交互的结果：

我们对生命的认识不就像我们曾经对光认识一样
简单到无法察觉？

绝对的自我？出土的元素？
我们所见的一切，所有的色彩
难道不都是从"黑暗的侵蚀"中创造而来的吗？
尽管如此，生命难道不是由意识解放而来的吗？
凡间的喜怒哀乐
难道不都是生与死的相爱相杀？（A War-embrace of wrestling Life and Death?）②

---

① 柯尔律治. 柯尔律治诗选 [M]. 杨德豫. 译. 桂林：广西师范大学出版社，2009：118-119.
② COLERIDGE S T. Poetical Works, I [M]//MAYS J C C. The Collected Works of Samuel Taylor Coleridge, Volume 16. Princeton：Princeton University Press, 2001：767.

我们需要从柯尔律治的"生命起源论"（Theory of Life）理解这首诗。"生命起源论"源自当时的一个生物学争论：生命到底是不是神造的？有趣的是，争论发生在师徒之间：一位是解剖学家约翰·亨特的徒弟约翰·阿伯尼斯（John Abernethy）、有神论的代表，另一方则是亨特的徒孙威廉·劳伦斯（William Lawrence）、无神论的代表。柯尔律治一方面为了拉偏架，另一方面又不能显得对自然科学一无所知，他便借用谢林、史蒂芬斯的德国自然哲学理论，撰写了一篇较长的论文《生命的起源》（1816）。论文认为，生命是无所不在的，甚至存在于最低级的无机物中。整个自然界是由绝对物质过渡到绝对精神，上升的顶点是人的理智与智慧。具体而言，柯尔律治将万物分层分类，按照他所理解的顺序累积成一座大厦——"力的发生与进阶图"（Genesis and ascending scale of physical powers），底层是神创造的基本物理学的力，如磁力、电力等，第二层是无机物，第三层有机物，之上是人；人又用意识内化了有关上述层级的知识，从而构成了上下循环、（意识）内外交互的本体论体系。神给这套系统一个原初的推动力，让它运作起来，但这个力却不会显现自身。[1] 根据这套理论，生命是自然个体化的结果，因而是"绝对的自我"。它部分源自土地（"出土的元素"）。光象征神，因此生命像色彩一样是光影混合的结果（""黑暗的侵蚀"中创造而来"），是有意识地思考创造的（"由意识解放而来"）[2]，是生死参半的结果。

因为颜色代表生命，是光影混合的结果，所以生命透着光，透着

---

[1] COLERIDGE S T. Shorter Works and Fragments, I [M] //BOSTETTER E E. The Collected Works of Samuel Taylor Coleridge, Volume 11. Princeton: Princeton University Press, 1995: 481-556.

[2] 这里，柯尔律治将思考或理性思考等同于神，这一点本书将在第三章第三节"疯癫诗人的眼睛"小节详述。

<<< 第一章 外源之光：光学和柯尔律治的谈话诗

神性：

> 隐形的力量编织着旋涡，智力产生出越来越多的有机形式：草叶变成骨骼、骨髓、脑浆、象牙。当我们看着青草、牲畜、大象，我们其实是在看血、肉，是在看一项杰作，是在透过半透明的介质观察一种无形的力量，它迅速地离开，将所见到的留给下一等级的力量（这是由于自然的运动是没有间歇的）。①

语言无法直接言说神性，只能像透光的玻璃窗让神性自然地透露出来：柯尔律治用玻璃窗的透光性来比喻象征性的语言。1805年4月14日，星期六的傍晚，他——

> 一边思考，一边观察自然。窗外明月高照，玻璃沾满露水，微微透着月光，我似乎在追寻，似乎在恳求一种象征性的语言，它可以表达我心中恒久的东西，而我却不用查看任何新的事物。就算真的观察到了新的事物，我仍隐隐觉得，新现象实际上是隐藏在内心的真理的觉醒，这种真理曾一度被忘记。这个觉醒的过程像一个词语、一个象征符号吸引着我。它就是逻各斯，就是创造者，推动者（evolver）。②

柯尔律治想看到的月亮被沾满露水的窗户遮住，只能看到微弱的亮光，柯尔律治想象这正是对神不懈追求的隐喻：月光就是真理，而诗人离真理

---

① COLERIDGE S T. Aids to Reflection [M] //BEER J B. The Collected Works of Samuel Taylor Coleridge, Volume 9. Princeton: Princeton University Press, 1993: 398-399.
② Coleridge S T. Volume II [M] //Coburn K. The Notebooks. London: Routledge, 2002: 2546.

柯尔律治诗歌中的光　>>>

总隔着一层半透明、只透光的玻璃窗；它无法忠实的再现真理，却能传递真理之光；它能唤醒内心的真理，这个过程就是词语、象征、逻各斯，它不停地推动着我们去探索真理。简而言之，象征就是隔（模糊的）窗望月。1816 年，柯尔律治利用这段笔记中的隐喻在公开发表的神学著作《通俗布道》中区分象征和比喻，即前者半透明，后者完全透明：

> 比喻只不过是将抽象的概念转化成图像化的语言，这种语言只是其本身，只抽象自感官的对象……相比之下，象征符号（总是一种同义反复）可以从个体中透出特殊，特殊中透出一般，一般中透出普遍，短暂中透出永恒。它参与现实，我们依靠它读懂现实。当它揭示、再现整体的时候，自身也有机地成为那个整体的一部分。①

可以说，在柯尔律治眼里，象征虽然没有比喻那样清晰，却适合表达真理。实际上，他这么做是为了获得语言所指的清晰而拒绝语言的清晰。到了 1825 年，柯尔律治又用这一隐喻在另一本公开发表的神学著作《沉思之助》（1825）中区分了两种人：一种以物寻思，另一种以思寻物（contemplate in relation to things; contemplate things in relation to thoughts）： "对于前者，思想逐渐感性化；对于后者，事物升华（light up）为象征符号，具有越来越多的智性。作为现象的感官之帘不再浑浊（loses its opacity），本质、真理从中透射而出。"②按照柯尔律治的观点，只要把握了半透明的象征，让真理之光从中透射而出，背后的事物都会变得清晰。

---

① COLERIDGE S T. Lay Sermons [M] //WHITE R J. The Collected Works of Samuel Taylor Coleridge, Volume 6. Princeton: Princeton University Press, 1972: 30-31.
② LEVERE T H. Poetry Realized in Nature: Samuel Taylor Coleridge and Early Nineteenth-Century Science [M]. Cambridge: Cambridge University Press, 1981: 97.

<<< 第一章 外源之光：光学和柯尔律治的谈话诗

　　柯尔律治在谈话诗中对景色描写的态度转变指涉着他1815年的想象力理论；不论是取用光学还是反对光学，他对光的观察和思考可以用来诠释这套理论。光是第一想象力，"是一切人类知觉的活力与原动力"，它像神一样，从每个人的身上透出光来，"是无限的'我存在'中的永恒的创造活动在有限的心灵中的重演"。对美景的贪恋是幻想，对景致的写实，"只与固定的和有限的东西打交道"，它的功效只是在脑海里帮助保存画面，"是摆脱时间和空间的秩序的拘束的一种回忆"；虽说要如实保存，但其客观性也无法保证，仍存在选择性记忆，"它与我们称之为'选抉'的那种意志的实践混在一起，并且被它修改"。抽象的颜色是第二想象力，它源自光，"是第一位想象的回声"，是生命的象征，"与自觉的意志共存"；光创造颜色，我们用"充满活力"的颜色通过"溶解、化解、分散""固定的和死的"旧世界，从而创造一个虚构的新世界，因此"它的功用在性质上还是与第一位的想象相同的，只有在程度上和发挥作用的方式上有所不同"；就像《失意吟》中存在内外两种天气：现实世界暴风骤雨，诗人的内心却阳光明媚，是抽象的颜色在"尽力理想化和同一化"①。

　　离开了"陶然梦境"，柯尔律治不再借景抒情了；从此以后，柯尔律治的光、景、色不再是光、景、色本身，而被抽象化成象征符号，被赋予了新的含义。此后的他专注寓言诗，再未写出好的抒情诗。

---

① 柯勒律治. 文学生涯第十三章（摘译）[M]//刘若端. 十九世纪英国诗人论诗. 刘若端，译. 北京：人民文学出版社，1984：61-62.

第二章

光外之光：盲和柯尔律治的寓言诗

为了扩大自己的知识面，扩充自己的隐喻辞库（stock of metaphors[①]），柯尔律治喜欢结交科学界的朋友。博物学家伊拉斯莫斯·达尔文（Erasmus Darwin，1731—1802）、气疗学家[②]托马斯·倍多斯（Thomas Beddoes，1760—1808）、化学家汉弗莱·戴维（Humphrey Davy，1778—1829）师徒三代都是柯尔律治日常来往的良师益友。然而，师徒三人多少都怀疑基督教：达尔文提出了与神创论相异的学说：生命力（spirit of animation）并不是超验的心灵创造的，而是出于一种"细微的物质"，这种物质我们身上有，野兽身上也有，类似电或磁力，也可能是伽伐尼研

[①] COLERIDGE S T. volume I [M] //GRIGGS E L. Collected Letters of Samuel Taylor Coleridge. Oxford: Clarendon Press, 1966: 557. PARIS J A. Life of Sir Humphry Davy [M]. London: H. Colburn and R. Bentley, 1831: 138.

[②] 气疗学家（Pneumatics）：当时的人认为肺结核是由污浊的空气导致的，所以要通过研究气体来治疗。为此，倍多斯专门在布里斯托市建立了气疗学研究所。柯尔律治大学肄业后，与妻子成婚后便前往妻子的家乡布市发展。倍多斯无意中发现了一氧化二氮（笑气），他的学生戴维还曾请柯尔律治来实验室吸笑气。LEVERE T H. Poetry Realized in Nature: Samuel Taylor Coleridge and Early Nineteenth-Century Science [M]. Cambridge: Cambridge University Press, 1981: 20.

究出的电流①；倍多斯揭露了宗教的本质，认为宗教信仰是政府系统的投射，是人创造了神、天堂和地狱②；戴维更是抨击基督教的教条主义，他将灵魂这一概念追溯到古埃及，指责狡猾的祭祀发明"灵魂"就是为了蛊惑民众为自己做事。③ 18、19世纪之交的英国，科学家开始带领人类用知识祛除宗教附在世界上的魅，让人"不再受制于神秘的、不可预知的东西……不再需要施法驱魔、信奉鬼神"④。柯尔律治出生在牧师之家，父亲、哥哥都是牧师，他父亲资助他读的基督公学和剑桥大学基督学院都是专门培养牧师的院校。他创作了许多布道词，自己在舒兹伯利（Shrewsbury）的一位论教堂曾讲道一段时间。令他不安的是，他青年时追随、交往的科学界好朋友都开始转为无神论者。

为了回击，柯尔律治抓住了当时科学研究方法的一个致命缺陷——拒绝假设。19世纪30年代初，现代的科学研究方法之父约翰·赫歇尔（John Herschel）发现，各门自然科学都运用同一套归纳法：首先，通过观察、实验仔细收集量化的信息；其次，从信息中归纳出一个普遍的假说；再次，通过观察、实验验证这个假说是否成立⑤，这种方法一直沿用

---

① RICHARDSON A. British Romanticism and the Science of the Mind [M]. Cambridge：Cambridge University Press，2003：13. 路易吉·伽伐尼（Luigi Galvani）认为存在三种电的形式，即自然电，如雷电；人工电，如摩擦生电；还有引起蛙腿肌肉收缩的动物电。经过长达11年的蛙腿实验后，伽伐尼在论文《论肌肉运动中的电作用》（1791）一文推断，这种"动物电"是在受到刺激后由大脑分泌出的"流"，正是这种"流"通过神经传导到达局部位置，激活肌肉功能，产生收缩、抽搐。
② STANSFIELD D A. Thomas Beddoes M. D. 1760—1808：Chemist，Physician，Democrat [M]. Dordrecht：D. Reidel Publishing Company，1984：84.
③ RUSTON，S. Creating Romanticism：Case Studies in the Literature，Science and Medicine of the 1790s [M]. New York：Palgrave MacMillan，2013：36.
④ WEBER，M. The Vocation Lectures：Science as a Vocation，Politics as a Vocation [M]. OWEN D & STRONG T B Ed. LIVINGSTONE R Trans. Indianapolis：Hackett Publishing Company，2004：12-13.
⑤ HERSCHEL J F W. A Preliminary Discourse on the Study of Natural Philosophy [M]. New York：Cambridge University Press，1830：36-220.

至今。在这套方法出现之前，英国的科学界一直在沿用培根-牛顿留下来的科学归纳法，即一种通过实验收集感官材料，再对这些材料进行分类、归纳的方法。① 这种研究方法里缺少一个现代人熟知的环节：假设。培根认为假设会干预实验的观察，扭曲论证过程，牛顿更是声称"我从不做假设"，因为假设本身也是未经证实的前提。因此，在牛顿看来，他发现的定律随时可以被新发现的例外现象推翻。② 伯顿·S.格特曼对这种蝼蚁般的研究工作形象地描述道："从一只乌鸦是黑色的，两只乌鸦是黑色的"这样的具体观察中推导出"所有的乌鸦都是黑色"的一般结论，但是"即使见证了10000只乌鸦是黑色的"，也无法保证"第10001只乌鸦是黑色的"。③

柯尔律治准确地把握住了同代科学研究方法中缺少假设、缺乏前瞻性的弱点。在《地狱星丛诗》中，这些科学家没有远见，只关注当下的细节而无视远方的未来，像显微镜一样局限。而他自己像望远镜一样只关注远方的未来而无视当下的细节。在寓言《寓言性的神启》里，他们被柯尔律治描绘成一个只会用放大镜看自然的人，要么像瞎子摸象一般愚蠢，要么像盲人领盲人一样危险。由于他们大都有无神论倾向，在寓言诗《显微人》（1808—1826？）中，柯尔律治想象他们之所以盲是因为象征灵魂的眼球被摘除。在《时间：现实的与想象的》（1806—1807？1817？）中，姐弟分别象征现实的和想象的时间，柯尔律治让失明的弟弟悠然自得地跑在姐姐后面而不摔倒。他讽刺无神论科学家像地下的《鼹鼠》（1825）一样近视，想象自己是失明的时间老人，虽然像鼹鼠一样也

---

① 董文俊，熊志勇.评培根科学归纳法的理论地位［J］.求索，2009（9）：91-93.
② GLASS D J, HALL N. A Brief History of Hypothesis［J］. Cell, 2008, 134（August）: 378-381.
③ 伯顿·S.格特曼.科学发现的真正方法［J］.夏劲，王鹏，编译.科学无神论，2006（5）：38-39.

<<< 第二章 光外之光：盲和柯尔律治的寓言诗

受困于《地狱边缘的囚牢》（1825），但拥有否定之眼，即像望远镜那样眺望天际、与信仰融为一体的能力。站在今天的科学研究方法回看这段历史，柯尔律治对培根-牛顿的科学归纳法的批判是具有时代意义的。在一个拒绝假设、一切均要实证的思想环境里，为信仰而盲是对科学归纳法的一种极端的抵制。

第一节　因科学而盲

通常情况下，盲不是一种令人羡慕的状态。由于眼睛在神学中象征灵魂，如可以通神的神启（vision），柯尔律治笔下的盲有一部分是不好的。这部分坏的盲指无神论科学家：无神论科学家像"盲人领盲人""瞎子摸象"，他们之所以盲，一是因为眼球上附上了一层"腐败的薄膜"，二是因为他们禁锢了自己象征灵魂的眼睛。总之，在柯尔律治眼里，缺失信仰的人无法远眺、没有希望，这是一种看不到未来的盲。

盲常被柯尔律治用来在文章中指涉无神论科学家。这里的无神论科学家除了前文提到的达尔文、倍多斯、戴维，还包括宣称地球的历史久远过《圣经》所记载的地质学家詹姆士·哈顿（James Hutton）[1]，宣布生命神创论失败的生理学家威廉·劳伦斯（William Laurence）。[2] 柯尔律治喜欢用一个"盲人领盲人"的画面形容倡导科学的无神论者，而这一画面镶嵌在一则类似柏拉图的"洞喻"和班扬的《名利场》的寓言中，

---

[1] SHARON R. Creating Romanticism: Case Studies in the Literature, Science and Medicine of the 1790s [M]. New York: Palgrave MacMillan, 2013: 176.
[2] Fulford T. Romanticism and Science, V [M]. London: Routledge, 2002: 71.

他称之为《寓言性的神启》(An Allegorical Vision)。总的来说，寓意是要劝人在两个相对立的极点中间选择一个中立点，从而避免"过犹不及"的错误。这则寓言柯尔律治一生使用过三次，因此存在三个版本。第一次出现在1795年有关政治和宗教的演讲，他劝大家在圣公会教与唯物主义之间选择一位论为中立点①；第二次出现在1811年8月31日的《快讯报》上，他用这一寓言攻击一项试图解禁天主教的提议，此处没有谈中立②；第三处出现在1817年的《通俗布道》中的序言中，寓言点明了《通俗布道》的主题——将神学原理引入政治学："宗教是迷信与无神论中间的中立点；正义的人民需要正义的政府，如此才能在自私自利、欺压百姓的贵族阶级和躁动不安、放荡不羁的暴民阶级之间找到一个中立点。"③ 此后，柯尔律治又将最后一个版本多次用于书信和笔记中，如在《逻辑学》中，"盲人领盲人"的比喻又被用来突出绝对真理的作用，链条状的相对真理需要它做领头羊。④ 这里仍是在暗示科学需要宗教的领导。可以说，"无神论科学家像盲人领盲人"的隐喻在他有关盲的隐喻库存中占据了可观的份额。

从科学与宗教的关系看，这则寓言暗示，宗教执掌的望远镜可以开眼，而无神论者和感官主义者手里的显微镜却会致盲。故事始于作者的一场梦。梦中，他和一伙人踏进了"生命之谷"(Valley of Life)，即人

---

① COLERIDGE S T. Lecture 1795 on Politics and Religion [M] //ENGELL J, BATE W. J. The Collected Works of Samuel Taylor Coleridge, Volume 1. Princeton: Princeton University Press, 1971: 89-93.
② COLERIDGE S T. Essays on his Times in the Morning Post and the Courier, II [M] //ERDMAN D V. The Collected Works of Samuel Taylor Coleridge, Volume 3. Princeton: Princeton University Press, 1978: 262-270.
③ COLERIDGE S T. Lay Sermons [M] //WHITE R J. The Collected Works of Samuel Taylor Coleridge, Volume 6. Princeton: Princeton University Press, 1972: 121.
④ COLERIDGE S T. Logic [M] //JACKSON J R J. The Collected Works of Samuel Taylor Coleridge, Volume 13. Princeton: Princeton University Press, 1972: 86.

        <<< 第二章 光外之光：盲和柯尔律治的寓言诗

间。在谷中，他们先后邂逅了三件事物：先是误入了迷信之殿（Temple of Superstition），之后遇见了宗教女神（Religion），此后又闯入了"无神论之洞"，最后作者被一张同时指代"迷信"和"无神论"的雅努斯之面吓醒，故事戛然而止。意识到误入了"迷信之殿"时，他们马上就逃了出来，路上碰到了宗教女神，只有一部分人选择跟随她：

  穿越山谷的迷雾，登上一处高地，从那里，我们纵览了整个峡谷，看到了不同区域之间的联系。她递给我们一副望远镜，用它看远处的事物，事物不会与肉眼所见的相悖。我们用望远镜看到了生命之谷以外的景色：尽管如此，我们也只能看到光和日晕现象，除了可见的，其他什么也看不到，只有一团光。①

  这段话巧妙地将科学仪器包含到了宗教神话中："望远镜"由"宗教女神"递出，言外之意，科学要由宗教掌管；这支"望远镜"传回来的画面真实可信，不与肉眼相悖，说明宗教同样鼓励科学忠于事实；"望远镜"的目的在于探索认知的边界，而那里除了天文现象以外只有光。难道光或太阳就是神？出于谨慎，这个问题柯尔律治并没有追究。但可以肯定的是，"宗教女神"递过来的"望远镜"的确能让人有接近神的感觉。由于是梦境，所以场景切换可以随心所欲。作者糊里糊涂地从一个梦境走到了另一个梦境，来到一座山脚下：

  瞧！我们面前伫立着一面高耸的石墙，几乎与地面垂直。墙根开有一个硕大的山洞。山洞的内墙也是迷信之殿最靠后的

---

① Coleridge S T. Lay Sermons [M] //White R J. The Collected Works of Samuel Taylor Coleridge, Volume 6. Princeton: Princeton University Press, 1972: 136.

> 一堵墙，但这一点大家都不知道。大家都急切地进入石墙这一唯一的入口，洞内空旷且幽暗。洞口摆放着两尊石像：第一座从穿着和举止来看是"感官之像"（sensuality）；第二座举止强悍，表情轻蔑且暴虐，称自己是"亵渎之兽"（Monster Blasphemy）。他尽说大话，但时不时地又被自己的勇气吓得煞白。我们走进了山洞。有些人停在洞口，与侍卫站在一起。剩下的人，包括我，继续往里走，达到一个宽敞的房间，看起来像是这座山的中心。那里异常地冷。①

此洞由"感官之像"与"亵渎之兽"把守，柯尔律治在暗示这是"无神论之洞"，因为柯尔律治认为无神论者即凭感官经验就断定神不存在。柯尔律治将"无神论之洞"刻画出了机械论的味道：石墙几乎与地面垂直，宽阔的表面只开了一个洞，这样的地方大自然很难为之。他还暗示，"无神论之洞"的内墙后面就是"迷信之殿"，暗示迷信与无神论只有一墙之隔。洞内"异常地冷"暗示没有光照，与"宗教女神"带他们去的阳光充沛的高地形成了反差。

> 房间靠后的地方坐着一位两眼昏花的老人，正在透过一个显微镜仔细研究一座石像的躯干。这座石像既没有底座和脚，也没有头，胸前刻着"自然"二字！看起来光滑的大理石表面在老人的放大镜下显得凹凸不平，看到这些老人狂喜不已。——但是，伴着每次庆贺，他还要骂上几句，坚称某个事物绝不存在。如此谜一般的情景突然让我想起在"迷信之殿"

---

① Coleridge S T. Lay Sermons [M] //White R J. The Collected Works of Samuel Taylor Coleridge, Volume 6. Princeton: Princeton University Press, 1972: 136-137.

<<< 第二章 光外之光：盲和柯尔律治的寓言诗

的最神圣的地方也有类似的场景。老人操着多种语言，神秘地嘀咕着。他兴致勃勃地聊起了一个无尽的因果链，他说这个链条就像盲人排队，后面的人抓着前面人的衣角，队伍长到看不到尽头；他们走得又直又稳，尽管都看不见。我斗胆问了一句——谁在带队？他轻蔑地看着我，口吻带着些许质疑和不满："没人带队。"这支盲人队伍永远地行进下去，没有开头；因为，虽然一个盲人走路会绊倒，但无数盲人却可以弥补视觉的缺陷。（见图示2）我大笑了几声，又突然陷入了恐惧——因为当他愤慨地说话时，我从后面看到了另一番景象；瞧！我看到一只怪物，前后两幅模样，长着雅努斯的头，后面的那张脸一看就知道是"迷信"的面庞——我被这一幕吓醒了。①

图示 2　16 世纪荷兰画家老皮耶特·布吕格尔（Pieter Bruegel the Elder）之作《盲人领盲人》②

---

① Coleridge S T. Lay Sermons [M] //White R J. The Collected Works of Samuel Taylor Coleridge, Volume 6. Princeton: Princeton University Press, 1972: 137.
② Commons, Böehme Philosophische Kugel [DB/OL]. Wikipedia, 2012-03-01.

109

洞内老眼昏花的老人指的就是那些坚持无神论的科学家。他的研究对象和方法体现了"只看细节、忽视全局"的感官主义：他不在乎"自然"的起点和终点在哪，只乐于关注显微镜下的微不足道的纹理。他为此发现庆贺一番后还"要骂上几句，坚称某个事物绝不存在"，这即是无神论的由来。"盲人领盲人"的小寓言意味着短视的重复并不能弥补方向的缺失。而且，这则小寓言还将有关空间的隐喻拓展到了时间：老人看不到的是远处，而跟着盲人前行的盲人看不到的则是未来。从科学与宗教的关系看，"宗教女神"递来的"望远镜"能让使用者靠近神，但无神论老人使用的"显微镜"却会让人像盲人领盲人一样愚蠢且危险。同样都是科学仪器，望远镜受到宗教的青睐，而显微镜则被柯尔律治推卸给无神论。这是因为在他看来，宗教赋予远见，可以眺望未来，而科学只顾埋头计较细节，卑微地活在当下的蝇营狗苟中。这样的观点离"科学的尽头即是宗教"这样的言论只有一步之遥。

除了"盲人领盲人"，另一个柯尔律治用以抨击无神论科学家的寓言酷似"瞎子摸象"。在一封信中，他指出当时的圣公会证道学和一位论一样受到了机械论哲学的影响，很多牧师会用科学现象解释神的存在。一位论受到了经验主义的影响，因此，他们用以正道的学说都是片面的，但他们反而沾沾自喜。柯尔律治将这些"有一说一、有二说二"做法比喻成"瞎子摸象"：

  根据医学记录，这样的事情是有可能发生的。有很多文献证明，皮肤的敏感度很高，以至于又聋又瞎的两个人仍可以相互交流，两个人相互触摸着面前的东西，好像在敲击一架钢琴上的琴键。进一步设想，其中一个人因此声称，从远处观察物体是不符合常理的，因此是错误的；因为他觉得，触觉是唯一

<<< 第二章 光外之光：盲和柯尔律治的寓言诗

的感觉。你肯定马上就发现这是无稽之谈……同一样物体，本身没有发生任何变化，却一会儿被认为是方的，一会儿被认为是圆的！不仅如此，还可能是平面的！……如果你身边有法国哲学家或现代唯物主义者的话，你应该见过这些半吊子哲学家（semi-demi-philosophists）对宗教学的经典文献大放厥词。①

柯尔律治最后声称所谓的"半吊子哲学家"在那个科学仍未从哲学独立出来的年代指的就是后来的"知识家"、科学家。对于他们"从下到上"的经验主义研究方法柯尔律治十分不满，原因仍是嫌弃他们看得不够广。

在柯尔律治看来，无神论科学家之所以盲一是因为附在眼球上的"腐败的薄膜"（film of corruption）。柯尔律治在《朋友》（1809—1810）的一篇杂文中称，"腐败的薄膜"：

用看的多种形式魅惑我们；存在显得无足轻重，就像日食，或阳光照不到的裂缝，只不过是对视觉的否定；如果能克服这些怀疑和困难，我们就可以获得那一颗眼，有了它我们就会通体发亮，这就是我们探索的目的、途径、终点，它能给我们今生来世的承诺。②

这段话里有两句出自《圣经》："有了它我们就会通体发亮"出自马太福音第6章第22节，和合本译为"眼睛就是身上的灯。你的眼睛若瞭亮，全身就光明"，这是耶稣在《马太福音》里第一次训导门徒的一句

---

① COLERIDGE S T. volume V [M] //GRIGGS E L. Collected Letters of Samuel Taylor Coleridge. Oxford: Clarendon Press, 1966: 8-9.
② COLERIDGE S T. The Friend, I [M] //ROOKE B. The Collected Works of Samuel Taylor Coleridge, Volume 4. Princeton: Princeton University Press, 1969: 512.

话;"它能给我们今生来世的承诺"出自《提摩太书》第4章第8节,和合本译为"操练身体、益处还少。惟独敬虔、凡事都有益处。因有今生和来生的应许",这句话是在谈论正确的崇拜秩序,即什么该拜,什么不该拜,出自保罗写给较青涩的门徒提摩太的一封教牧书,即教导他如何传道的信。这样看来,柯尔律治认为,剥去这层薄膜,我们就可以让"身上的灯"放出光芒,最终获得神应许的永远的赐福。过了一年,柯尔律治在《彗星,1811》一诗又使用了"薄膜"这一形象。在这首诗中,他将1811年观测到的彗星当作神的使者;像任何一位基督徒一样,在咱们使者后就想象自己死后灵魂可以升天;到那时,"感官的浮层"(film of sense)终将被揭去,他就可以直观到神:"当死亡揭去感官的浮层,/真理将以无法抗拒的控制力/捕获我的心智,——那样神圣的一天/我的灵魂怎能容得下此般无限的景象。"[1] 柯尔律治想象星系像恒星、行星一样都在围绕一个中心公转,这个中心是光源,就像太阳之于太阳系。蹊跷的是,揭去感官主义、无神论的这层薄膜,他却只说"灵魂"容得下"景象",却没有按照常理那样说"将这个光源看得更清楚"。莫非这里的灵魂就是眼睛?

实际上,受到新柏拉图主义[2]神学家雅各布·伯麦(Jacob Boehme)的影响,柯尔律治确认眼睛是人的灵魂,是人分有的神性;无神论科学家之所以盲的第二个原因是他们禁锢了自己眼球或灵魂,这一观点体现在《显微人》(1808—1826?)一诗中。伯麦是一位16世纪末、17世纪

---

[1] COLERIDGE S T. Essays on his Times in the Morning Post and the Courier, III [M] //ERDMAN D V. The Collected Works of Samuel Taylor Coleridge, Volume 3. Princeton: Princeton University Press, 1978: 308.

[2] 新柏拉图主义与柏拉图主义在对光的隐喻上可谓是相反的:柏拉图主义者认为神是光源,照亮原本不会发光、反光生灵万物;而新柏拉图主义则认为神为个人点亮了光,人的灵魂即是他分有的神性或光源,故人要向其他万物反射这种光。

112

<<< 第二章 光外之光：盲和柯尔律治的寓言诗

初的路德派神学家、哲学家，其著述有新柏拉图主义和基督教神秘主义的倾向，影响了德国浪漫派作家和哲学家，黑格尔称他为"第一位日耳曼哲学家"。伯麦生活在今天德国与波兰的交界处，德国最东端小城格尔利茨（Gorlitz）的附近。他虽然只是一名鞋匠，但勤学好问、善于思考，对神学有浓厚兴趣，教堂的布道会他几乎一场不落。他所处的地理位置汇集了各路的宗教学说，学说之间的争论时常令他困惑。因此，为了探求真理，他自称前后经历了多次神启，每次都达数日之久，还将这些经历著述成书。作为一名路德派新柏拉图主义者，他相信每个人都分有神性，这份神性就是他的灵魂。与亚里士多德在《论感觉和被感觉的》里的观点一样，他也认为灵魂就是每个人的眼睛。他用亲历的神启以身示范，证明灵魂或眼睛是通神的途径，是神启的器官。他将这一器官称作智慧之球（Philosophick Globe）。这是一个颇为神秘的宗教符号，第一次以主题的形式出现在《有关灵魂的四十道问题》一书中，而这本书也是伯麦第一批被译成英文的著作。伯麦在封面上概述道：

> 第一个问题包含了对智慧之球（Philosophick Globe）的解释，智慧之球也可称为永恒的奇幻之眼（Wonder-Eye of Eternity），或称为智慧之镜（Looking-Glass of Wisdom）。智慧之球是一个一半明、一半暗的球，是一只有彩虹围绕的眼睛，这一半彩虹的颜色与那一半的颜色正好相反。球体的中央有一个十字和一颗心，其他地方，不论球体内外，都是永无止境的深渊。镜子即是一切。①（见图示3）

---

① BOEME J. The Forty Questions of the Soul [M]. SPARROW J Trans. London: John M. Watkins, 1991: 4.

柯尔律治诗歌中的光　>>>

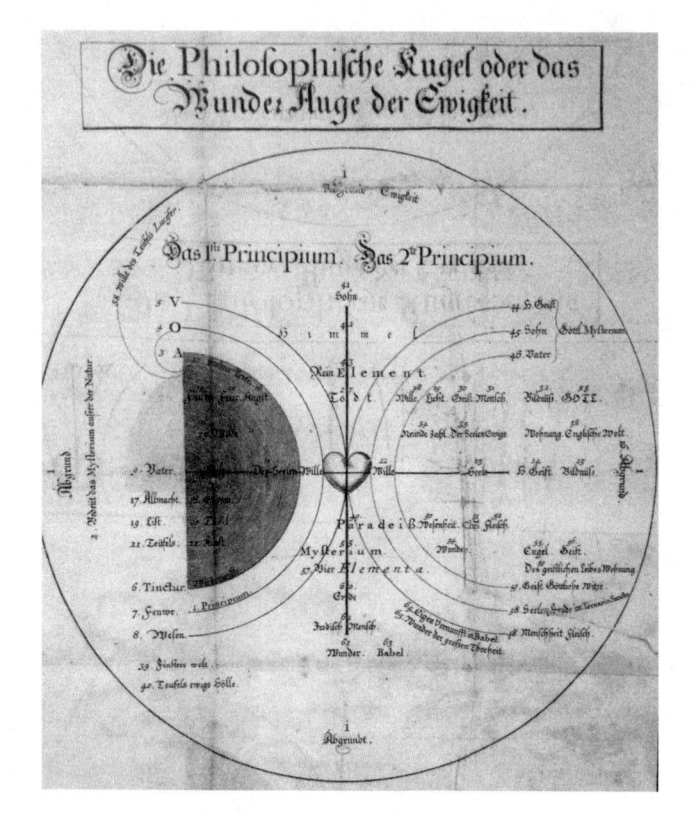

图示3　《有关灵魂的四十道问题》一书中的插图，伯麦的天体演化学，或称智慧之球、永恒奇幻之眼①

作者在标题中提到的第一问为：创世初期，灵魂来自何处？在长达255段的回答中，第25段至33段着重介绍了智慧之球，即一个同时指涉神、永恒、灵魂、人、视觉、镜子六个概念的眼球状的象征符号，作者以期用这样一个具体的事物一揽子解释困扰他的若干神学问题。这个符号之所以可以同时指涉如此多的概念是因为一个巧合：智慧之球的球来自眼球的球；在德语中，眼睛为Auge，而那个年代这个单词会像拉丁语那样拼作Avge；A形似一个正三角，V形似一个倒三角，一正一倒，恰

---

①　Commons. Böhme Philosophische Kugel [DB/OL]. Wikipedia, 2012-03-01.

114

>>> 第二章 光外之光：盲和柯尔律治的寓言诗

好可以用来象征开始和结束；一个既表示开始，又表示结束的单词，自然又在指涉永恒：

25. 但观望无限是无限的，所以没有计数，没有结束，没有开始，就像一面镜子；它什么都是，但什么也都不是；它看自己，却只能看到一个"A"，这是它的眼睛。

26. AV：这是"是"的缘起，它是永恒的开始，永恒的结束。因此，这个深渊在其自身内观望，观望到的也是自己。

27. A在下，V在上；O是眼睛（AVge），但它的自身中没有内容；这就是内容的开始：没有下也没有上，在AV中只有一面镜子，一个观照。

28. 但当没有基础的时候，它的镜子就是像O一样的眼睛；神在启示录中自己说，我是A和O，是开始也是结束，是第一个，也是最后一个。

30. ⊙是神的眼睛，永恒之眼：它是一面镜子，它像球一样，而不是一个环O；我们只能用这个方式描述它。它是永恒之球，其中存在着天堂、地球、元素、星空。

31. 它像眼睛一样的球⊙，是上帝之眼的奇迹，从那里，万物都可以用永恒的视角观照，却没有本质，像一面镜子或眼睛，因为它是深渊之眼；我们无法书写它、言说它，只有永恒的精神将灵魂之眼带到那里去；所以，我们看到它，此外，它必须沉默；笔者也无法再加以描述。①

---

① BOEME J. The Forty Questions of the Soul [M]. SPARROW J Trans. London: John M. Watkins, 1991: 28-29.

115

对于这段话，柯尔律治注意到了这种奇妙的象征："它观照自身，但只看到了 A，它是自己的眼睛。在原文里，AVge 在日耳曼语中象征眼睛。"他接着写道："眼睛啊！你是小宇宙里的'小'人（micranthrope）！"① 小宇宙指身体，与"大"宇宙构造相同；说"眼睛是小宇宙里的'小'人"即是在说"眼睛是活在身体里的微小的人"。"'小'人"（micranthrope）是柯尔律治的自造词，从上下文看，这个词是在模仿"小宇宙"（microcosmos）的构词法。但他也有可能是在模仿"显微镜"（microscope）的发音与拼写：我们从《寓言性的神启》中可以得知，显微镜是科学家常用的工具，是科学家的代喻，是柯尔律治极力批判的一样事物；无神论科学家为拥有显微镜，可以放弃宗教，否认灵魂的存在（如戴维称"灵魂"这一概念只是统治工具）；可以说，是显微镜让科学家变成了无神论者。柯尔律治自造了这个词也许是为了让象征灵魂的"显微人"（micranthrope）代替象征无神论科学家的"显微镜"（microscope），让灵魂代替工具，鼓励科学家们不要用工具去看，而是要用灵魂去看。

为了将"显微人"这个形象更加生动，柯尔律治在下文中写下了一首以此为题目的诗歌；在这首诗里，他将眼睛想象成有生命、有灵魂的人，但这个活生生、有灵性的人却被某些人囚禁了起来：

眼睛过的这是什么日子啊！它的本质是多么精致、难以捉摸啊！

那些彻底眼瞎的人，连取暖的火焰也不望一眼，母亲哺育了他们，但他们连母亲的胸膛也不看一眼（母亲微笑着望向怀里，婴儿在梦中也在微笑），眼睛却为这些人永远地存在！他在

---

① COLERIDGE S T. Marginalia, I [M]//WHALLEY G. The Collected Works of Samuel Taylor Coleridge, Volume 12. Princeton: Princeton University Press, 1980: 670-671.

监狱里躁动、踱步，一个人孤单地活着："它有灵性吗？"有人问道："当然，它有自己的思想，看只是一种语言！"①

这个"小"人有灵性，有思想，"精致"且"难以捉摸"。然而，无神论科学家却从来不关注看的本源问题——"火焰"是可见性的前提，"母亲"是孕育眼睛的母体。无神论科学家虽然长了眼睛，却将眼睛囚禁了起来，让他独自"在监狱里躁动、踱步"。"看只是一种语言"一是在说这个"小"人是主动的、自由的，看的目标是可以选择的，就像语言可以有千万种的指涉；二是暗示眼睛所见不一定表达他的思想，换言之，眼睛"说"不出来的，看不见的，也许才是他真正的思想，才能彰显他所分有的灵魂。若考虑到"micranthrope"对"microscope"的模仿，柯尔律治在结尾也许在暗示，不用显微镜、什么看不见的时候，眼睛不"说话"的时候，往往才是让灵魂显现自身的时候。

由于这首诗将眼睛和无神论科学家的身体分开来看，多少有一丝"挖眼"的暗示，在那个年代会让读者联想到雅各宾派残酷的刑罚，若是深究起来有些迫害无神论科学家的企图，因此这首诗始终没有发表。

从历史上看，自从罗伯特胡克（Robert Hook）发明了放大镜并发表了惊世骇俗的《显微图谱》（1665）以来，科学家运用光学仪器考察世界的做法就被指责为丧失人性。发表第二年（1666），女科学家玛格丽特·卡文迪什（Margaret Lucas Cavendish）在她的寓言小说《崭新世界》（*The Blazing World*）里将依赖显微镜观察世界的科学家写成会讲话的熊（bear-men），将依赖望远镜观察世界的科学家写成会讲话的雁（bird-men）。在《格列弗游记》（1726）中，大人国和小人国的情节取材于将

---

① COLERIDGE S T. Marginalia, I [M] //WHALLEY G. The Collected Works of Samuel Taylor Coleridge, Volume 12. Princeton: Princeton University Press, 1980: 672.

事物放大的显微镜和将事物缩小的望远镜；格列弗在这两个国度遭受的非人待遇都在影射用光学仪器考察世界的做法。① 柯尔律治延续了这一认知传统，但他只对显微镜发难，对望远镜却情有独钟。

  从科学史的视角看，我们不能说柯尔律治的批评对现代科学研究方法的形成毫无益处。现代科学研究方法之父赫歇尔在《自然哲学研究初论》中评价戴维，称他对化学的贡献倒不是发现了什么新的元素，而是揭露了电解实验背后的原理：物体由正负相反的两极构成，是电流拆解了这种原本稳定的结构；赫谢尔称赞这一假设是一项伟大的化学革命。② 在那个显微镜刚问世一百余年的时代，这种论断是无法证实的，只能凭借推测。戴维在描述科研的心路历程时尤其强调要对未知事物大胆地猜测：研究自然需要保持热情和抱负；只学知识是不够的，还需要前瞻、期盼。③ 在戴维的青年时代，他和柯尔律治都欣然接受了骚赛送给二人的绰号——"药匣子"哲学家，这是因为二人像古希腊哲人那样，不论是对考察心内的玄哲学（metaphysical philosophy）还是对考察外部世界的自然哲学（natural philosophy）都感兴趣，从戴维的思维习惯和行文方式中见出的那种古希腊哲人（Esteesian）特有的学养正是柯尔律治影响的结果。④ 我们是否可以说，柯尔律治这种文理不分的古希腊哲人学养和大胆猜想的思维习惯间接促进了科学的发展？

---

① KIERNAN C. III. Swift and Science [J]. The Historical Journal, 1971, 14 (4)：709-722.
② Herschel J F W. A Preliminary Discourse on the Study of Natural Philosophy [M]. New York：Cambridge University Press, 1830：399.
③ Davy H. Early Miscellaneous Papers, from 1799 to 1805 [M] //DAVY J. The Collected Works of Sir Humphry Davy, Bart. Volume II. London：Smith, Elder and Co., 1839-1840：325.
④ LEFEBURE M. Humphry Davy：Philosophic Alchemist [M] //GRAVIL R, LEFEBURE M. The Coleridge Connection. New York：Palgrave Macmillan, 1990：108.

<<< 第二章 光外之光：盲和柯尔律治的寓言诗

第二节 为信仰而盲

早期的柯尔律治笃信一位论，相信神就在大自然中；而后期（1805年后）逆转为三位一体论①后，回头批判一位论那种在自然中寻找神迹的做法："信仰即是证明一个用裸眼看不到的事物存在的证据。"② 柯尔律治笔下好的盲出现在1811年的三首寓言诗中。他在寓言诗《时间：真实的和想象的》（1806—1807？1817？）里继承了西方将时间观念拟人化、二分化的传统，让象征想象时间的弟弟无视象征真实时间的姐姐，从而成就了一首歌颂主观性的诗。《鼹鼠》（1811）和《地狱边缘的囚牢》（1811）是两首相连的诗，诗歌对比了鼹鼠和盲人，前者象征无神论科学家，后者象征只顾眺望未来的人。这一组诗出自1811年4月18日的一条以诗歌为形式的笔记，柯尔律治基于邓恩的诗歌形象描述了一种被他称为否定之眼的能力。

《时间：真实的和想象的》让想象无视现实。首先，按照柯尔律治去同义化（desynonymization）的思维习惯，柯尔律治区分两种时间，即真实的时间和想象的时间。这一区分出现在1811年1月的一则笔记中，这则笔记看起来很像是这首诗的题记：

---

① 一位论认为神只有一个，它潜藏在万物中，而三位一体论则认为贯穿在万物中的只是圣灵，而神本身则是超然到无法再现的。
② COLERIDGE S T. Shorter Works and Fragments, II [M] //BOSTETTER E E. The Collected Works of Samuel Taylor Coleridge, Volume 11. Princeton：Princeton University Press，1995：845.

快乐活泼的童年与纷繁杂乱的成年在时间的意义上是不同的。对于前者,时间就像晴空的太阳,从来不见动,只知道它已经移动了——它刚在那——现在在这——现在走远了——但过程却是空白的。对于后者,它就像圆月挂在十月微风徐徐的夜晚——在各种形状和颜色的云层中穿梭,像飞奔的鸵鸟——然而,它好像一动也没动——我觉得,这个意象说明了真实时间和感受时间的不同,它是两种存在——本诗的题目应该是《快乐童年的真实时间和感受时间》,或者《活泼、希望和任何时期的全部目的》。而对于成年的我,如今失意且迷茫,就应该叫作《客观时间和主观时间》。①

可见,真实时间实际上是现实的生活,而想象时间就是主观的想象。这一点在诗歌1817版本的题注中说得更明确:"一个学童在上学的路上,做着白日梦想象自我,这样就可以提前6个月生活在下一个假期里了。想象时间就指这种心态,并以此与真实时间相异。"② 换言之,"一个学童在上学的路上"是真实的时间,而白日梦即是想象的时间。他可以在梦中穿梭时空,选择最喜爱的、最期盼的时光不停回放。

柯尔律治区分time的原因之一是因为英语中的time有两个不同的所指:一是时间,如What is the time中的time,二是时刻,如it is time to do something的time。时间是绝对的、客观的,而时刻则是相对的、主观的。与英语不同,汉语的"时间"和"时刻、机遇、契机"绝不会被混用。同样,古希腊语的时间为chronos,时刻为kairos,也是两个不同的词。在

---

① COLERIDGE S T. Volume III [M] //COBURN K. The Notebooks. London: Routledge, 2002: 4048.

② COLERIDGE S T. Poetical Works, I [M] //MAYS J C C. The Collected Works of Samuel Taylor Coleridge, Volume 16. Princeton: Princeton University Press, 2001: 799.

<<< 第二章 光外之光：盲和柯尔律治的寓言诗

古希腊神话中，这两个概念分别由两个不同的神管辖：克罗诺斯（Cronus）负责时间，凯罗斯（Caerus，也拼作 Kairos）负责时刻。克罗诺斯这一形象实际上是两个神的合体：一是时间之神克罗诺斯（Chronos），他创造一切，结束一切，因此常被刻画为食子的老人；另一位是农业之神克罗诺斯（Cronus），第一代提坦的领袖，乌拉诺斯之子，宙斯之父，他常备一把象征收割的镰刀，对应罗马神话中的萨图恩。由于二位的名字极易混淆，他们的形象便融为一体，这样就出现了一个"老人一手拿镰刀、一手抓孩子"的形象。与此对立的是契机之神凯罗斯，他是一位长翅膀的青年男子，只有一缕头发，以待需要契机的人去把握；他永不衰老，总在踮着脚尖奔跑，恰似白驹过隙；他时刻都要保持手里的平衡器立于一个锐角而不倒，说明机遇转瞬即逝。对比二者的形象，克罗诺斯冷峻残酷，象征客观的 time；而凯罗斯虽在不停奔跑但仍是待有准备的人来把握的，故象征主观的 time（见图示4）。古希腊神话对时间观念的拟人化、二分化在西方文化中具有深远的影响。

受此影响，柯尔律治在寓言诗《时间：真实的和想象的》中将客观时间拟人化为一个奔跑在前面的女孩，将主观时间拟人化为一个失明的男孩。从版本的创作时间看，此诗创作于诗人的中晚期。但柯尔律治一直称这首诗过于青涩，只是一首"童谣"，所以第一版本（1806—1807?）只收录在萨拉·哈钦森（Sara Hutchinson）编辑的诗集里。他还谎称这首诗创作于青年时期，很可能指的是他在基督公学的中学时代；他还指明，这首诗创是一则关于时间的寓言：

……我编织稀有的寓言，
将道德真理人格化，涂上颜色，
有时具有神秘的意义，更多的时候也没什么意义，

121

柯尔律治诗歌中的光 >>>

这是我年轻时的热情所在,是我引以为豪的事。
多么牵强的比喻,
对我而言都弥足珍贵,我幻想编织着
古怪的修辞,将最普通的想法乔装打扮。
那时,我写下了这首晦涩、无稽的诗,
它象征希望和时间。①

图示4 17世纪荷兰画家彼得·鲁本斯(Peter Paul Rubens)笔下的克罗诺斯和16世纪意大利画家弗朗西斯格·萨尔维提(Francesco Salviati)笔下的凯罗斯②

---

① COLERIDGE S T. Poetical Works, I [M] //MAYS J C C. The Collected Works of Samuel Taylor Coleridge, Volume 16. Princeton: Princeton University Press, 2001: 798-799.
② Commons. Rubens Saturn [DB/OL]. Wikipedia, 2016-02-05.
Commons. Francesco Salviati 005 [DB/OL]. Wikipedia, 2005-05-21.

第二章 光外之光：盲和柯尔律治的寓言诗

寓言的正文从此开始：

> 在一座山的顶端一片广阔的平田，
> （它是一个仙境，我不知道是哪）
> 他们的翅膀像鸵鸟一样展开飞翔，
> 两个可爱的孩子不停地跑步比赛，
> 一个是姐姐，一个是弟弟！
> 一个把另一个落在后面，
> 她转过头去，可是继续跑向前，
> 而且看着、听着后面跑的男孩
> 因为他，唉！眼睛看不见！
> 他平稳地跑过崎岖和平缓的路面，
> 而且不知道他跑得最慢还是最快。①

对比两个喻体，这位男孩虽然失明，但似乎更受诗人的同情，且优于能听能看的姐姐。道路崎岖，但失明的弟弟仍可以平稳前行，说明这种盲并未造成任何阻碍。此外，姐姐虽然在赛跑中跑在了前面，但弟弟却不知道自己已落在后面，是盲让他与世无争，悠然自得。所以，这里的盲不是因失去信仰的盲，更不是生理上的盲，而是时刻对时间的无视，是主观存在对客观存在的无视。

如果将这位男孩等同于柯尔律治本人，那么诗人在这首诗中仅仅表达他自己对现实的不屑；相比之下，接下来的《地狱边境的囚牢》一诗

---

① COLERIDGE S T. Poetical Works, I [M] //MAYS J C C. The Collected Works of Samuel Taylor Coleridge, Volume 16. Princeton: Princeton University Press, 2001: 800. 柯勒律治. 柯勒律治诗选 [M]. 袁宪军, 译. 福州: 福建教育出版社, 2015: 191.

123

则要表达的是诗人试图停止现实时间的企图。

　　1811年，柯尔律治陷入了人生的低谷：妻离子亡，病魔缠身，生活拮据，毒瘾虽然得到了控制，但鸦片酊已对他的身体造成了不可逆转的损伤。那年4到5月之间，身心备受煎熬的他在笔记本中写下一段潦草的文字，很像是一段"工作坊"式的诗歌草稿。柯尔律治曾从草稿中截取过前后相连的两段公之于众：一段关于鼹鼠的诗行发表在杂文集《朋友》（1818年版）里，另一段关于老人望月的诗行附在一封1828年写给友人（A. A. Watts）的信中。柯氏临终的1834年，侄儿亨利·纳尔逊·柯尔律治（Henry Nelson Coleridge）为他整理作品时，按照原作者的做法和主题的变化将这段草稿分为三段：自我讽刺的《鼹鼠》、包含神秘意象的《地狱边缘的囚牢》、称颂否定性崇高的《夜唯一的正极》，将它们发表在最后一版的《柯尔律治全集》（第三版）中。可以推测，这样的划分不一定是柯尔律治本人的意愿。

　　例如，第二首和第三首之间的8行的归属是一个问题："地狱边缘的囚牢无法阻隔这般美景/他的恫吓空洞/围起一座灵魂的囚牢——/他确困住了鬼魂/惨白的思想不会成长，它只是隐隐的丧失/但这也只不过是一种炼狱的诅咒/地狱更加可怕/一种恐惧，未来的命运。那是正极的否定！"《地狱边缘的囚牢》的最后一句"正极的否定"呼应《夜唯一的正极》的第一句"夜唯一的正极/光的反面！"这8行文本具有麦甘所谓的不稳定性，它起到了承上启下的作用，划分到哪一首都有一些不妥。笔者认为，若要研究整条笔记，那么就不应该将两首诗分开；但若只研究"失明老人"的形象，这8行与"盲"和"否定之眼"这两个话题无关，

<<< 第二章 光外之光：盲和柯尔律治的寓言诗

我们便可视其为下一首诗。①

1995年，《柯尔律治的晚期诗歌》一书的作者莫顿·佩里（Morton D. Paley）将这则笔记统称为《地狱星丛诗》（Limbo Constellation）。② 命名中之所以有"地狱"，是因为在亨利·柯尔律治截取的全部诗歌中，最惹眼的就是《地狱边缘的囚牢》；之所以叫它"星丛诗"（constellation），是因为它好像天空中的一片星丛，划分的方法因人而异，不同的划分会生出不同的解读。这一命名的价值在于，它绕开亨利·柯尔律治对文字的改动，将作品的归属权归还给了柯尔律治：如果说《柯尔律治全集》（第三版）中的《地狱边缘的囚牢》是亨利·柯尔律治和塞缪尔·柯尔律治"合作"的成果，那么笔记中的《地狱星丛诗》则完全属于柯尔律治。

与《地狱星丛诗》相关的研究文献可分为两派：形式研究和内容研究，二者各有长短。形式研究主要关注此类丰富的典故和复杂的双关语；但在他们看来，"星丛诗"只是一段文字游戏、思想实验、美学创新，在内容上却杂乱无章、缺乏重点。③ 内容研究包括威尔逊（Eric G. Wilson）对《地狱星丛诗》做的忧郁症诊断分析④、布拉泽斯（Dometa Wiegand Brothers）对其天文引涉的研究和爱德华·拉里斯（Edward Larrissy）对整个浪漫派时期的盲的形象的考察。布拉泽斯在其著作《浪漫派想象与

---

① Coleridge S T. Poetical Works, I [M] //Mays J C C. The Collected Works of Samuel Taylor Coleridge, Volume 16. Princeton: Princeton University Press, 2001: 883-885. Coleridge S T. Volume III [M] //Coburn K. The Notebooks. London: Routledge, 2002: 4073, 4074.
② Paley M D. Coleridge's Later Poetry [M]. Oxford: Clarendon Press, 1996: 41, 191.
③ Burwick F. Coleridge's "Limbo" and "Ne Plus Ultra": The Multeity of Intertexuality [J]. Romanticism Past and Present, 1985, 9 (1): 35-45. Jones E J. "Earth Worm Wit Lies Under Ground": The Compositional Genesis of Coleridge's "Limbo" Constellation [J]. Modern Philology, 2013, 110 (4): 513-535.
④ Wilson E G. Coleridge's melancholia: an anatomy of limbo [M]. Gainesville: University Press of Florida: 2004: 176.

柯尔律治诗歌中的光　>>>

天文学：漫天的永恒》第 3 章《柯尔律治：赫歇尔与天体演化的时间》中也认为，这首诗中对比了两种时间，象征人类时间的"老人"对于象征宇宙时间的月亮是盲的。他认为后文中的月亮没有任何象征意义，只是月球本身，这一点笔者无法认同。[1] 拉里斯在其 2007 年的专著《浪漫派文学中的盲人与盲》中认为，盲人诗人（例如，荷马、弥尔顿）对声响更加敏感，他们的文字表现能力会加强，他们叙述的历史比图片更丰满。然而，现在社会进步的代价之一是没有了盲人诗人，人们开始怀念那个用纯文字再现历史的过去。换言之，盲的描写体现了浪漫派文人对过去的怀念。具体到柯尔律治，盲在《这椴树凉亭——我这牢房》和《地狱边缘的囚牢》里是一种全能的感知力，这种感知力只出现柯尔律治描述的大同邦里，它是柯尔律治在 18 世纪 90 年代的政治梦想，那是一个兼具过去和现代优点的新社会。[2] 笔者认为，拉里斯的观点虽具有一定新意，但由于涉及的诗人过多，对于柯尔律治的文献利用得不够（他只用了《柯尔律治选集》中的三本），所以他对柯尔律治笔下的盲以及对《地狱边缘的囚牢》的解读缺乏足够的史料去支撑整书的观点。如果说指出科学的弊端是怀旧的一个侧面的话，那么本文对盲的解读与拉里斯的殊途同归，只是相比之下略显谨慎。

《鼹鼠》一诗是用来讽刺无神论科学家目光短浅的。在这首诗之前，他先用奇喻讽刺了兰姆、骚赛等友人差强人意的诗艺，之后转而赞叹邓恩《跳蚤》一诗里丰富的修辞手法，之后又想象自己是邓恩笔下被捏碎了的跳蚤下了地狱，与鼹鼠为伍。在邓恩的《致托马斯·伍德沃德》一诗中，诗人称"我们的地狱只不过是/没有你的处境"（our hell is but pri-

---

[1] Brothers D W. The Romantic imagination and Astronomy: On All Sides Infinity [M]. Houndmills: Palgrave Macmillan, 2015: 68.
[2] Larrissy E. The Blind and Blindness in Literature of the Romantic Period [M]. Edinburgh: Edinburgh University Press, 2007: vii, 204, 143.

>>> 第二章 光外之光：盲和柯尔律治的寓言诗

vation/Of him（Donne，50）；换言之，地狱只不过是一种丧失的状态。柯尔律治将邓恩下了地狱的"跳蚤"被改成了"鼹鼠"，而丧失之物从"你"改为"视觉"，把"地狱"（hell）改成"地狱边缘的囚牢"（limbo），便写成了一首独立的短诗《鼹鼠》。这首诗后来被收录在再版的《朋友》（1818）里，用以抨击无神论科学家。鼹鼠常年生活在地下，眼睛深陷在皮肤下面，视力近视得近乎退化，再加上经常不见天日，很不习惯阳光照射。在此基础上，柯尔律治将柏拉图的洞喻融汇到这个形象中：真理之光普照洞外，而洞内只有篝火的倒影，无神论科学家不敢仰视天空，"他们躲了起来，像鼹鼠/（自然界中无声的修士，地里活着的曼德拉草）/从光芒中爬回来——聆听光芒的声音——/看，却害怕，也不知为何害怕——/天生缺乏否定之眼（negative eye）"①。可以说，接下来的《地狱边缘的囚牢》就是专门用来描述"否定之眼"的。

简单地说，否定之眼就是望远镜的盲点，为了信仰，只顾远方和未来而无视附近和当下。柯尔律治将自己想象成时间老人，虽然和无神论科学家一同下了地狱，却因为有信仰而获得了一种永恒。

> 奇怪的地方，地狱边缘的囚牢！它不是一个地方，
> 只是这么称呼——时间和疲惫的空间，
> 想逃出梦魇，却被禁锢而无法飞翔
> 竭尽全力抓住黄昏最后那半缕——
> 细长的空间，时间老人没了镰刀，手如糠麸，
> 贫瘠荒芜，无声无息，如计时的沙漏
> 用阴影记录刻度，却让沙子失去了意义，

---

① COLERIDGE S T. Poetical Works, I [M] //MAYS J C C. The Collected Works of Samuel Taylor Coleridge, Volume 16. Princeton: Princeton University Press, 2001: 881-882.

>就像月光之于日晷一样毫无意义——
>可是,那很是奇妙,倒像人样的时间——
>一位年迈的老人,表情庄重,
>停下手中世俗的琐事仰望着茫茫苍穹;
>可是他双目失明——一双雕像的眼睛——
>然而,他偶然将脸朝向月亮,
>凝望着那天体,面色像月亮一样凝重,
>银发寥寥几根,秃顶光溜溜、空落落,
>他仍然在凝望,没有眼睛的脸就是一整只眼睛——
>这一器官像一幅安静的画面
>恍若他整张脸都在陶醉于熠熠的月亮!——
>上唇贴下唇,身躯和四肢,一动也不动——
>他似乎在凝望那似乎凝望着他的事物!①

否定之眼即是诗里刻画的这位盲人的所作所为:他以面为眼,眺望天边和月亮,这一形象的具体含义由以下六处文献构成:

第一处为时间老人的原型——肯德尔的约翰·高夫(John Gough of Kendal)。他是一位数学家、园艺学家、动物学家,为华兹华斯的孩子教数学。柯尔律治在为骚赛编纂的《万物辞典》(*Omniana*)贡献词条《灵魂及其感知器官》(1812)的时候提到了他。柯尔律治称,"当某一个感官彻底被摘除或完全被悬置,心灵就会让其他官能替它行事",例如,这位高夫,他——

---

① COLERIDGE S T. Poetical Works, I [M] //MAYS J C C. The Collected Works of Samuel Taylor Coleridge, Volume 16. Princeton: Princeton University Press, 2001: 883. 柯勒律治. 柯勒律治诗选 [M]. 袁宪军, 译. 福州: 福建教育出版社, 2015: 203.

<<< 第二章 光外之光：盲和柯尔律治的寓言诗

在辨别鸟类和鸟类捕获的虫子方面，最有经验的猎人在他的触碰下都难掩破绽：猎人本以为是普通的种类，他却能认出是另一个甚至稀有的物种；二者十分相似，以至于就算知道二者归属不同种群，普通人仍需要仔细观察才能发现差异。在花草上面，他的触碰与他的视觉一样敏锐；准确性甚至更高。天啊！只需要看他一眼！……他的脸什么都可以看到！那就是一只眼睛！①

柯尔律治称赞这位高夫虽然失明，但其他感官异常敏锐，足以弥补失明的缺陷，甚至超过了普通人的感知力。但在不知情的人看来，这个盲人的视觉不仅没有减少，反而得到了增强，好像整张脸就是一只大眼睛，看得比任何人都清楚。这么说来，《地狱边缘的囚牢》里的老人应该看得比常人更清楚，而他象征的否定之眼定有非凡之处。

第二处为盲的目的——欲求未知的事物。中晚期的柯尔律治力图创立一门科学之科学的学问，即为科学奠基、引路的学问，他称之为《逻各斯学》（*Logosophia*）（1818）。在柯尔律治看来，光之于盲人等同于未知、未来之物之于普通人，而逻各斯学即是将我们的视线引向未知的工具。他举例说：

让一个失明的小伙子跪在奇迹的创造者面前——"给我光吧！我不知道它是什么：就算说得出来，我也听不懂你！——

---

① COLERIDGE S T. Shorter Works and Fragments, I [M] //BOSTETTER E E. The Collected Works of Samuel Taylor Coleridge, Volume 11. Princeton: Princeton University Press, 1995: 335.

柯尔律治诗歌中的光　>>>

你为何如此渴求？——因为根据我所得到的一切信息，即我闻到的、尝到的、我的触觉、我听到的，一定还有其他的信息——我想要跑，但不敢——当我在等待我所爱的事物之时，我想知道它正在到来——当我伸出臂膀，我希望它能再加长20倍——别人的呼唤：'来了！来了'，但我要过几分钟才能听见一些声音，还要再过一会才能知道分别来的是什么。——所以，我渴望光明，尽管我不知道光明意味着什么。"

人不仅知道事物，也知道事物的界限，会欲求，思考欲求——从匮乏中推出缺陷，从缺陷中认识否定的欲求之物——。而且，这种否定不一定是一种空洞的知识——因为，通过简单地思考缺陷，来回反复地推敲（如苏格拉底式的自我对话），失明的数学教授桑德松就可以知道光的谱系，失聪的数学家就可以知道音乐——①

因为有了匮乏与缺陷，人才知道自己欲求什么，才有了探索未知领域的动力：数学教授桑德松因为失明才会更加努力地学习光学；另一个数学家因为失聪才会用心学习音乐；而上文提到的高夫因为失明才会钻研如何区分各种动植物的技能。反观《地狱边缘的囚牢》，时间老人的盲也是为了获得一种未知的事物而预备的匮乏与缺陷。

第三处为"否定"的定义——"不"是马上就要用望远镜看月亮的感觉。柯尔律治在《逻辑学》手稿（1823？1826？1829？）中为"否定"下了定义：

---

① COLERIDGE S T. Shorter Works and Fragments，I［M］//BOSTETTER E E. The Collected Works of Samuel Taylor Coleridge，Volume 11. Princeton：Princeton University Press，1995：753-754.

<<< 第二章 光外之光：盲和柯尔律治的寓言诗

人不仅具有看见 A 和 B 的能力，还有发现二者不同的能力。因此，当一个人想到 B 之后紧接着想到了 A，就是说，当 A 在思想的时候 B 也来到，同时这个人具备记忆和比较的能力，他马上就能为"A = A""B = B"这两个命题找到一个简称——"A 不是 B"，这里的"不"很可能源自某次痛苦的经历，本想得到一样事物却获得了另一样他不想要的事物——如，本去找西芹，却找到了毒芹。否定的举动包括：摇头，为的是马上从对象面前挪开，紧接着发声器官开始工作，到现在这些举动在婴儿身上还能看到。那种特有的发声在所有语言的否定语言中都能或多或少地看到，最相近的是希伯来语的"ngain"或"ng"，还有最简陋、最原始的古希腊语第六个字母 digamma（或 waw，wau，即/w/音，它们都是拉丁字母 F 的祖先），其发音被我们软化，并被加上了一个元音前缀从而变得容易读，最终成了我们今天的 angelos（原文为希腊文，意为"信使"）得以保留。因此，它不算是单一的一种知觉，而是在脑海中前后都有知觉连接的一套感觉，还附带着期望和情感。当我们马上就要看到我们心想的事物时，为了看到更加生动的画面，我们会预先调整我们的感官；这很像我们马上就要用望远镜看月亮的感觉。①

我们先不论柯尔律治的词源学是否正确，"angelos"里的确可能有/ng/音。柯尔律治用"天使"一词举例说明"不"的词源，他是否在暗

---

① COLERIDGE S T. Logic [M] //JACKSON J R J. The Collected Works of Samuel Taylor Coleridge, Volume 13. Princeton: Princeton University Press, 1972: 91-92.

示，否定与宗教有某种联系？尤其是他最后一句：伴随否定而来的感觉就像"马上用望远镜看月亮的感觉"，这不就是本章第一节所述的那个《寓言性的神启》中宗教女神递过来的望远镜的场景吗？这不就是《地狱边缘的囚牢》里时间老人仰面望月的心情吗？可以说，"否定之眼"中的否定就是为了获得"西芹"而拒绝"毒芹"的态度，是为获得想要的东西而拒绝不想要的东西的态度，是为了用望远镜观察月亮而拒绝肉眼所见的态度。

第四处为时间老人眺望的对象——眺望理性之外的视野。这段文献出自《文学生涯》（1815）的最后一章的最后一段，柯尔律治将天边比作科学的边缘：

> 理性之眼望向天边时，他才能发现，宗教已延伸至理性的视野之外；他才能认识到，信仰只是理性的延伸：白天温柔地滑入甜美的黄昏，黄昏又悄无声息地溜进了黑暗。夜，神圣的夜！甚至在此时，仰望的眼看到星罗棋布的夜空，这即是天堂；眺望的眼紧盯着闪烁在深空中的星——那是其他世界的太阳。[①]

通常而言，理性本义指对一个在时空中变化的事物保持态度不变的力量。因此，这里的理性之眼指那些始终盯着一个对象不放弃的人。柯尔律治认为，理性的人都会像他一样，为了探索，会将视线投向已知边界之外的未知，投向天边那些日光照不到的地方，都会像他那样有信仰。从这处文献我们可以确定，《地狱边缘的囚牢》中"黄昏最后那半缕"和"月亮"都象征信仰。

[①] COLERIDGE S T. Biographia Literaria, II [M] //JACKSON J R J. The Collected Works of Samuel Taylor Coleridge, Volume 7. Princeton: Princeton University Press, 1983: 247.

第五处为老人手里的停止的"琐事",它是《时间:现实的与想象的》中被弟弟无视的姐姐,也象征手头的、当下的事物。与鼹鼠的遭遇一样,时间老人也受困于地狱边缘的囚牢;他什么也做不了,因此他所执掌的现实的时间也是停止的:老人粗糙的双手没有了宰割生命的镰刀,就像沙漏没有了沙子,日晷没有了日光,他手中的"世俗的琐事"随即停止了。相比之下,时间老人注意力和天体却仍在运动:"黄昏最后那半缕"需要老人"竭尽全力"才能捕捉,"偶然将脸朝向月亮";低维度的时间停止了,但一个更高维度的时间却仍在运行。这样说来,《地狱边缘的囚牢》与《时间:真实的与想象的》里的情节正好相反——在《时间》里,想象时间悠然自得,像是停止了,而现实时间仍在运动,在前面奔跑;而在《地狱边缘的囚牢》里,现实时间停止了,想象时间(更高维度的时间?)却在运动。对于时间老人,月亮象征空间中的远方;而对于时间老人手里的"琐事"(真实的世间万物),月亮则象征时间中的远方——未来。前文提到,月亮象征信仰;"世间的琐事"很像《寓言性的神启》中用显微镜研究自然的举动,因此象征科学;如果月亮是"世间琐事"的未来,那么,柯尔律治用《地狱边缘的囚牢》最终要表达的是,信仰为科学指明了方向,预示了未来。[1]

第六处为时间老人与月亮像两面相对的镜子那样相互眺望的画面,它象征"我"与"我"的信仰融合的状态。《没有希望的工作》的第一

---

[1] 柯尔律治批判的科学在今天看来更像是技术。今天的科学技术是两种事物,科学负责求真,技术负责务实。然而,在那个科学仍未取得学科独立的时代,二者被混为一谈并被盖上"短视"的帽子是情有可原的。直到20世纪,仍有文人担心科学是"盲人领盲人":科学的发展不由自身引领,而是像库恩的范式说或福柯的知识考古学所说的那样是社会或权力构建的结果。实际上,科学本身已达到了信仰的高度,引领技术足矣。

部分提到了一对相望的镜子："两面镜子相互看着对方，你中有我，我中有你"①，柯尔律治在第三部分说这两面镜子是"我"和"我"的信仰，且二者已融合。反观《地狱边缘的囚牢》里老人的"面色像月亮一样凝重"，"像一幅安静的画面"，"似乎在凝望那似乎凝望着他的事物"，二者的融合使得"他整张脸都在陶醉于熠熠的月亮"。因此可以确定，不论是他先与"黄昏最后那半缕"霞光融合，还是与后面的月亮融合，这两个举止都象征他对信仰的虔诚。

同样，柯尔律治在《没有希望的工作》（1825）一诗以及前后的笔记用两面相对的镜子比喻年事愈高的自己和信仰的融合。这首诗出现在一则笔记中，他想象自己是一只蜘蛛，蛛丝越裹越紧，象征自己的年岁越来越高；他从蛛丝的缝隙中向外张望，羡慕外部生机勃勃的世界；蛛丝里有两面相对的镜子象征自己与信仰的融合，然而象征信仰的那一面碎了，失去视觉的他转向听觉，并期望用听觉重启自己的创作。整条笔记分三部分，柯尔律治在第一部分将岁月比作蛛丝。1825年2月2日，柯尔律治在笔记中写道："随着年龄的增长，这个世界，这个蜘蛛女巫，织着越来越狭窄的房间，离我们越来越近，最终将我们困于四壁，蓬松的薄膜制成的墙壁，没有窗户——如果天还亮着，在顶上会留一个小口，让光照进来。"② 从这段话推测，第二部分《没有希望的工作》（1825）的大部分景物描写很可能是诗人从小口向外窥见的景象。蜘蛛用身体织网，诗人用情感和精力写诗，因此在西方神话中，蜘蛛是诗人的象征。由此可推断，标题里的"工作"指的是创作。诗人羡慕地看到万物各司

---

① COLERIDGE S T. Volume IV [M] //COBURN K. The Notebooks. London：Routledge, 2002：5192.
② COLERIDGE S T. Volume IV [M] //COBURN K. The Notebooks. London：Routledge, 2002：5192.

第二章 光外之光：盲和柯尔律治的寓言诗

其职，哀叹自己付出的一切都是徒劳：

> 自然界的一切似乎都在工作——
> 鸟儿飞，蜜蜂叫，牡鹿离了窝，
> 仍在沉睡的冬神田野裸身眠，
> 微笑的脸上露出春天的梦！
> 这时，只有我闲着没有事，
> 蜜不采，偶不求，歌不唱，屋不建。
>
> 然而我看见不谢花盛开的河畔，
> 我随着畅流的玉液找到了圣泉。
> 盛开吧，鲜花！无论为谁绽放，
> 可不要为我！富饶的溪水，流淌吧！
> 双唇灰暗面忧伤，彷徨徘徊：
> 你想知晓什么魔咒闭锁了我心？
> 工作而没有希望似筛网汲琼浆，
> 无所寄托的希望无法长久。①

诗人只在最后两句道出了苦恼的原因：没有希望。结合第三部分信仰危机的主题，这里的希望指基督教三大美德"信、望、爱"里的"望"，换言之，柯尔律治在这里只是暗示了困境的原因——信仰危机，并没有指明，他要等到第三部分才道出原因。这部分有两个版本，二者

---

① COLERIDGE S T. Volume IV [M] //COBURN K. The Notebooks. London: Routledge, 2002: 5192. 柯勒律治. 柯勒律治诗选 [M]. 袁宪军，译. 福州：福建教育出版社，2015: 210.

都分析了困境的原因，第二个版本还给出了出路。蛛丝限制了他的视野，他向外看不见；象征信仰的镜子也碎了，向内也看不见，他彻底盲了。然而，他似乎不甘心就这样收尾，便将第三部分全部划掉重写。在第二个版本中，他用听觉另辟蹊径，在最后一句宣布新的乐章即将开启。尽管如此，第三部分的两个版本都没有被他选中得以发表。

	每一天都离我越来越近，
	她用神奇的线
	（一根又一根的线绕在一起越来越厚）
我善用比喻，内在思想和痛楚	她用线在四周织出的世界
用外在的形状得以表达。	一面接着一面，缝隙越来越小。
她用线在四周织出的世界，	我的信仰——（我已和我的信仰融合！）
一个四面都是墙壁的房间，	像挂着的一面镜子！面对面
我的信仰——（我已和我的信仰融合！）	旁边、中间其他什么也没有，
像挂着的一面镜子！面对面	一面姊妹镜映着可憎的墙
旁边、中间其他什么也没有，	但却破了——随着那面明亮的同伴
一面姊妹镜挡住了可憎的墙	
明亮的同伴	被称作世界的蜘蛛，触摸幻想
但却破了——随我唯一的同伴一同逝去的	思想变成可见的图像。
是我的目标和我所有最内在的——	薄膜和丝线绕成邪恶的石墙
信仰，最珍贵之物！	都是筑房者和编织者的业绩
	看到霞光帐篷围绕我
	一个昏暗的囚室！——嘘！
	我在石墙内无所事事太久
	石墙像印度森林里的网
	都是筑房者和编织者的业绩

<<< 第二章 光外之光：盲和柯尔律治的寓言诗

> 不久帐篷一样的悬挂物落地
> 房间里传来一声叫喊！我跑题了
> 嘘！缪斯，你无所事事太久，
> 停止序曲，开始
> 一个没有日光的房间——
> 停止序曲，开始旋律。①

声音从最后一段开始响起：两处"嘘""悬挂物落地"的声响、"一声喊叫"。最后一句中的"序曲"将前文全部包含进去，暗示着更伟大的乐章（作品）即将开始。言外之意，他彻底放弃了外源之光，中后期的柯尔律治诗作里已看不到多少外部世界的描写了。

---

① COLERIDGE S T. Volume IV ［M］//COBURN K. The Notebooks. London：Routledge，2002：5192.

第三章

内源之光：生物磁疗术和柯尔律治的玄幻诗

柯尔律治在一生中的大部分时间里笃信生物磁疗术，究其原因：一是为了反对"视觉专制"，二是反对华兹华斯过于贴近真实生活的诗学理念，三是向往磁疗师用眼说服他人的能力。生物磁疗术由此促发了他的玄幻诗作：他反对视觉专制，转而开启了一种与"祛魅风"小说截然相反的"复魅风"作品；"用眼控制人"的母题推动玄幻诗情节的发展；《忽必烈汗》中疯癫的诗人用双眼获得了受众的信任和朝拜，这幅画面也表征着柯尔律治对玄幻诗歌的理论思考。柯尔律治选择了最具致信力的视觉神话用于玄幻诗作（the poetical works of the supernatural），让一只致信之眼纵览文本内外，用玄幻作品续写了视觉神话，构建一种内源之光的话语。

生物磁疗术是兴起于18世纪中叶的欧洲，至今在某些地方仍是方兴未艾的伪科学。生物磁疗师声称自己可以用自己的肉身发出磁力（"生物磁"）为他人治病。相比前文提到同类视觉神话，生物磁疗术借助科学话语博取了一些科学界的认可，因此具有较高的可信度，或称致信力。柯尔律治在一生中大部分时间都愿意相信这门"科学"，他后期为其辩护的理由与他为玄幻诗作辩护的理由十分相似。

一般认为，《忽必烈汗》是一首"以诗论诗"的诗歌：结尾处那位

第三章 内源之光：生物磁疗术和柯尔律治的玄幻诗

飘浮在半空中的"诗人"是所有诗人的原型，"他长发飘飘，他目光闪闪"。飘散的头发来自《伊安篇》中酒神巴克斯的女祭司，而那双有闪光的眼睛却来历不明。早在 1920 年，奥利弗·埃尔顿（Oliver Elton）发现，在 18 世纪末的英国文学中经常出现一双具有魔力的眼睛，他推测这双眼睛可能出自弥尔顿笔下撒旦的那双"怨恨之眼"（baleful eyes）。① 1927 年，约翰·劳威尔斯为这双眼睛找到了两个出处：《珀切斯的朝觐之旅》（*Purchas his Pilgrims*）中鞑靼国王随从的眼睛；《尼罗河探源记录》（*Travels to Discover the Source of the Nile*）中阿比西尼亚国王的眼睛。② 1942 年，N. B. 亚伦（N. B. Allen）认为这双眼睛是柯尔律治的，多萝西·华兹华斯写给玛丽·哈钦森的一封信中可以证明这一点。③ 如果放大视野，我们会发现柯尔律治在这一段时间创作的每一首玄幻诗作中都有"魔眼"的形象：除了《忽必烈汗》，还有诗剧《奥索里奥》中阿尔伯特的眼睛、《老水手吟》中老水手的眼睛、《克丽丝德蓓》中吉若丁的眼睛。劳威尔斯在 1929 年的著作中为老水手的"魔眼"推测出两个来源：基督教神话人物"流浪的犹太人"（Wandering Jew）和生物磁疗师带有"磁性"的双眼。④ 2004 年，提姆·富尔福德沿用了劳威尔斯的部分观点，认为这几部玄幻诗作中的眼睛来自生物磁疗师，但他为这双眼睛增加了一层政治含义：他认为柯尔律治用这双魔眼来暗指当时的皮特政府

---

① OLIVER E. A Survey of English Literature, 1780—1880 [M]. New York: Arnold, 1920: 185.
② LOWES J L. The Road to Xanadu: A Study in the Ways of Imagination [M]. New York: Vintage Books, 1959: 230-232.
③ ALLEN N B. A Note on Coleridge's "Kubla Khan" [J]. Modern Language Notes, 1942, 52 (7): 110.
④ OLIVER E. A Survey of English Literature, 1780—1880 [M]. New York: Arnold, 1920: 185.

欺骗民众的政治手段。① 总体看来,大家似乎都认为这双眼睛的来历不善。然而,将这双眼睛的邪气置入全诗就会扰乱我们对整诗的把握:这样一双邪恶的眼睛不仅无法与全诗"以诗论诗"的主题产生联系,更会让结尾的诗人原型变成一个施魔的坏人,进而让人质疑这首诗背后的道德立场。

劳威尔斯曾简单地提到,柯尔律治玄幻诗中的眼睛具有致信力(令人信服的效果,crediblizing effect),而致信力"为想象作品确保了不信的悬置"(suspense of disbelief)。② 劳威尔斯的这段简短的评价引用了柯尔律治诗学思想的两个重要概念:"致信力"和"悬置不信"。"致信力"来自柯尔律治的莎士比亚戏剧讲座。《哈姆雷特》第一幕第一场第21行处,何瑞修好像看到了鬼魂,他惊呼"怎么,这东西今夜又出现了吗?"(Has this thing appeared again to-night?)柯氏称赞"又"(again)这一措辞,说它"润物细无声"地让玄幻元素具有"令人信服的效果"(credibilizing effect)。③ "悬置不信"来自《文学生涯》第14章一段向华兹华斯阐释玄幻诗学的文字。柯氏称,玄幻诗作成功与否就取决于是否有致信力:"当我们把玄幻元素当真时,一种特殊的情感会油然而生——这就是戏剧性的真理;一首玄幻诗如果能在引发读者兴趣的同时还能让戏剧性的真理产生一定影响,这首诗就成功了。"④ 要创作玄幻诗作,诗人要

---

① FULFORD T. Vital Fluid: The Politics of Poetics of Mesmerism in the 1790s [J]. Studies in Romanticism, 2004, 43 (1): 57-78.
② LOWES J L. The Road to Xanadu: A Study in the Ways of Imagination [M]. New York: Vintage Books, 1959: 232.
③ COLERIDGE S T. Lectures 1808—1819 on Literature, II [M] //FOAKES R A. The Collected Works of Samuel Taylor Coleridge, Volume 5. Princeton: Princeton University Press, 1987: 25.
④ COLERIDGE S T, Biographia Literaria, II [M] //MAYS J C C. The Collected Works of Samuel Taylor Coleridge, Volume 7. Princeton: Princeton University Press, 1983: 5-6.

<<< 第三章 内源之光：生物磁疗术和柯尔律治的玄幻诗

"从人性（inward nature）中取出一份让人感兴趣的东西（a human interest），还要照着人性勾勒出一幅真理的剪影。这个剪影是想象力的倒影。为了瞥见它，我们宁愿暂时地悬置不信，这种悬置就是诗学的信仰所在"①。劳威尔斯从柯尔律治诗学思想中为这双"魔眼"的用途找了一种解释——文本内的"魔眼"可以释放致信力，让文本外的读者暂时相信所读的玄幻诗。然而，这种解释仍没有说清"魔眼"和《忽必烈汗》"以诗论诗"的主题有何关系，且后来的学者也没有关注这一问题。

笔者认为，玄幻诗作中的眼睛、这些诗作背后的创作动机和生物磁疗术三者有着密切的关系：柯尔律治取用了生物磁疗师具有"磁性"的双眼，反复尝试用这双魔眼的形象推动《奥索里奥》《老水手吟》《克丽丝德蓓》的情节发展，并最终在《忽必烈汗》中用元叙事的方式展示了"魔眼"形象在其玄幻诗中起到的点睛作用。

第一节　生物磁疗术

18世纪电学和解剖学的发展孕育了生物磁疗理论。人对身体导电性的认识始于解剖学家约翰·亨特在1773年左右对电鳐和电鳗的解剖。亨特发现，电鳗产生的电波"很强，它不仅可以制服任何接触电鳗的生物，还可以传输到这些生物的皮肤、神经、臂膀神经节，甚至到脊柱里的骨髓、大脑；因此，人也会感到电流从手臂上升到肩膀，随即被击晕……身体被通上电后好像发生了震颤……感觉就像神经在运动，肌肉在痉

---

① COLERIDGE S T. Biographia Literaria, II [M] //MAYS J C C. The Collected Works of Samuel Taylor Coleridge, Volume 7. Princeton: Princeton University Press, 1983: 5-6.

挛"。他总结道："动物的意志完全可以控制它所发出的电流；这种电流必然靠其神经系统的力量。"电鳐和电鳗可以在水中放电，这一事实迅速被一位论神学家、科学家约瑟夫·普里斯特利运用到了自己的理论中：如果生命是由神的力量贯穿而成的（一位论神学的生命观），那么，同样可以在身体中流动的电是否就是神的力量？① 如果就连动物都可以释放"生命之电"的话，人是否也可以将生命力传导至另一个人身上呢？

对于这个问题，德国医生弗朗茨·安东·梅斯梅尔（Franz Anton Mesmer）在经历了一系列临床摸索后庄严地给出了肯定的回答。

梅氏毕业于维也纳大学，医学专业，他的毕业论文《天体对医学的影响研究》（1766）将天体引力与身体的影响比作音符之间和谐的关系。论文的理论基于牛顿提出的"月球引力影响潮汐"的理论：江河湖海中若有受制于天体引力的潮汐，大气中一定也有这种潮汐，身体中也有这种潮汐。

> 我们不能简单地认为，星星对我们的影响只限于疾病。万有引力让我们的身体和谐，对我们产生了不可磨灭的影响，这是令人无比崇敬的。与此相同，我们也要重视星层与人层之间建立起来的和谐的关系。这种和谐的形式绝非单调一致，而是像一部多弦乐器，音符与音符之间都有特定的和声关系。②

从那一刻起，梅氏就相信，人的健康会受制于某种外在的力量。毕业后两年（1768），他娶了一位贵族寡妇为妻，获得多瑙河畔豪它一幢，

---

① FULFORD T. Vital Fluid: The Politics of Poetics of Mesmerism in the 1790s [J]. Studies in Romanticism, 2004, 43 (1): 57-78.

② CRABTREE A. From Mesmer to Freud, Magnetic Sleep and the Roots of Psychological Healing [M]. New Haven: Yale University Press, 1993: 4.

<<< 第三章 内源之光：生物磁疗术和柯尔律治的玄幻诗

开始在维也纳贵族间行医治病。在名流中，他认识了音乐家莫扎特的父亲李奥帕德·莫扎特（Leopard Mozart）。成婚那一年，年仅12岁的沃尔夫冈·阿德莫斯·莫扎特还专为梅氏创作了歌剧《巴士底与巴士底安》（*Bastien und Bastienne*）。梅氏热爱音乐，可以娴熟地演奏玻璃钟琴。玻璃钟琴是富兰克林发明的一种乐器，梅氏还曾为他展示过自己的琴艺。① 顾名思义，玻璃钟琴就是套在一起的玻璃钟，演奏的时候用沾湿的手指轻抚外围，原理类似用沾湿的手指轻抚红酒杯（见图示5）。它体积小，但音色丰满，舒缓而极具穿透力，在一个没有放大设备的时代是难能可贵的乐器。玻璃钟琴具有良好的穿透力，这是因为琴声特殊的频率让听者很难辨认音源的方位。人类用音量大小辨别高于4赫兹声源的方位，用音波的间隙差辨别低于1赫兹声源的方位。玻璃钟琴的音响在4赫兹到1赫兹之间，人不论用哪种方法辨别方位都会感到困难，所以人很难辨别乐器的方位，听来会感到缥缈、诡异。由于这种特性，不论诊所开到哪，梅氏都会在治疗室里摆放一台玻璃钟琴辅以治疗。玻璃钟琴虽然在梅氏的治疗中占有一席之地，但真正的主角仍是磁疗师。

梅氏的磁疗过程主要包括凝视和直接或间接的接触。当然，所谓磁疗，它的确起源于用磁铁治病的做法。1774年6月，他听说母校有一位耶稣会教士兼教授马克西米利安·海尔（Maximillian Hell）用磁铁治疗胃痉挛，前去拜访时发现前来询诊的病人许多还伴有其他类似歇斯底里的疑难杂症。他开始学着用磁铁治疗疑难杂症，但成功的案例却只能归功于海尔教授。因此，在用磁铁行医一年后，梅氏开始尝试放弃磁铁，改为用身体释放磁力，进而形成了一套自己的学说，与海尔教授划清界限：

---

① CRABTREE A. From Mesmer to Freud, Magnetic Sleep and the Roots of Psychological Healing [M]. New Haven: Yale University Press, 1993: 4.

柯尔律治诗歌中的光　>>>

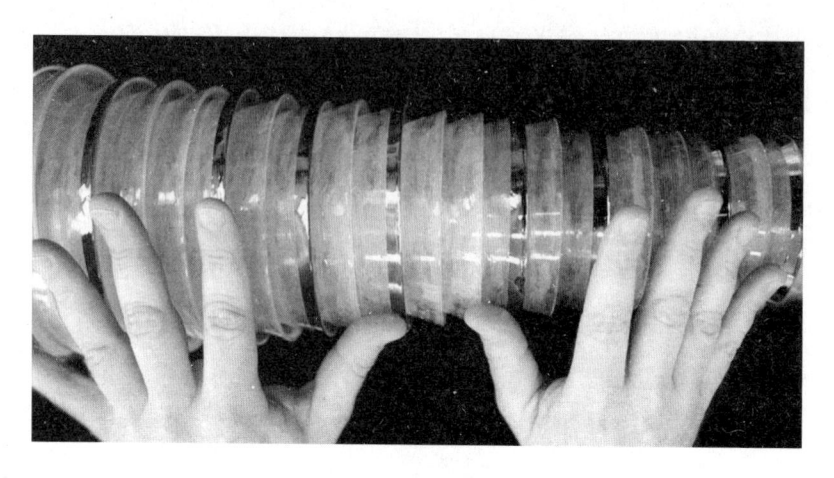

图示 5　玻璃钟琴①

我发现钢铁并非唯一可以接收磁力的器具。我还可以磁化纸张、面包、羊毛、丝绸、皮革、石头、玻璃、水、各种金属、木材、人、狗，一切我触碰过的东西都可以被磁化。这些被我磁化过的东西像磁铁一样，可以对患者产生同样的效果。我还可以将磁化的物体装入瓶中，就像被通了电的材料一样。②（见图示 6）

显然，"用爱生磁"的疗法早晚会翻船。遭受几次挫败后，梅氏在维也纳的声誉扫地，于 1777 年移居巴黎，在名流出入的地段购入一间公寓，继续他在多瑙河畔的事业。他选择巴黎不是没有道理：梅氏的小诊所不久便门庭若市，他不得不三次易址，治疗方法也从一对一改为一对多。整个过程充满了仪式感：他在大厅备好一个能围坐 20 余人的大木桶，盛满被他磁化好了的水，桶的外围安装了高低不一、弧度优雅的金属把柄，患者将病灶贴到高度合适的把柄上，还要系上一根连接其他病

---

① Commons. Thamos Bloch Hands Glass Harmonica Low Notes on Left and High Notes on Right [DB/OL]. Wikipedia, 2010-04-13.
② CRABTREE A. From Mesmer to Freud, Magnetic Sleep and the Roots of Psychological Healing [M]. New Haven: Yale University Press, 1993: 6.

<<< 第三章 内源之光：生物磁疗术和柯尔律治的玄幻诗

友的绳子以示"患难与共"。伴着玻璃钟琴的乐声，梅氏身着华丽的袍衣，在患者中踱步，有时紧盯着他们，有时用手或神杖触碰他们。单独治疗的时候，梅氏也要盯着患者，用一只手或神杖放在患者的病灶上反复摩挲，另一只手的手指还要不停地画圈。① 到了后期，梅氏的功力见长，甚至可以"隔墙问诊、悬丝切脉"。见证人称，"当他用食指指向她时，即使中间隔了一段距离，她也会立即瘫倒在地——就算中间隔着两道门或一堵墙。此外，他还会用一面镜子照着她，之后按压镜中的影像，同样的事情也会发生。他用手向着女孩撒一滴水，也同样奏效"②。

Figure 1 ANIMAL MAGNETISM—The Operator putting his Patient into a Crisis.

图示 6　磁疗师在发功治病③

---

① CRABTREE A. From Mesmer to Freud, Magnetic Sleep and the Roots of Psychological Healing [M]. New Haven: Yale University Press, 1993: 13-15.
② CRABTREE A. From Mesmer to Freud, Magnetic Sleep and the Roots of Psychological Healing [M]. New Haven: Yale University Press, 1993: 8.
③ FULFORD T. Romanticism and Science, I [M]. London: Routledge, 2002: 217.

柯尔律治诗歌中的光　>>>

由于慕名求医的人越来越多，梅氏招收了小有声望的法国医生夏尔·戴尔森（Charles D'elson）作学徒，同时还可以提升自己在法国的可信度。1779年，在徒弟戴尔森的鼓励下，梅氏在实践数年后首次公开发表了磁疗的原理——《生物磁疗术回忆录》，这是第一本有关磁疗术理论的著述，其中有七点较为重要：

1. 天体、地球、生命体三者之间都有互动；2. 这种互动的载体是一种无处不在、持续运动的流体，它从本质上讲是可以接受、扩散、传输运动的信息；3. 互动的原理至今仍是未知的……8. 生命体会感到流体渗透至自己的神经系统并马上生效 9. 流体的属性与磁铁十分相似，对人体的作用尤为明显……10. 生命体的属性决定了它可以受到天体和周围物体的影响，且这一影响与磁铁十分相似，所以我将其冠名为'生物磁'……23. 在我设立具体的操作规程后，事实将证明，这一原理可以立即治愈神经系统以及其他系统的紊乱。①

戴尔森为支持梅氏的事业受到了法国医学界的排挤和打压，但自二人合作以来，梅氏只允许戴尔森打下手，不许他行医，最终两人于1782

---

① CRABTREE A. From Mesmer to Freud, Magnetic Sleep and the Roots of Psychological Healing [M]. New Haven: Yale University Press, 1993: 18-19.

<<< 第三章 内源之光：生物磁疗术和柯尔律治的玄幻诗

年分道扬镳，在自己的祖国得以自立门户。① 他希望将磁疗制度化："生物磁疗……并非秘密。它是一门科学，有其自身的原理、功效、规则……我的目的在于说服政府建立一所生物磁疗研究所，这样生物磁的疗效就可以被确立了。"② 生物磁疗术被 J. B. de 梅纳杜克（J. B. de Mainauduc）医生带到了英国。他继承了戴尔森的愿望，在英国举办讲座，撰文呼吁在英国成立专门的磁疗机构——"健康中心"（Hygiaean Society），称"任何人都有掌握这门技艺的潜力"。但是，他的理论与创始人的有差异：梅氏和戴尔森用眼睛和触摸传达的是"生物磁"，而梅纳杜克用眼传达的却是原子："任何人的身体周围都有一种由微小原子构成的气场……磁疗师可以将这些原子传输到患者身上，因为人的身体在许多方面都像一个海绵。"③ 他在一次讲座中介绍如何用眼睛传达原子："在诊断过程中，诊疗师不能心有杂念，否则就会前功尽弃。为了让过程顺利进行，诊断师需要紧盯着他要治疗的部位，要用意念将原子传输到自己的双手，此时双手还要做好随时接受病患信息的准备。一般人以为诊断师要保持两眼睁开，但其实最好闭上双眼，这样有助于去除杂念，而且眼睑上有

---

① 分道扬镳的戴尔森基本沿用了梅氏的学说，后人又将他的理论进一步归纳为 9 点：1. 生物磁是一种遍布宇宙的流体，它是天体互动、地球与人的互动的中介……2. 它是自然界中最微小的颗粒；可以来回流动，也可以接受、传递、推动各种动力……3. 身体通过神经会受到这种流体的影响……4. 身体具有两极性，以及其他磁铁的属性……5. 生物磁可以从一个物体传输到另一个物体，不论这个物体是否有生命……6. 这种磁力可以隔空传达到另一个物体上……7. 镜子可以反射、增强磁力；声音可以传播、增强磁力；磁力还可以累积、浓缩、搬运……8. 虽然这一流体是无处不在的，但对其感受力则因人而异；也有不多的一些事物干扰磁疗的效果……9. 这种流体可以迅速治疗神经紊乱；因此，它对人和自然都有益处。FULFORD T. Romanticism and Science, I [M]. London: Routledge, 2002: 213-214.
② CRABTREE A. From Mesmer to Freud, Magnetic Sleep and the Roots of Psychological Healing [M]. New Haven: Yale University Press, 1993: 20.
③ FULFORD T. Vital Fluid: The Politics of Poetics of Mesmerism in the 1790s [J]. Studies in Romanticism, 2004, 43 (1): 57-78.

147

无数小孔，因此不会形成阻碍。"① "只要磁疗师释放意志，将自己的原子输送到病人的身上，一个眼神就足以达到效果。"治疗的时候，磁疗师需内心充满对患者的爱和善意，同时"紧盯着患者，眼神具有穿透力"②。总之，磁疗师似乎可以用眼神和触摸传达治疗因子，这个因子可能是"生物磁"，可能是原子，可能也就是"爱和善意"的意志。

民众之所以对生物磁疗趋之若鹜是因为磁疗师将其宣传得如神丹妙药一般。19世纪20年代的英国医学界，"什么才算是真正的科学或科学的做法仍然是一个有争议的话题……当时没有一个权威的医疗机构管辖从医行为，树立医学权威"。梅纳杜克在英国宣称，"有了磁疗师的意志，就可以不通过给药而达到治愈的效果"。"磁疗术是一种返璞归真的疗法，它由自然指引，独立于医术之外，可以消灾祛病。""磁疗术浑然天成，可以治疗骄奢淫逸的生活方式对身体造成的损害。"1805年的一则英国广告更是把磁疗说得神乎其神："磁疗可以陶冶情操，提高智力，调节心理健康。"③ 这些宣传对患者非常具有说服力。

接受磁疗的人会进入不同的生理反应阶段，进入最高的阶段时，人眼就可以透视，可以隔物识字。隔物识字是当时盛传的一种特异功能，被说得出神入化，当时医学期刊都会刊发这方面的案例。1812年，有读者来信询问柯尔律治为何文章写得晦涩、好用生僻晦涩的术语，每每都需要重新定义。柯尔律治嗅出质疑的味道，他借助当时流行的磁疗话语，高傲又不失幽默地回答道："为什么我不用一目了然的词汇，却总是用一些需要解释的词语？我的回答是，谈这个话题没有其他词可用！……我

---

① FULFORD T. Romanticism and Science, I [M]. London: Routledge, 2002: 219-220.
② FULFORD T. Vital Fluid: The Politics of Poetics of Mesmerism in the 1790s [J]. Studies in Romanticism, 2004, 43 (1): 57-78.
③ FULFORD T. Vital Fluid: The Politics of Poetics of Mesmerism in the 1790s [J]. Studies in Romanticism, 2004, 43 (1): 57-78.

<<< 第三章　内源之光：生物磁疗术和柯尔律治的玄幻诗

又没有特异的磁力，让我的读者一个个都成为透视眼；我没有密功能让他们用腹部、指尖甚至藏在鼻尖里的'皮觉'看书识字；我只能依靠文字——读者只有耐心地掌握了我用的词的意思，我才能对我的表达能力有信心。"[①]

第二节　愿意相信

浪漫主义时期，生物磁疗术始终是一个吸引公众注意力的话题。柯尔律治最晚在1817年的一封信中承认，他要写一些马上就能发表的文章好还账，生物磁疗术是不错的选择。[②] 总的来看，柯尔律治一生中的大部分时间是愿意相信生物磁疗术的，这包括多产的18世纪90年代。但是，这一期间文献中有关生物磁疗术的记录很少，直接和间接的证据只有三处。

首先，据学者林·库博（Lane Cooper）研究，早在柯尔律治12岁那年，他很可能就听说了生物磁疗术。根据库博的调查，18世纪80年代，生物磁疗术在伦敦和布里斯托十分流行。柯尔律治的哥哥卢克（Luke）于1784年10月考入了伦敦医学院，学习外科。那个时候柯尔律治12岁，正在伦敦的基督公学就读中学。每周六，他都会步行前往医学院找哥哥玩，同时也开始对医学产生了兴趣。当时伦敦的医学界发生了一件无人

[①] COLERIDGE S T. Shorter Works and Fragments, II [M]//BOSTETTER E E. The Collected Works of Samuel Taylor Coleridge, Volume 11. Princeton: Princeton University Press, 1995: 911-912.

[②] COLERIDGE S T. volume IV [M]//GRIGGS E L. Collected Letters of Samuel Taylor Coleridge. Oxford: Clarendon Press, 1966: 749.

不知的公共事件。有一位生物磁疗师为了向伦敦市民展示生物磁疗术，在伦敦西郊的哈默史密斯区租用了一间房子。为了看热闹，伦敦的市民趋之若鹜，但不是所有人都有准入的资格，所以这间房子常被围得水泄不通，最多达到了近三千人。库博推测，当时对医学如痴如醉的柯尔律治不可能没有听说过这一事件。①

劳威尔斯从柯尔律治早年间的一则笔记中又推测出了一个生物磁疗术的踪影。柯尔律治曾经有一本书叫《曼彻斯特文学与哲学社纪要》(1790)，里面有一篇文章叫《J. 海加思所见》(John Haygarth)，主要记录了发生在1780年间一次日晕现象，即由云里的冰晶体折射而形成了多个太阳同时出现的景象。1795年至1800年间，柯尔律治在笔记中摘抄了这段记录。② 劳威尔斯发现，《纪要》中还收录了一篇有趣的文章——《浅谈幻觉与医药魔鬼学》，作者为苏格兰医生、诗人约翰·菲利尔(John Ferriar)。这篇文章严肃且谨慎，谈到了用眼迷人的技法和生物磁疗术，还讲了一个类似视觉神话的故事：墨卡托斯(Mercatus)见过一个漂亮的女人用目光击碎了钢制的镜子，还可以用眼神一下摧毁几棵树。③ 劳威尔斯怀疑柯尔律治可能读到过这个故事。

但要说用确凿的证据，生物磁疗术第一次在文献中出现是1795年，那是柯尔律治23岁的时候。文献为一篇发行于布里斯托市的政治简论《写给〈致爱德华·隆·福克斯医生〉的作者》。事情的原委很是蹊跷。威廉·皮特首相执政时期，为了应对法国大革命对英国带来的思想冲击，

---

① LOWES J L. The Road to Xanadu: A Study in the Ways of Imagination [M]. New York: Vintage Books, 1959: 231.
② COLERIDGE S T. Volume I [M]//CODURN K. The Notebooks. London: Routledge, 2002: 258.
③ LOWES J L. The Road to Xanadu: A Study in the Ways of Imagination [M]. New York: Vintage Books, 1959: 500.

<<< 第三章　内源之光：生物磁疗术和柯尔律治的玄幻诗

压制呼吁国会改革的呼声，他盼咐人草拟两个议案：《集会法案》(Convention Bill) 和《叛国法案》(Treason Bill)，并公之于众。前者限制言论自由，后者可将异见者定为叛国罪。两个议案均于当年12月18日得以通过，立为法案。① 托马斯·倍多斯博士撰写了一篇名为《抵制封口议案，捍卫权利法案》的简论公开反对这两个草案。有一位署名为A. W. 的人写了一篇简论攻击倍多斯博士，他多次引用倍多斯简论里的话，但文章署名却是《致爱德华·隆·福克斯医生》。福克斯医生是当时布市知名的心理医生，他曾召集过一次抗议集会，号召市民反对两个法案，包括柯尔律治在内的布市进步人士多有参加。福克斯医生还有一些个人癖好——他好乘一种一匹马拉的、只能坐一人的马车 (sulky)，且着迷于生物磁疗术。可能由于福克斯医生和倍多斯博士共属于一个社团"朋友社"②，所以他们两人就被绑在一起挨骂。A. W. 说医生妖言惑众，公开斥责宗教信仰，煽动民众的政治情绪；A. W. 呼吁"布市的民众要谨慎、理性，不要听信具有分裂主义思想的外乡人，这些人总是散播暴动的种子"。这里的"外乡人"实际上就是柯尔律治。③ 的确，柯尔律治从剑桥肄业后两年在布市靠演讲、撰写政治简论为生。他和骚赛计划一年挣够150镑，这样他们就有钱先去威尔士办一个小型的"大同邦"，实验成功后再去宾夕法尼亚建立一个大型的。当时来听演讲的人需支付1先令的入场费。由于经验不足，原本是念稿子的演讲最后成了口若悬河，他偶

---

① COLERIDGE S T. Lecture 1795 on Politics and Religion [M] //ENGELL J, BATE W. J. The Collected Works of Samuel Taylor Coleridge, Volume 1. Princeton: Princeton University Press, 1971: xlvii-xlviii.
② COLERIDGE S T. Lecture 1795 on Politics and Religion [M] //ENGELL J, BATE W. J. The Collected Works of Samuel Taylor Coleridge, Volume 1. Princeton: Princeton University Press, 1971: 321.
③ COLERIDGE S T. Lecture 1795 on Politics and Religion [M] //ENGELL J, BATE W. J. The Collected Works of Samuel Taylor Coleridge, Volume 1. Princeton: Princeton University Press, 1971: xivi-xlix.

151

尔会随口蹦出几句非常激进的话，如"要领导一场不流血的战争革命""要防止被政府暗杀"。到了将演讲内容编辑成册的时候，柯尔律治却没有胆量收录这些激进的话。① 简而言之，A. W. 的《致爱德华·隆·福克斯医生》将倍多斯、福克斯故意混为一谈，末了还攻击了柯尔律治，可谓是一口气骂了三个人。柯尔律治将计就计，他只字不提倍多斯，直接为"无辜"的福克斯医生辩护。他称集会权和言论自由有助于释放民众不满的情绪；法国由于取消了这一自由而变成了地狱；福克斯医生行医治病，大公无私，他好乘的单人单马虽然少见，但经济便利，适合他这样忙碌的医生；对于生物磁疗术，柯尔律治称这位 A. W. 心灵懒惰，用常识想当然，不做调查就轻易下结论，而"在实验哲学里，调查是一项神圣的步骤，这种思维成就了与这一话题相关的两位实验哲学的大家：牛顿承认自己曾认真研究过占星术，波义耳也曾着迷过炼金术和自然法术，对此他直言不讳"②。这时的柯尔律治爱屋及乌，要为福克斯医生辩护，他就必须支持生物磁疗术。

早期的相关文献捉襟见肘，但随着柯尔律治越来越愿意相信生物磁疗术，1810 年以后的记载也就越来越多。从他对磁疗术的描写看，他很可能认识磁疗师，亲眼见过磁疗过程。③ 1824 年，他还曾尝试用生物磁

---

① COLERIDGE S T. Lecture 1795 on Politics and Religion [M] //ENGELL J, BATE W. J. The Collected Works of Samuel Taylor Coleridge, Volume 1. Princeton: Princeton University Press, 1971: xxiii-xxxiii.

② COLERIDGE S T. Lecture 1795 on Politics and Religion [M] //ENGELL J, BATE W. J. The Collected Works of Samuel Taylor Coleridge, Volume 1. Princeton: Princeton University Press, 1971: 328.

③ COLERIDGE S T. volume IV [M] //GRIGGS E L. Collected Letters of Samuel Taylor Coleridge. Oxford: Clarendon Press, 1966: 731. COLERIDGE S T. Volume I [M] //COBURN K. The Notebooks. London: Routledge, 2002: 1412.

<<< 第三章 内源之光：生物磁疗术和柯尔律治的玄幻诗

治疗邻居家的小孩。① 1824年6月24日，托马斯·卡莱尔曾称柯尔律治为"心地善良，言谈举止中洋溢着宗教情怀和博爱的精神，散发着诗人（poesy）的气息，充满了磁性"②。卡莱尔也许在暗示，晚年的柯尔律治已经有了磁疗师的做派。柯尔律治在笔记中最后一次提及磁疗术是1822年，这篇笔记较全面地概括了他愿意相信生物磁疗术的三个理由：

（1）自己通过科学猜想而成功论证了该理论的可行性。③

（2）该理论解密了过去的神话。柯尔律治发现，如果磁疗术站得住脚，它还可以用来解释古代神秘的传说。生物磁疗术所处的境遇与同时代、古代的新发明、新发现相似，开始被排斥，后来被接受。例如，伽伐尼电违背了所知的一切定律；哥白尼的日心说违背了从感官中得来的证据；基督在世时被犹太人唾弃；种牛痘开始被谣传会让人变成牛。④ 他认为，梅氏所谓的新发现实际上在人类的历史中一直存在⑤："假设生物磁的原理是正确的，那么，我们就可以解释到目前为止无法解释的、解释得不尽如人意的、被贴上谎言、把戏、魔鬼、神谕、魔咒、法器、巫术、预言、占卜、超人的现象。"⑥ 此文之后，柯尔律治列举了一系列具有超自然元素的传说，但最有趣的还数柯尔律治在1818年至1819年的哲

---

① COLERIDGE S T. volume V [M] //GRIGGS E L. Collected Letters of Samuel Taylor Coleridge. Oxford: Clarendon Press, 1966: 350.
② COLERIDGE S T. Table Talk, I [M] //WOODRING C. The Collected Works of Samuel Taylor Coleridge, Volume 14. Princeton: Princeton University Press, 1990: 97.
③ 详见下文"其次"一段。
④ COLERIDGE S T. Shorter Works and Fragments, I [M] //BOSTETTER E E. The Collected Works of Samuel Taylor Coleridge, Volume 11. Princeton: Princeton University Press, 1995: 588.
⑤ COLERIDGE S T. Shorter Works and Fragments, II [M] //BOSTETTER E E. The Collected Works of Samuel Taylor Coleridge, Volume 11. Princeton: Princeton University Press, 1995: 911-912.
⑥ COLERIDGE S T. Volume IV [M] //COBURN K. The Notebooks. London: Routledge, 2002: 4908.

学讲座中为毕达哥拉斯做的辩护。与大部分古希腊哲学家不同，毕达哥拉斯称自己见证过奇迹，视自己为神，很多人指责他是骗子。为此，柯尔律治想起了中学时代从不离手的一本书约翰·波特（John Potter）的《希腊古趣》，其中记载了古希腊旅行家鲍桑尼亚叙述的一件神奇又有趣的事。有一个叫作特罗芬纽斯（Trophonius）的山洞，洞内的形状像烤炉的内膛，去了山洞的人都会比平常更容易陷入沉思，有些人去了一趟就永远失去了笑容。由此，对于闷闷不乐的人在希腊人专门有句话调侃："你是不是刚去了一趟特罗芬纽斯山洞？"柯尔律治怀疑山洞里可能有不易察觉的特殊气体，闻到的人情绪才发生了变化。他在为毕德哥拉斯辩护的时候提到了类似的气体："（占卜师）被裹在治过（medicated）的兽皮里，暴露在某种气体中……这些人陷入了昏睡，但仍能在睡眠中答话，这些话被记载下来，待占卜师清醒后再交给他，这些话就被解读成了预言。"① 因此，古代的毕德哥拉斯们和今天的梅斯梅尔们是否都有意无意地闻到了某种气体、披上了某种兽皮？所有的神话背后是否都有可知但未知的科学原理？如此古今互证极大地增强了柯尔律治对生物磁疗术的信心，对它的探索似乎成了打开所有未解之谜的钥匙。

（3）该理论可以与他的自创理论（《生命的起源》）互证。柯尔律治发现磁疗术原理或许可以支持自己潜心研究出来的"生命起源说"（Theory of Life）。柯尔律治的"生命起源说"源自当时的一个生物学争论：生命到底是不是神造的？之所以称作"生命的起源"，是因为柯尔律治"认为生命是无所不在的，甚至在最低级的无机物中。整个自然界是由绝对物质过渡到绝对精神，过渡的顶点是人的理智与智慧。柯尔律治

---

① COLERIDGE S T. Lectures 1818—1819 on the History of Philosophy [M] //JACKSON J R J. The Collected Works of Samuel Taylor Coleridge, Volume 8. Princeton: Princeton University Press, 2000: 72-74.

写道，'自然哲学最完善的状态存在于一些自然规律的精神化，变为直觉与智慧的规律，现象完全消失，只剩下规律（形式）'"①。具体而言，柯尔律治将万物分层分类，按照他所理解的顺序累积成一座大厦——"力的发生与进阶图"（Genesis and ascending scale of physical Powers），底层是神创造的基本物理学力，如磁力、电力等，第二层是无机物，第三层有机物，之上是人；人又用意识内化了有关上述层级的知识，从而构成了上下循环、（意识）内外交互的本体论体系。神给这套系统一个原初的推动力，让它运作起来，但这个力却不会显现自身："造物活动过程中存在一种神奇的能量，就像杠杆、螺丝、滑轮原理中引力的作用，这种神奇的能量是所有机械的前提和先决条件；这种能量在有机世界中得以体现；组织层次越高、越完备，这种能量显现得就更清晰；组织越精致，组织之上的能量就显得更明显；"人无法察觉这种力量："在最高层次的器官——大脑里，组织好像被自己的细节埋没，外向的感官无法察觉。"之所以如此，是因为这种力量与第二章介绍的深度相关，而深度在柯尔律治的唯心主义认识论里是无法感知的："深度不是空间的形式，若没有深度，长度和宽度只不过是空洞的形式，它们只不过是深度展现自身的形式罢了。"说到这，柯尔律治的思路回到了磁疗术：磁疗术也许就像那个原初的推动力、那个看不见的深度，重要但不显现。柯尔律治接着骄傲地写道："这个论据，连同其他可以与生物磁疗原理相互类比的依据还有很多，它们都有很重的理论分量，相互细密地关联在一起——而据我所知，反方阵营中绝没有此类论据。"② 上述思考见于1822年，此时柯尔律治似乎开始考虑让生物磁疗术原理与自己开发出来的"生命起源说"

---

① 蒋显璟.生命哲学与诗歌——浅谈柯勒律治的诗歌理论［J］.外国文学评论，1993（2）：63-71.
② COLERIDGE S T. Volume IV ［M］//COBURN K. The Notebooks. London：Routledge，2002：4908.

155

互证。过了5年，柯尔律治在笔记中考虑将这种磁力纳入自己的体系中去，但那里的磁已被柯尔律治象征化为一个符号，这是德国自然哲学的典型做法，对此柯尔律治有过不止一次的抱怨。①

当然，他清楚磁疗术与真正的科学仍有差距，仍认为磁疗学家（magnetists）要像牛顿研究光的方法那样，一步一步地细心观察，谨慎总结。② 总之，他愿意相信更多是由于宗教的原因，而未有全信则是出于科学的原因。当然，柯尔律治的思维以"肆意横流"（卡莱尔语）③ 著称，他对生物磁疗术的思考远不止这些：1809年，柯尔律治计划写一则寓言，大意为人没有动物那样实用的本能是因为人有理性作为补偿；但人仍可以向海狸、白蚁学习建造术，向电鳗、电鳐、电鲶学习伽伐尼电的能量。④ 1820年后的一段时间，他认为生物磁疗现象是一种以病治病、以毒攻毒的疗法。⑤ 笔者整合了所有的想法，发现有三点与他的玄幻诗作有关：一是支持生物磁疗术的动机，即为了反对"视觉专制"而与生物磁疗术为伍；二是支持生物磁疗术的条件，即柯尔律治用自己所知的科学知识为磁疗术构想出了新的理论，将"用眼治病"的施受关系解读成了"用眼或触摸控制人"的施受关系；三是支持生物磁疗术的证据，即柯尔律治做了大量研究，确认患者都肯定了磁疗术的疗效，只是对理论仍保

---

① Coleridge S T. Marginalia, III [M] //Whalley G. The Collected Works of Samuel Taylor Coleridge, Volume 12. Princeton: Princeton University Press, 1980: 1021, 1017. Coleridge S T. Marginalia, IV [M] //Whalley G. The Collected Works of Samuel Taylor Coleridge, Volume 12. Princeton: Princeton University Press, 1980: 316.
② COLERIDGE S T. Volume IV [M] //COBURN K. The Notebooks. London: Routledge, 2002: 4512.
③ COLERIDGE S T. Table Talk, II [M] //WOODRING C. The Collected Works of Samuel Taylor Coleridge, Volume 14. Princeton: Princeton University Press, 1990: 409.
④ COLERIDGE S T. Volume III [M] //COBURN K. The Notebooks. London: Routledge, 2002: 3465.
⑤ COLERIDGE S T. Marginalia, V [M] //WHALLEY G. The Collected Works of Samuel Taylor Coleridge, Volume 12. Princeton: Princeton University Press, 1980: 136-137.

留自己的看法。

  首先，柯尔律治愿意相信生物磁疗术是为了反对英国传统的"视觉专制"。出于英国的经验主义思维传统对德国唯心主义和法国感官主义传统的偏见，柯尔律治在一生中的少数时期是不信生物磁疗术的。而后期改信的原因之一又是为了矫枉过正地反对这种英法特有的"视觉专制"。1817年前的一段时间，他将生物磁疗视为彻头彻尾的骗术[1]；他说生物磁疗术的倡导者应该加强实验证据和具体的证据，而不是猜想背后的原因。[2] 对于德法临床记录间的矛盾他看得津津有味。柯尔律治诙谐地复述了《生物磁疗术案例汇编》第一卷中的一个细节："德国磁疗师从业，一百个病人里最多能催眠一两个，这一两个还要经过一个月的训练。而法国的磁疗师刚一入行，6个健康的人里他就可以催眠5个……法国人要是信十分，德国人则会信一分，而英国人则会信负一分。不光是没有足够的证据才不信，而是'不思量'地不信。"柯尔律治在一旁还不忘评价一下德法两国传统的思维方式，这也是他最喜欢、最擅长的话题之一：德国人轻信、真诚但又不失谨慎，对理论痴狂，任何他们可以想到的奇怪的现象，他们都能给出一个解释，对此他们无法自拔。法国人的眼睛上总涂着一层法式的感官主义，黏黏糊糊。[3] 但到了后期，柯尔律治转变了态度，他认识到："人们对生物磁疗术嗤之以鼻是出于'视觉专制'。"[4]

---

[1] COLERIDGE S T. The Friend, I [M] //ROOKE B. The Collected Works of Samuel Taylor Coleridge, Volume 4. Princeton: Princeton University Press, 1969: 59. COLERIDGE S T. Shorter Works and Fragments, I [M] //BOSTETTER E E. The Collected Works of Samuel Taylor Coleridge, Volume 11. Princeton: Princeton University Press, 1995: 470.

[2] COLERIDGE S T. Marginalia, IV [M] //WHALLEY G. The Collected Works of Samuel Taylor Coleridge, Volume 12. Princeton: Princeton University Press, 1980: 273.

[3] COLERIDGE S T. Volume IV [M] //COBURN K. The Notebooks. London: Routledge, 2002: 4512.

[4] COLERIDGE S T. Marginalia, III [M] //WHALLEY G. The Collected Works of Samuel Taylor Coleridge, Volume 12. Princeton: Princeton University Press, 1980: 374.

柯尔律治诗歌中的光 >>>

他在 1822 年的笔记中说,

> 每个有道德感的人面对这些以历史形式而再现的学说都会在内心产生道德性的趣味——在没有充分证据被证伪之前,生物磁学说一方面朝向唯物主义、感官主义、世俗主义掷出的致命一击,另一方面又朝向迷信和亲信的思维习惯掷出的致命一击,这种攻击本身应该可以成为一条有力的论据。良善聪颖的人都会希望它是真的,强人从不会因为认同了苏格拉底、柏拉图等提出的永生论而感到羞耻。——①

这种为了反对"视觉专制"而认同生物磁疗术的理由很容易让人想到玄幻诗作的创作动机——反对当时流行于女性小说中的"祛魅风"(supernatural explained)。

其次,柯尔律治愿意相信生物磁疗术是因为他对磁疗师"用眼控制人"、用"触摸控制人"的做法很感兴趣,还自己琢磨出一套理论来解释这一现象。他用自己所知(所想)的专业知识和术语为生物磁疗术重新构想了一套令他自己信服的工作原理,即一个人可以通过触摸刺激另一个人皮下专司意志的神经系统,进而传导意志,操纵他人。1816 年,柯尔律治在另一篇杂文中思考"意志的器官是否就是整体的神经系统呢?":电鱼为了自卫而发电,发电的器官已经被发现;同理,我们为了繁衍而动用意志,但是意志的器官却没有被发现。他设想:"意志(要用更朴实的语言的话)或人的生命力虽然植根于有机的身体,但其运作不会局限于身体;在特定的距离和方位条件下,在特定的施术、受术关系条件下,

---

① COLERIDGE S T. Volume IV [M] //COBURN K. The Notebooks. London: Routledge, 2002: 4512.

意志或生命力可以给身体外的活体上施加影响。"① 这种条件具体指的就是触摸。1819 年，柯尔律治注意到了触摸在磁疗术中扮演着重要的作用。富兰克林带领的专家调查小组认定这套疗法可能会被不怀好意的人利用，有伤风化。他们肯定了疗效，但认为背后的原因仍是心理作用，而非所谓的"磁性流体"②。磁疗师通过部分身体接触，包括触摸、按压手掌、铁棍、音乐，让患者产生了强烈的生理反应。柯尔律治得知富兰克林的定性后，也注意到磁疗术以触摸为形式的性暗示的成分："男性磁疗师刺激女病人的皮肤神经可能引起了性欲，体内的肉欲被外化，女病患开始产生生理反应，但这种反应最后又被磁疗师抚平。毕竟治愈最多的都是女性的歇斯底里症。"③ 在 1821 年撰写的一篇杂文中，他归纳了磁疗术的四个成因，但实际上又可以进一步整合为两个——前两个为触摸，后两个为想象：一是通过直接或间接接触皮肤，产生有规律的摩擦，增强神经系统的感受，如皮肤与肠胃的联觉；二是肌肤接触促发了情欲反应，如对歇斯底里症效果明显；三是联想活动；四是想象，即心理作用，患者借此可不动用自己的意志就可以改变自己的身体，如脸红、打哈欠。④ 1822 年，柯尔律治在一条笔记中将"触摸""皮下的神经系统""意志"三元素组合在一起，提出：

---

① COLERIDGE S T. Shorter Works and Fragments, I [M] //BOSTETTER E E. The Collected Works of Samuel Taylor Coleridge, Volume 11. Princeton: Princeton University Press, 1995: 588.
② CRABTREE A. From Mesmer to Freud, Magnetic Sleep and the Roots of Psychological Healing [M]. New Haven: Yale University Press, 1993: 28.
③ COLERIDGE S T. Volume IV [M] //COBURN K. The Notebooks. London: Routledge, 2002: 4512.
④ COLERIDGE S T. Marginalia, II [M] //WHALLEY G. The Collected Works of Samuel Taylor Coleridge, Volume 12. Princeton: Princeton University Press, 1980: 912-914.

柯尔律治诗歌中的光　>>>

　　以下这些情况不是没有可能：人的意志可以从本人的身体延展而出，影响他人；知觉从一套神经系统转移到另一套去，就像是从大脑转移到胸部或神经中枢；统领皮下神经网的感觉被激活，升级为一个更高层次、更特别的感觉；存在一种隐形的知觉，它出现在身体器官不工作的时候或某种类似的状态下，它可独立于这些器官而工作。①

　　可以发现，梅氏声称传来传去的"磁力"被1822年的柯尔律治阐释成了"意志"（电是电鳗的生存武器，意志是人的生存武器），磁疗师和患者的关系就变成了操纵者和被操纵者的关系。实际上，这样敏感的关系在1784年的调查委员会的报告中已有暗示："所有人都臣服于磁疗师。他们似乎痴醉于迷糊的状态，但他的声音、眼神、手势又可以把他们唤醒。显然，这些现象背后存在着某种力量。磁疗师看起来就像他们绝对的统治者。"② 出于兴趣，柯尔律治将生物磁疗术解读成了"意念控制术"，这一幕在他的玄幻诗作中不停闪现。

　　再次，柯尔律治愿意相信生物磁疗术的原因是因为它的致信力让柯尔律治惊讶不已。据他所知，三个权威机构虽然对磁疗术的理论各执一词，但对疗效都给予了充分的肯定。梅氏的磁疗诊所在巴黎大红大紫的势头甚至吸引了路易十六的注意力，为了一探究竟，这位法王委托富兰克林组织同代知名的科学家成立了调查小组。调查小组见证过磁疗过程后，虽然肯定了疗效，但否定了"磁力传输"的理论。柯尔律治认同富

---

① COLERIDGE S T. Volume Ⅳ [M]//COBURN K. The Notebooks. London: Routledge, 2002: 1412.
② CRABTREE A. From Mesmer to Freud, Magnetic Sleep and the Roots of Psychological Healing [M]. New Haven: Yale University Press, 1993: 25.

<<< 第三章 内源之光：生物磁疗术和柯尔律治的玄幻诗

兰克林的定性：全是臆想；梅氏至多是诚恳的心理学家。① 普鲁士和奥地利政府已经组织知名的科学家，成立调查委员会，结果认为"磁疗现象独立于病患的想象"，言外之意，的确有效。此外，多名科学家在亲眼见证过生物磁疗术的过程后，大都变得笃信不疑。其中最令柯尔律治震惊的要数柯尔律治在德国哥廷根大学的老师、医学教授约翰·弗里德里希·布卢门巴哈（Johann Friedrich Blumenbach）。这位教授编写的《生理学概论》（*The Institutions of Physiology*）是欧洲通用的医学教材，包括英国。② 柯尔律治在1818年得知，布氏在教材中一反长达20年的态度，明确肯定了磁疗术的真实性："我亲手选了参与实验的人，我自己动手实验。实验过程让我不得不承认，磁疗是不争的事实，只不过原理无法解释，对此我可以发誓。"像布氏这样亲眼见证磁疗过程后纷纷改口的同代知名科学家还有很多：法国生理学家乔治·居维叶（Georges Cuvier）、德国柏林大学病理学与治疗学教授克里斯多夫·威尔汉姆·胡费兰（Christoph Wilhelm Hufeland）、德国知名临床医生约翰·克里斯蒂安·赖尔（Johann Christian Reil）。③ 由于这次欧洲医学界的转身，在再版《朋友》的时候，柯尔律治不得不修改一处诋毁生物磁疗术的言论，之后还无奈地附上一句：这些大家都纷纷改变了态度，"我改口也就没有什么不好意思了"。这次改口似乎让柯尔律治有些不安。次年，他在笔记中仍在安慰自己："不论他（梅氏）是否像发现伽伐尼电那样发现了新能量，还是发现了通过刺激、抚慰皮肤可以产生心理和医疗作用，现象都是不变的，的确也有治愈效

---

① COLERIDGE S T. Volume IV [M] //COBURN K. The Notebooks. London: Routledge, 2002: 4512.
② COLERIDGE S T. volume IV [M] //GRIGGS E L. Collected Letters of Samuel Taylor Coleridge. Oxford: Clarendon Press, 1966: 886-887.
③ COLERIDGE S T. The Friend, I [M] //ROOKE B. The Collected Works of Samuel Taylor Coleridge, Volume 4. Princeton: Princeton University Press, 1969: 59.

果,这是毋庸置疑的。"① 他通过阅读,得知磁疗术对黑蒙(一种神经性失明)有奇效。② 柯尔律治在总结文献时再次说服自己:"在特定的情况下,一个人可以从身心两方面影响另一个人,致使后者睡死过去;此时,虽然大脑是清醒的,但感官却进入了休眠。我这里谈的只限于磁疗在智性上的效应。从外部用药也可以达到同样的效果,与吸鸦片差不多。只是,施法的方式和工具是一个谜。"③ 总之,柯尔律治发现,磁疗师的理论备受质疑,但磁疗术的疗效却得到了公认,这背后隐藏着什么样的说服力?

用现代科学的话语说,生物磁疗术实为一种心理暗示;用柯尔律治的术语说就是致信力的作用(credibilizing effect)。磁疗术尽管理论备受争议,但磁疗师称它有益于患者的身体健康:伴着不知道从哪里传来的玻璃钟琴声,打扮成巫师的磁疗师"充满爱意地"看着患者,触摸病灶,让他们相信自己正在被治愈;这时,患者给他几分信任,就会感到几分疗效;患者再向专家汇报疗效,磁疗术就这样获得了部分的肯定。柯尔律治在《文学生涯》(1815)第14章中也用这种致信力的变体为自己的玄幻诗做了辩护。

生物磁疗术靠的是磁疗师眼神中射出的致信力——磁疗师通过眼神让患者相信治疗是有效果的。同理,柯尔律治的玄幻诗作靠的是主要人物眼中射出的致信力——阿尔伯特用眼睛控制玛利亚,哥哥才在最后感到懊悔;老水手用眼睛控制了年轻人,他的故事才得以流传;吉若丁用

---

① COLERIDGE S T. Volume IV [M] //COBURN K. The Notebooks. London: Routledge, 2002: 4512.
② COLERIDGE S T. Marginalia, II [M] //WHALLEY G. The Collected Works of Samuel Taylor Coleridge, Volume 12. Princeton: Princeton University Press, 1980: 592.
③ COLERIDGE S T. Marginalia, III [M] //WHALLEY G. The Collected Works of Samuel Taylor Coleridge, Volume 12. Princeton: Princeton University Press, 1980: 371.

眼睛控制了克丽丝德蓓和父亲,她才能挑拨父女关系,让亲子关系成为最后一部分的主题;疯癫诗人用眼神控制众人,他才有机会向质疑柯尔律治的人展示玄幻诗的精髓——致信力。

第三节 阿尔伯特的眼睛

《奥索里奥》(1797)是针对当时流行的"祛魅风"(supernatural explained)小说而创作的一部悲剧。18 世纪的英国社会流行一种观点:女性不适合读小说。小说都是虚构的,女性接触过多不切实际的思想就无法相夫教子,胜任贤妻良母的角色。[①] 到了 18 世纪 80 年代,女性若想要发表含有"真"鬼的小说,作者大都要匿去名字。安娜·巴鲍德和弟弟合作了一则恐怖故事,但发表的时候却去掉了自己的署名;安娜·富勒(Anne Fuller)的小说《艾伦·菲兹奥斯本》(*Alan Fitz-Osbourne*,1787)、安·雷德克里夫(Ann Radcliffe)的第一部小说《阿斯林和邓贝因》(*The Castles of Athlin and Dunbayne*,1789)都匿名发表。到了雷德克里夫的第二部小说《西西里浪漫史》(*A Sicilian Romance*,1970),她尝试了一种新的手法——故事中引人入胜的神秘元素到了结尾均被揭秘,城堡里的鬼魂要么是自然现象,要么是坏人用来吓唬女主人公的把戏。用这种方法写的"假"鬼故事得到了主流价值观的认可:"在今天这样科学的时代(philosophical age),这种新发明的技巧可谓大有可为。它可以用奇幻的景象满足读者的想象,用善意的恐怖元素慰藉读者的心灵。""雷德

---

① CLERY E J. The Rise of Supernatural Fiction, 1762—1800 [M]. Cambridge: Cambridge University Press, 1999: 95.

柯尔律治诗歌中的光 >>>

克里夫女士的创作手法的确高明，她好像可以用符咒控制那个看不见的世界，但并没有引入任何真正的自然界以外的事物；读者充分享受了人造恐惧的盛宴，理性却不会被蒙蔽，读者不会真陷入迷信。"可以说，"祛魅风"是女性玄幻小说家对18世纪主流价值观妥协的结果。这种手法引来一大批女小说家的效仿，但遭到了评论家柯尔律治的冷眼："兴趣常被激起，却得不到相应的满足；或者说，兴趣被提得很高，但无法充分满足；历险结束，兴趣就随之溶解了，读到诗作的结尾，读者只会四处环顾，寻找当时令他着迷的咒语。"① 这则评论发表于1794年4月4日，他批判"祛魅风"的态度延续至了三年后的戏剧《奥索里奥》（1797年3月至10月）。

1797年年初，理查德·谢立丹（Richard Sheridan）通过第三方邀请柯尔律治就"时下流行话题"创作一出戏剧。谢立丹当时负责闻名遐迩的特鲁里剧院（Drury Lane Theatre），谁要能写一部戏剧在这里上演，谁就可以挣得盆满钵溢。应此邀请，囊中羞涩的柯尔律治于1797年3月至10月间完成了创作，而他相中的"时下流行话题"就是流行于伦敦坊间的生物磁疗术。三年前的柯尔律治还在批判"祛魅"，在这部剧中他自然要"复魅"。

《奥索里奥》是一部风格哥特、语言诗化的悲剧。故事发生在16世纪的格拉纳达，这里是摩尔人在欧洲占领的最后一座城市，因此当地人口里仍有很多被迫改宗的摩尔人。摩尔人发动了一次大规模的暴乱，遭到了时任西班牙国王菲利浦二世的迫害。格拉纳达的维勒兹大人（维）有两个儿子，哥哥奥索里奥（奥）和弟弟阿尔伯特（阿），他还收养了一个貌美的女孩玛利亚（玛）。弟兄两人都喜欢玛，但玛最终选择了弟弟

---

① CLERY E J. The Rise of Supernatural Fiction, 1762—1800 [M]. Cambridge: Cambridge University Press, 1999: 108.

第三章 内源之光：生物磁疗术和柯尔律治的玄幻诗

阿，并成了婚。嫉妒的哥哥怀恨在心，委托被迫改宗的摩尔人费迪南德（费）在阿外出归航的途中将其暗杀。奥没有告诉费暗杀真正的目的。所以，当费见到阿，两人一对话才知道，是亲哥要杀亲弟。费动了恻隐之心，放过了阿，但作为回报，他恳请阿保守秘密，不让主子奥知道。阿得知玛已被玷污，伤心欲绝，便转身奔赴其他国家，为那里的王侯将相四处征战。阿的去向一直被奥隐瞒，他骗家人说自己看到了阿乘坐的船在暴风雨中颠簸，之后又被摩尔人海盗劫持。父亲维劝玛转嫁给哥哥，但玛一直不相信阿已死亡，仍期盼他能归来，且厌恶哥哥，便不从。三年后，改头换面的阿返回了格拉纳达，乔装打扮后与玛见了一面。他旁敲侧击地知道玛仍对自己忠诚，且玛也没有认出面前这个摩尔人。阿决定施计，暗地里引奥自我良心发现。另一边，费被宗教法庭审判官弗朗西斯格（弗）逮捕，罪名是怀疑他恢复了伊斯兰教信仰。费的妻子阿尔哈德拉（哈）央求奥帮助释放自己的丈夫费。奥动用关系释放了费，为了索取回报，他要求费扮成巫师，假装做一次降神会，以此让玛确信阿已身亡，他便有理由逼她转嫁。费称自己无法胜任，向奥推荐了另一位巫师——乔装打扮的阿。前来拜访"巫师"的奥也没有认出自己的弟弟，而是给了他一幅玛的画像。这幅画像阿"生前"一直带在胸前，又被费在沙滩的残骸中捡到。奥要求"巫师"在降神会中将画像变出来，以此向玛证明画像的主人已身亡，全剧关键的一幕随之而来。降神会上，"巫师"身着长袍，伴着诡异的玻璃钟琴声咏颂着招魂词。咏颂完毕，

（一声雷鸣——祭坛上的焚香突然起了火。）

玛：这把戏——我知道，这是把戏——但我胆小，这些东西让我起鸡皮疙瘩，可能会信以为真。

维：（走到祭坛前）哈！一幅画！

玛：天哪！我的画像？

阿：（十分焦急地凝视着玛利亚）苍白——苍白——死一样苍白！

玛：他死的那一刻还握着它——

（她晕倒了——阿尔伯特冲过去，扶着她）

阿：我的爱人！我的妻子！苍白——苍白——冰冷——我的爱人！我的妻子！玛利亚！

（维勒兹在远处的祭坛处——奥索里奥愣在他一旁）

奥：（清醒了过来）我在哪？——刚才好冷。

维：（将画藏在衣袍里）儿子，过来！她决不能看这幅画。去，叫用人去！她一会儿就会醒过来！

（维勒兹和奥索里奥下场）

阿：她的脉搏在跳——玛利亚！我的玛利亚！

玛：（苏醒过来——四周环顾）我听到了一个声音——这个声音我常在梦里听到。声音叫醒了我；我努力让清醒的自己听到那个声音——却怎么也听不到！我现在很想听到，就是现在！害怕，他死了，可能是被谋杀！我头晕，感觉死也不是什么很疼的事情！①

"巫师"随后温柔地告诉她阿没有被谋杀，并让她去找继母了解实情。维看到玛这样就已晕倒，便认为奥的计谋已奏效，玛也不能再被画刺激到，便特意将其收起，也没有让奥看到。等到奥看到画，他立即意识到自己被骗了，遂以实施黑魔法、亵渎神灵的罪名令弗逮捕阿，不久

---

① COLERIDGE S T. Poetical Works, III [M] //MAYS J C C. The Collected Works of Samuel Taylor Coleridge, Volume 16. Princeton: Princeton University Press, 2001: 101-102.

又将令他失望的费扔下悬崖。这一幕被费的妻子哈目睹，后者号召一帮摩尔人，穿上违禁的白袍、头巾，施行重新皈依伊斯兰教的仪式，开始跟踪奥，以报杀夫之仇。"巫师"被抓到维的城堡，玛按他吩咐去找继母，但继母却说"从没有见过这个摩尔人"。虽说如此，继母仍用一个故事打动了玛：伐木工在树林捡到一个男孩，小孩天性很野，但长大后却变成了饱读诗书的新青年。他因散布异端邪说被捕，越狱后奔赴新世界，据说与野蛮人度过了余生。继母发现，故事唤起了玛对巫师的同情，还伴有一丝好感，便将关押"巫师"地牢的钥匙交给了玛。与此同时，父亲维却在指责玛固执，审判官弗甚至威胁送玛去修道院。正当"巫师"在地牢里沉思的时候，玛前来营救，之后奥又端来了毒酒。"巫师"终于揭露了自己的身份。面对真相，奥悔恨不已，愿意接受一切惩罚。此时，费的妻子哈带着一群摩尔人到达了地牢，他们将奥拖了出去，让他得到了最终的审判。

就像为了反对"视觉专制"而支持生物磁疗术一样，柯尔律治将生物磁疗术元素挪入《奥索里奥》中，从而跟顺从了"科学时代"的"祛魅风"唱反调。不难发现，阿很像一位施法的磁疗师。身着长袍的阿伴着诡异的玻璃钟琴声定住了奥，用眼催眠了玛，片刻间在玛的梦中置入自己的声音，让玛开始对"巫师"产生好感，为后面的地牢营救做了预备；他知道自己将被捕，便提前安排玛去找继母，而继母在声称不认识"巫师"的情况下却讲出了让玛同情"巫师"的故事，还将地牢的钥匙交给了玛；这才有了后来地牢营救，真相大白，才有了点题的奥的"懊悔"。阿掌控着全局，像生物磁疗师控制他的患者，推动着情节的发展。

此外，为了不像"祛魅风"小说那样结尾真相大白，他故意留下了两处悬念。首先，他并没有指明阿就是磁疗师，观众需要自己评判。降神会一幕有很多会让演员拿不准的地方：玛还没有看到画像，还不知道画上画着谋杀的一幕,"雷鸣"都没有吓晕她,怎么在走向祭坛的路上晕倒了?难道说,"雷鸣"惊吓的效果有延时,让她"苍白"了一会才让她晕了过去?奥发了一会愣是因为"雷鸣"的惊吓?他为何感到了冷?玛听到的声音是阿的吗?面对这些悬念,1797 年的伦敦观众不可能不联想起生物磁疗术,但又无法确定柯尔律治就是在硬搬。这种故意制造的内容含混在诗歌里完全可以接受,但很难被制作方、演员把握好。也许因为这个理由,柯尔律治若即若离的"磁疗术"暗示在后来的修改中被删去。此外,阿很像《哈姆雷特》中的鬼魂,自始至终都保持着神秘,人鬼难辨。观众到结尾都不知道阿如何用眼催眠人、如何预知未来,他的神力来自何处,他离开家后到底经历了什么。当阿乔装打扮成摩尔人试探玛,他说自己的朋友和爱人曾合谋杀害了自己(conspir'd/to have me murder'd in a wood)。这种措辞看不出谋杀是否成功。阿接着说:"每个人都有良知,杀手心中的良知被我/用眼神和话语唤起。他们妥协了,/还感谢我免去了他们的谋杀罪(thank'd me for redeeming them from murder)。"先有犯罪的事实,才能谈赦免的问题;先杀了人,才能谈能否赦免。当然,redeeming them from murder 也可以理解为"避免了我们犯下谋杀罪"。第一幕结束前,台上只剩阿独自一人。他的心情平静了下来,开始接受现实,还祝福哥哥和玛:"我要离去了(I'll haunt this scene no more)——祝愿她永远平安!/她的丈夫——是的,她的丈夫!希望这位天使/安抚他那溃烂的心。助我吧,上天!/我为可怜的哥哥祈祷!"[①] Haunt 既可以指"活人经常来往于某处",但最基本的意思是鬼魂"出没于某处"。可以说,柯尔律治套用了两个神话:"阿可能是磁疗师"的微妙外理向那些相信磁疗术的观众抛去媚眼,而"阿可能是鬼"的微妙处

---

① COLERIDGE S T. Poetical Works, III [M] //MAYS J C C. The Collected Works of Samuel Taylor Coleridge, Volume 16. Princeton: Princeton University Press, 2001: 75-76.

第三章　内源之光：生物磁疗术和柯尔律治的玄幻诗

理又向那些信鬼的观众抛去媚眼。

然而，磁疗术的暗示也给全剧引来了政治麻烦，《奥索里奥》必须脱掉这一暗示才能上演。由于阿又被用来指代政治异见分子，表达柯尔律治的政治诉求，这样过度美化政治异见分子的笔法导致《奥索里奥》没能被谢立丹采纳。"磁疗师"阿神通广大，不仅可以催眠他人，还能掐算未来。两年前（1795），柯尔律治在那篇政治简论《写给〈致爱德华·隆·福克斯医生〉的作者》中为了支持异见分子而与生物磁疗术为伍。两年后，他又在剧中用"野小孩"的故事影射遭到政治迫害而逃亡美国的普里斯特利，用阿的地牢独白影射巴士底狱。这也许就是为什么《奥索里奥》的初稿在谢立丹手中停留了16年，才于1813年被剧院新任的负责人相中。但在制作的时候，院方提出了许多修改意见，柯尔律治都虚心地采纳。此时的柯尔律治已不是16年前那个激进分子了，他相应地做了以下四处大的改动：一、生物磁疗术的元素被剔除，玛在阿施法前就离开了降神会去寻找阿的墓地，因此在降神会上，阿没有机会施展魔法，而是直接当着奥和维的面亮出了自己被害的画像，继而被捕；二、阿原本在地牢有一段斥责当局的长篇大论①，在《懊悔》中被删去；三、继母讲述的"野小孩"的故事被删去，她直接将地牢的钥匙交给了玛；四、暴民领袖哈的戏份被减少，继而被扁平化。此外，剧的名称从《奥索里奥》改为能更加突出主题的《懊悔》，剧中人物的姓名也改为一套英国风格更少的西班牙语的名字，如将"阿尔伯特"改为"唐·阿尔瓦"。如此，两个版本在观众心里留下的政治暗示就完全不同了：《奥索里奥》的观众会将阿等同于异见分子，将奥等同于皮特政府，将哈等同于极"左"的雅各宾派。这样一来，悲剧性的结局就令人不安了：政府最终听

---

① 后被发表在《抒情歌谣集》第一版里，题目为《地牢》。

从异见分子的忠告，下场竟然是被雅各宾派推翻？相比之下，《懊悔》的观众会将好人等同于圣公会教，将坏人等同于一位论或无神论信众。① 激进的《奥索里奥》被删改为中庸的《懊悔》后反而一举成功，在剧院连续上演20晚，剧本前后印发了三次，成了柯尔律治最受好评的戏剧、最赚钱的诗作。但这种阉割也是有代价的：原本假戏真做的降神被改成了一场彻头彻尾的把戏，阿尔伯特丧失了法力，变成了变戏法的唐·阿尔瓦；脱掉了磁疗术暗示的《奥索里奥》看起来就像他自己都鄙视的"祛魅风"故事。

尽管如此，降神会一幕仍具有可观的致信力（credibilizing effect）。一位戏剧评论家（Thomas Barnes）大赞这一幕的真实感："第三幕作法的那一场的确趣味横生。远处圣坛上的火焰，庄重肃穆的招魂词，神秘而悦耳的歌曲，组成一场令人敬畏的感官盛宴，观众感觉身临其境，几乎都要信以为真了。"② 柯尔律治很看重这种让观众信以为真的技法，他在多年后讲评《哈姆雷特》时也关注到了这一点。他指出，《哈姆雷特》使用了一个巧妙的办法在第一次介绍剧中的鬼魂时就能让观众信以为真。第一幕第一场第21行处，何瑞修好像看到了鬼魂，他惊呼"怎么，这东西今夜又出现了吗？"（Has this thing appeared again to-night?）柯尔律治称赞"又"（again）这一措辞，说它"润物细无声"地让玄幻元素具有了致信的效果（credibilizing effect）。③ 这个"又"向观众暗示，他们看到的是历史的一刻，是从一个更大的真实中勾勒出来的一片剪影。与其

---

① ERVING G S. Coleridge as Playwright [M]//BURWICK F. The Oxford Handbook of Samuel Taylor Coleridge. Oxford: Oxford University Press, 2009: 403-405.
② JACKSON J R J. Method and Imagination in Coleridge's Criticism [M]. Cambridge: Harvard University Press, 1969: 123.
③ COLERIDGE S T. Lectures 1808—1819 on Litcrature, II [M]//FOAKES R A. The Collected Works of Samuel Taylor Coleridge, Volume 5. Princeton: Princeton University Press, 1987: 295.

说柯尔律治在称赞莎士比亚"魅惑"的技法，不如说是在自我肯定。磁疗术暗示被脱掉始终是一个遗憾，这让他失掉了一次比肩莎士比亚、一展致信力的机会。

假设《奥索里奥》得以上演并非常卖座，柯尔律治会因尝到了甜头而继续戏剧创作。那样，接下来的诗剧可能就是《老水手吟》和《克丽丝德蓓》，他的生命将因此改变……但面对冰冷的现实，他不得不将7个月的心血束之高阁。两个月后，伴着《奥索里奥》的失败，柯尔律治开始了《老水手吟》的创作。

第四节　老水手的眼睛

要在《老水手吟》这首经典的长诗中寻找生物磁疗术的暗示，我们很容易想到老水手用眼控制年轻人的画面；但实际上，这一暗示的过程也像阿尔伯特的遭遇一样，并非一帆风顺。1797年11月（？）12日，柯尔律治和华兹华斯计划合作一首长诗，以期用5镑的稿酬抵偿不久前一次远足的费用。两人确定了谣曲的形式和报应的主题后，华兹华斯退出了合作——他无法认同柯尔律治的诗学观，认为《老水手吟》里的玄幻元素让诗歌缺了人味（remoteness from humanity），第五、第六部分尤为严重。[1] 第一版《抒情歌谣集》（1798）出版的第二年6月，华兹华斯写信给他们的出版商约瑟夫·考特尔（Joseph Cottle）："我以为，《老水手吟》伤害了诗集的整体性，之乎者也，古里古怪，让读者读不下去。如

---

[1] COLERIDGE S T. Marginalia, I [M] //WHALLEY G. The Collected Works of Samuel Taylor Coleridge, Volume 12. Princeton: Princeton University Press, 1980: 366.

柯尔律治诗歌中的光　>>>

果诗集要出第二版，我会把它替换成小一点的东西，让大家喜欢。"① 尽管如此，《老水手吟》仍出现在了第二版，只不过从显眼的开篇诗挪到了第二版上册的倒数第二首，一些过于玄幻的诗节被删去了。这一切不得不让人怀疑，华兹华斯是否威胁柯尔律治删去一些第五部分、第六部分的玄幻元素，否则《老水手吟》就不能进入新版的诗集？面对这一要求，柯尔律治从1798年版的第五、第六部分中删除了两大块：一处将船员写成了僵尸，另一处将老水手写成了磁疗师。在第一版第六部分475行后的22行里，老水手看到自己的身体也变得火一样红；船首处，船员都变成了猩红的僵尸，"他们抬起右臂，/僵硬地高高举起；/每个右臂像火把一样/纵直地燃烧。/他们石头一样的双眼/在发红的烟雾中闪光"②。另一处是第五部分372行后的16行，当船驶过赤道、太阳悬在桅杆顶端的时候，视角又回到了婚礼现场："听，听啊，参加婚宴的宾客！／'老水手！你如愿了：/从你眼里射出的，/定住了我的身体和心灵。'"③ 老水手竟然在青天白日下施魔！这样的暗示是否过于明显？柯尔律治从全诗删去了这两处，将语言又进一步古体化，替换了新的题注，这才让诗歌进入了《抒情歌谣集》的第二版上册。尽管如此，磁疗术的暗示仍溜进了新版的诗集。在《老水手吟》第二版的第一部分里：

　　这老年水手站在路旁，

　　来三个，他拦住一个。

---

① WORDSWORTH W, COLERIDGE S T. Lyrical Ballads (1800) [M]//BRETT RL, JONES A R. Lyrical Ballads. London: Routledge, 1968: 259.
② COLERIDGE S T. Poetical Works, I [M]//MAYS J C C. The Collected Works of Samuel Taylor Coleridge, Volume 16. Princeton: Princeton University Press, 2001: 408.
③ COLERIDGE S T. Poetical Works, I [M]//MAYS J C C. The Collected Works of Samuel Taylor Coleridge, Volume 16. Princeton: Princeton University Press, 2001: 398, 400.

>>> 第三章 内源之光：生物磁疗术和柯尔律治的玄幻诗

"你胡子花白，你眼神古怪，
拦住我为了什么？

新郎的宅院开了大门，
我是他家的亲眷；
客人都到了，酒席摆好了，
闹哄哄，欢声一片。"

他手似枯藤，勾住那客人：
"从前有条船出海——"
"去你的！放开我！白胡子蠢货！"
他的手一下子松开。

他眼似幽魂，勾住了那客人——
那客人僵立不动，
乖乖地听话，像三岁娃娃：
老水手占了上风。
……
新娘子脸儿红得像玫瑰，
她来了，进了厅堂；
乐师们在她前头走着，
点着头，喜气洋洋。

客人不能走，急得捶胸口，
没法子，他只能静听；

173

柯尔律治诗歌中的光 >>>

> 这目光炯炯的老年水手
> 把往事叙述分明；①

表面看来，这处引文的确不像上一处那样直白地描写"用眼控制人"；但细细观看，老水手"眼神古怪""目光炯炯"（glittering eye），而年轻人从"白胡子蠢货"变成"僵立不动"的"三岁娃娃"，两个动作是否有联系？什么叫"占了上风"（had his will）？可见，柯尔律治剔除得并不干净。自然，华兹华斯仍不满意。他在1800年版的诗集上册的尾注中以诗集主人的口吻不是很留情面地批评道：

> 我这位朋友的这首诗的确有缺点；首先，主人公没有特别的性格，不论是水手，还是那些受控于超自然印象（long under the control of supernatural impressions）而以为自己掌握了超自然能力的人；其次，主人公不施动，总是在受动；再次，没有必然联系的事件没能形成互为因果的关系；最后，意象繁杂。②

对于优点，他只夸了柯尔律治的韵律考究。细细看来，华兹华斯仍在抱怨玄幻元素让柯尔律治的诗歌没了人味：由于剧情靠神秘的力量推动，而不是有血有肉的人的意志推动，所以主人公总是受制于神秘的力量，自然没有机会展现自己的性格和意志。当然，柯尔律治并没有急于辩解。终于，在1817年，当柯尔律治有权力决定自己的诗集《预言集》（*Sybline Leaves*）的时候，他直截了当地将磁疗术元素加了回来。在诗歌

---

① 柯尔律治. 柯尔律治诗选［M］. 杨德豫，译. 桂林：广西师范大学出版社，2009：14-15.
② WORDSWORTH W, COLERIDGE S T. Lyrical Ballads (1800)［M］//BRETT R L, JONES A R. Lyrical Ballads. London：Routledge，1968：263.

<<< 第三章　内源之光：生物磁疗术和柯尔律治的玄幻诗

第三版第一部分附近，柯尔律治在旁注中指明："参加婚宴的宾客被老水手的眼睛施了魔法，一动也不能动，只能静静地听他讲故事。"① 一年前的阿尔伯特终于在《老水手吟》里恢复了全部的法力，如了柯尔律治的愿。

面对"过于玄幻"的指责，柯尔律治等了18年才婉转地用"致信力"学说予以回应。概述之，玄幻诗成于趣味性，趣味性成于致信力，致信力成于真理。他在《文学生涯》（1815）第14章中说，"我"和华兹华斯先生早已商量好，各自要写目的相异的诗歌。弦外之音是：说好了和而不同，为何要在诗集《抒情歌谣集》（1800）里指责"我"？应该说，柯尔律治很了解华兹华斯的创作目标：他写的是一种尽量贴近普通人的诗歌，人物和事件要在乡村取材，言说者的思考要深沉，情感要细腻，取景要自然。要做到这一点，他就必须在寻常事物中寻找新意。相反，柯尔律治的新意则要在玄幻元素中寻找，其目标是在引发兴趣的同时还能让读者相信片刻：

> 当我们把玄幻元素当真时，一种特殊的情感会油然而生——这就是戏剧性的真理；一首玄幻诗如果能在引发读者兴趣的同时还能让戏剧性的真理产生一定影响，这首诗就成功了。(The excellence aimed at was to consist in the interesting of the affections by the dramatic truth of such emotions, as would naturally accompany such situations, supposing them real.)②

"信以为真时造成的影响"（affections by the dramatic truth of such emo-

---

① COLERIDGE S T. Poetical Works, I [M] //MAYS J C C. The Collected Works of Samuel Taylor Coleridge, Volume 16. Princeton：Princeton University Press, 2001：373.
② COLERIDGE S T, Biographia Literaria, II [M] //MAYS J C C. The Collected Works of Samuel Taylor Coleridge, Volume 7. Princeton：Princeton University Press, 1983：5-6.

tions, as would naturally accompany such situations, supposing them real）实际上就是致信的效果。上述引文即在说，成功的玄幻诗要让趣味性孕育致信力。不仅如此，致信力还要进一步孕育真理：

> 我们商量好，我主要瞄准玄幻的或至少说浪漫的人物。即是说，我要从人性（inward nature）中取出一份让人感兴趣的东西（a human interest），还要照着人性勾勒出一幅真理的剪影。这个剪影是想象力的倒影。为了瞥见它，我们宁愿暂时地悬置不信，这种悬置就是诗学的信仰所在。（To transfer from our inward nature a human interest and a semblance of truth sufficient to procure for these shadows of imagination that willing suspension of disbelief for the moment, which constitutes poetic faith.）[1]

上文中的"趣味性"（the interesting）变成了"一份让人感兴趣的东西"（a human interest），他是在说，"趣味性"本身就意味着"对人有益的东西""对人而言的益处"（a human interest）——他的思路最终也转向了人。这种益处是对人性、对真理一瞥的机会。为了获得这个益处，读者就会自愿悬置不信。因此，趣味性本身不是玄幻诗的试金石，它孕育的致信力也不是；只有当趣味性包含了致信力，致信力又包含了真理，这样的玄幻诗才能成功。简单地说，玄幻诗纵使题材魑魅魍魉，却妙趣横生，让大家相信它可以反映人性，进而被认为有益心灵健康，因此才能成为诗集中最受热议、最受追捧的诗歌。

可见，磁疗师的致信力不仅成就了老水手的眼睛，为他确定了整个

---

[1] COLERIDGE S T, Biographia Literaria, II [M] //MAYS J C C. The Collected Works of Samuel Taylor Coleridge, Volume 7. Princeton: Princeton University Press, 1983: 5-6.

叙事的听众；也成就了柯尔律治的"玄幻诗学"，为柯尔律治确定了所有玄幻故事的听众。只不过，就像阿尔伯特的眼睛被迫脱去了魔力，老水手的眼睛也无法在晴天施魔。"晴天施魔"成了柯尔律治的心愿，这个心愿要等到《克丽丝德蓓》第二部分才得以实现。

第五节　吉若丁的眼睛

《克丽丝德蓓》（《克》）实现了柯尔律治在《老水手吟》里没有完成的心愿①，但始终未能得到华兹华斯的同意，如愿进入前后两版《抒情歌谣集》。《克》一共分为四块：前两块（第一部分、第一部分尾声）讲述的故事发生在第一天的晚上，第三块（第二部分）讲述的故事发生在第二天白天，第四块（第二部分尾声）讨论了亲子关系，其艰涩程度暗示创作的困难。第一部分完成于 1798 年 3 月至 5 月，《老水手吟》（1798）一完成他就立即开始了《克》的创作。柯尔律治希望让第一部分发表在《抒情歌谣集》（1798）上，未果。第一部分的尾声完成于 1799 年 10 月至 11 月，第二部分完成于 1800 年。柯尔律治又希望能让这三块在《抒情歌谣集》（1800）发表，未果。第二部分尾声完成于 1801 年 5 月。整首诗等到 1816 年才在拜伦的鼓励下得以正式发表。②

---

① COLERIDGE S T, Biographia Literaria, II [M] //MAYS J C C. The Collected Works of Samuel Taylor Coleridge, Volume 7. Princeton：Princeton University Press，1983：6.
② COLERIDGE S T. Poetical Works, I [M] //MAYS J C C. The Collected Works of Samuel Taylor Coleridge, Volume 16. Princeton：Princeton University Press, 2001：478. COLE-RIDGE S T. Poetical Works, II [M] //MAYS J C C. The Collected Works of Samuel Taylor Coleridge, Volume 16. Princeton：Princeton University Press, 2001：607.

柯尔律治诗歌中的光　>>>

纵观全诗，与魔法有关的情节有三处，第一处为吉若丁和克丽丝德蓓睡觉的时候，第二处为父亲利奥林爵士第一次见到吉若丁时，第三处为歌手勃雷西提醒父亲后。月黑风高的夜，克丽丝德蓓（克）独自走出城堡，来到门外200米处的一个林地，开始在一棵橡树旁为订婚情人祷告。这里，她遇见了吉若丁，后者自称也是一位大家闺秀，不幸被一伙强盗劫持，被暂时安放在这棵橡树下。克看她可怜，便将她带回了家，答应她会让自己的父亲利奥林爵士送她回家。来到城门前，吉突然瘫倒在地，克上前去扶，却发现吉的分量很沉。跨进城墙那一刻，吉又顿时恢复了体力。路上，狗吠不止，两人穿过厅堂时，原本熄灭了的炉火又一次燃起。由于家人已睡，克决定与吉同床共寝，将就一晚。睡前，克刚提到了自己去世的母亲，吉像是见到了母亲的鬼魂，用另一种嗓音斥责鬼魂离开。克却认为这是吉受到了过度惊吓的反应，还在不停地安慰她。单手托着下巴，兴致勃勃地看吉宽衣解带，但所看到的一幕却似曾相识："瞧呵！袒露的胸脯和侧面——/这景象只能在梦中瞥见/而不能吐露！"吉躺下抱住克，用冰凉的胸脯施法让她梦到自己的遭遇，克就这样睁着眼做了一夜的噩梦。一觉醒来，克发现吉更美了。克带着吉去见利奥林伯爵，吉道出自己父亲的名字，原来父亲是伯爵年轻时形影不离的好友，两人因为一桩小事而交恶，相互失去了联系。想起思念已久的好友，伯爵激动了起来，一把抱住了吉，克却又陷入了梦境，僵在一旁，感觉再次触碰到了那个冰凉的胸脯。伯爵询问女儿为何不自在，女儿却受制于魔力而无法张口。克央求父亲赶紧将吉送回家，但父亲却要盼咐游吟歌手勃雷西去吉的家报平安，要让她的家人前来接她。勃没有听命，说自己梦到一只鸽子被绿色的小蛇缠住了脖子。伯爵听后，却将鸽子等同于吉，把蛇等同于劫持她的坏人。说着话，伯爵低头吻了吉的额头，吉因此娇容浮现，低着头，双臂交叉胸前：

178

<<< 第三章 内源之光：生物磁疗术和柯尔律治的玄幻诗

蛇眼眨巴着——畏怯而阴沉！
吉若丁两眼缩小了，须臾
缩成了一双蛇眼，那眼神
小半是憎恨，大半是恐惧，
也斜着，偷觑克丽丝德蓓！——
少顷，这异象便消失无余；
克丽丝德蓓昏昏如醉，
站不稳脚跟，绊倒在地上，
她簌簌发抖，嘘嘘作响；
吉若丁又一次转身张望：
像在困境里央告求援，
她转动又亮又大的两眼，
充满惊疑，又充满愁苦，
向利奥林爵士眈眈注目。

克丽丝德蓓深思迷惘，
什么都不见，只见那异象！
这毫无心计的纯真少女，
不知怎么了，竟然痴痴癫癫，
竟如此沉迷地潜心专注于
那一副脸相，那一双蛇眼，
把她的全部身心都投向
心目中那独一无二的图像，
麻木而顺从地依样模拟
那阴沉、奸险、憎恨的神气！

柯尔律治诗歌中的光　>>>

> 她昏昏如醉，一直在冥想
> 那种斜睨的神情和目光；
> 就在她父亲眼前，带一点
> 加强的、浑不自觉的同情，
> 她竭力使那种神情重现——
> 用如此清白无邪的眼睛！①

克从迷离中清醒过来，央求父亲将吉赶走，刚说到这，魔力又让她无法说下去。父亲却认为女儿说出这样的话丢了他的脸，恼羞成怒地斥责勃赶紧出发，一面回头挽着吉离开，撇下了自己的女儿，情节到此结束。这一次，阿尔伯特或老水手化身吉若丁，终于可以尽情地施魔了：他（她）在多个场景中多次施魔，还身眼并用，一次控制了克和伯爵两个人。

柯尔律治自以为，吉若丁尽情施魔充分证明了自己的致信力。一个有趣的现象是，"用眼神或触摸控制人"的情节主要集中在第二部分，而且让柯尔律治终生都引以为荣。起初，很多人对"晴天施魔"（witchery by daylight）并不看好。查尔斯·兰姆（Charles Lamb）"刚听到他说写了第二部分，还要把它写完，我就非常生气"②。毕竟，"晴天施魔"不如"黑夜施魔"那么有致信力。华兹华斯也认为这样写很难。③ 柯尔律治甚至怀疑过自己：全诗完成三年后（1804年10月），柯尔律治在笔记中记

---

① 柯尔律治. 柯尔律治诗选 [M]. 杨德豫, 译. 桂林：广西师范大学出版社, 2009：117, 65-66.
② COLERIDGE S T. Poetical Works, I [M] //MAYS J C C. The Collected Works of Samuel Taylor Coleridge, Volume 16. Princeton: Princeton University Press, 2001: 478.
③ COLERIDGE S T. Poetical Works, I [M] //MAYS J C C. The Collected Works of Samuel Taylor Coleridge, Volume 16. Princeton: Princeton University Press, 2001: 480.

第三章 内源之光：生物磁疗术和柯尔律治的玄幻诗

录了一场发生在白天的雷暴天气。这种天气给人的感觉让他联想到吉若丁给读者留下的印象："晴天霹雳，惊而不美。——大白天闹鬼/吉若丁。"① 吉若丁在青天白日施魔，会不会也惊而不美啊？因此，虽然全诗1801年就已完成，但到1816年才得以正式发表，在此之前一直以手写稿的形式在朋友中间传阅。事实证明柯尔律治的担心是多余的。他的好朋友约翰·摩根（John J. Morgan）不吝赞美："我们已经看到夜幕笼罩这儿的吉若丁；要么是云遮月下，要么是烛灯摇曳；——有时还万籁俱寂。现在，诗人在青天白日下引入这个玄幻的人物。他以高超的技艺克服了这一困难。或者说，他成功地将困难转换成了美。"临终前一年，柯尔律治回顾自己的成就："晴天施魔。我敢说，吉若丁我写得还是很成功的。"华兹华斯回忆，柯尔律治多次让朋友注意到自己挑战"晴天施魔"的胆识。② 前文提到，柯尔律治为自己规定，玄幻诗写得成功与否要看有没有足够的致信力；他一方面希望《克》能发表在《抒情歌谣集》上，也知道诗集的负责人不认同玄幻诗歌，但另一方面却把《克》写得越来越玄幻，大家不看好的"晴天施魔"他都敢尝试，后来还在某些人面前炫耀——柯尔律治顶着不被采纳的风险尝试"晴天施魔"，想必是为了挑战自己的致信力。

---

① COLERIDGE S T. Volume II [M]//COBURN K. The Notebooks. London: Routledge, 2002: 2207.
② COLERIDGE S T. Table Talk, I [M]//WOODRING C. The Collected Works of Samuel Taylor Coleridge, Volume 14. Princeton: Princeton University Press, 1990: 410.

柯尔律治诗歌中的光 >>>

第六节 疯癫诗人的眼睛

　　接下来完成的《忽必烈汗》可能创作于1797年9月至11月，或1798年5月，或1799年10月。之所以无法确定，是因为柯尔律治有意让创作日期保持神秘。这是一首探讨玄幻诗学的玄幻诗，诗人认为玄幻诗的核心在于结尾处"疯癫诗人"两眼放出的致信力。"疯癫诗人"之所以有这种力量在于他所在的位置——一座三层的"心灵灯塔"的顶端。

　　搭建"心灵灯塔"的第一步是柯尔律治对理性与知性的辨析。《思想之助》是柯尔律治的一部读书笔记。他十分敬仰格拉斯哥大主教罗伯特·雷顿（Robert Leighton），专门释读了主教的箴言录，其中不乏他自己的创新，如《理性与知性的差别》一章。总体而言，"反照、反思即是知性的运用"[1]。而理性"比知性的来头更是高远，通过它的照射，知性才成了人的知性"[2]。

　　另一方面，知性判断与感觉对象有关，我们用知性反照（reflect）感觉对象。正如雷顿所言，它是"那种依靠感觉来做判断的心智"。我们可以在它前面加上"人的"两个字而不会显得重复：这样我们谈的就是人的知性，并使其和那种比人高和比人低的存在区分开来。然而，却没有"人的理性"这一说。

---

[1] COLERIDGE S T. Aids to Reflection [M] //BEER J B. The Collected Works of Samuel Taylor Coleridge, Volume 9. Princeton: Princeton University Press, 1993: 413.

[2] COLERIDGE S T. Marginalia, III [M] //WHALLEY G. The Collected Works of Samuel Taylor Coleridge, Volume 12. Princeton: Princeton University Press, 1980: 524.

只有、也只能有一种理性，始终如一：甚至像照亮每一个个体知性（discursus，讲话性的）的光，它促成了用来讲理的知性，或理性在讲话中的使用（discourse of reason）——"既是一，又是多；它穿透所有的知性，在其自身内更新所有其他种类的力量。"（《所罗门的智慧》，7.22，23，27）这本书还称它为"来自神的荣耀的一种影响"。同逻各斯这一永远同在的效忠词一样，它也是弥赛亚的名字之一。它与赫拉克利特的一段残篇也明显契合，我在其他地方提过这一点。"要讲理（to discourse rationally），我们就必须从那些大家共有的事物中汲取力量：因为所有千差万别的人的知性都是受神圣的字词所滋养的。"[1]

简而言之，正如镜子只能反光，无法发光，人只能讲理，无法"造"理。柯尔律治在一则旁注中也断言生命是人反射自理性的光，但这种光会因个体反射率的差异而不同（*CM I*, 121）。最后，柯尔律治绘制了一张知性、理性对比表：

知性	理性
1. 知性是讲话性的（discursive）。	1. 理性是固定的。
2. 用知性做判断时要仰仗其他某种至高的、权威性的心智。	2. 用理性做决定时要回溯理性自身，它本身是所有真理的基础和实质。（《希伯来书》，6.13）

---

[1] COLERIDGE S T. Aids to Reflection [M] //BEER J B. The Collected Works of Samuel Taylor Coleridge, Volume 9. Princeton: Princeton University Press, 1993: 218-219.

续表

知性	理性
3. 知性是用以反照（反思）的心智。	3. 理性是用以沉思的心智。的确，理性比知性要更靠近感性：因为，理性（伟大的胡克说）直接面对真理，是一种向内的观照；就像感性与物质或现象有关，理性与通理（intelligible）的或精神性的事物有关。①

我们可以说，理性像神，是唯一的光；而知性像人，千差万别地反射神的光，并借这种光观照更具体的经验对象。

搭建"心灵灯塔"的第二步是一幅心智等级图。在释读威廉·戈特利布·泰纳曼（Wilhelm Gottlieb Tennemann）的《哲学史》时，柯尔律治绘制了这幅图，将理性、知性、感性、想象力、幻想五个心智汇入了一个系统中。法国中世纪哲学家让·热尔松（Jean Gerson）擅长用最简单的方式解释深奥的神学概念，泰纳曼的《哲学史》着重介绍了热尔松如何将光学附会到心理学上：

> 热尔松断言，六种心智每一个都是一道光，也都能接受光，就像太阳汇聚了光和热一样，六种心智中也汇聚了客体的知识和对它的爱，但它们的光纯净度不同，亮度也各有差异，这六面心灵的镜子不能一直保持纯净，也不能一直放光，有时还可能冒烟，熏坏自己。至此，热尔松开始仔细地研究思忖（contemplation）……思忖无法仅仅通过想象力或理性获得，因为纯粹智性（pure intelligence）已将它提升至永恒的、超然的知识的

---

① COLERIDGE S T. Aids to Reflection [M] //BEER J B. The Collected Works of Samuel Taylor Coleridge，Volume 9. Princeton：Princeton University Press，1993：223-224.

<<< 第三章 内源之光：生物磁疗术和柯尔律治的玄幻诗

地位，这种知识不会受制于想象力的画面。①

柯尔律治评注道，思忖这样的概念

  我的系统里也有=正面理性，它存在于自己范围内的理性，与负面理性相异，后者仅是形式，属于知性较低的那个范围。正面理性是光（lux），负面理性是一种从上述光中得出的光（lumen）。心灵用其中一个思考理念，用另一个思考概念。为了区分二者，应该称它们为理念理性和概念理性。②

这里的"负面理性""概念理性"接受了"正面理性""理念理性"的光，说到底是知性接受了理性之光。由于概念的混乱，柯尔律治随即将它们整合为一幅心智等级图（Order of Mental Powers）：

最低	最高
感觉	理性
幻想	想象力
知性	知性
知性	知性
想象力	幻想
理性	感觉

---

① COLERIDGE S T. Marginalia, V [M] //WHALLEY G. The Collected Works of Samuel Taylor Coleridge, Volume 12. Princeton: Princeton University Press, 1980: 797.
② COLERIDGE S T. Marginalia, V [M] //WHALLEY G. The Collected Works of Samuel Taylor Coleridge, Volume 12. Princeton: Princeton University Press, 1980: 797.

> 幻想和想象力是在上下层之间来回摆荡的心智能力，一边连接理性和知性；一边连接感觉和知性。①

最后一句话表明，幻想和想象力是用来调和上下层关系的，并不会扰乱原有的三层结构。至此，认知灯塔已基本构建完成，只等为每一层安放一只眼睛。

搭建"心灵灯塔"的第三步是一篇名为《三种看》的杂文。这篇文章最终为心灵灯塔的每一层安上了一只眼睛，越高的眼睛看得就越全。最底层的看是

> 以主动动词形式而呈现的被动动词——"看"。"我看到一张桌子"相当于是在说"我被一张桌子看到"，我们甚至会说"我被火焰烤热"，而非"我烤热了火焰"。（这种观照是从外部对意识的刺激，而非我们强加在周遭环境上的。）②

第二种是

> 通过捕捉该物与无数其他同类所共有的共性而对一个客体的看，借此称其为一个种类或类别，这种看与命名相同——如本质，或可理解的前提。当我说，这种有形状、有颜色的空间是一朵云，我是要表达，它不仅是我的视觉神经受到的某种影

---

① COLERIDGE S T. Marginalia, V [M] //WHALLEY G. The Collected Works of Samuel Taylor Coleridge, Volume 12. Princeton: Princeton University Press, 1980: 798.
② COLERIDGE S T. Shorter Works and Fragments, II [M] //BOSTETTER E E. The Collected Works of Samuel Taylor Coleridge, Volume 11. Princeton: Princeton University Press, 1995: 1191.

<<<   第三章　内源之光：生物磁疗术和柯尔律治的玄幻诗

响，因为这种影响背后也有处于内心的原因。因此，这是一种知性与第一种较为被动的看相结合的看。①

最后一句是在说，知性的运用总有感性的参与。第三种是

> 通过追溯成因或存在的条件、方位或相对位置而将对象视为一个种群的代表的看。探险家登上一个未知的海岸，在沙滩上发现一个几何图形，便声称：我看到了人的脚印。这是判断性的看——像前者，它也是知性的一个行为，但这是受理性照耀的知性——一种在理性之光照耀下的看。②

最高层次的看虽然不等同于理性，但在第二层之上，接受着理性之光，因此更像理性。柯尔律治在总结的时候又将受到理性照射的知性称为判断力：

> 感性给予表象——知性将其分类，使之成为对象——判断力决定其关系。换言之，感性将其呈现或再现；知性将其命名，并以此将其与其他种群分离出来；理性吩咐知性去掌握对象在时间、空间中对于其他事物的依赖性、关系和交互行为。③

---

① COLERIDGE S T. Shorter Works and Fragments, II [M] //BOSTETTER E E. The Collected Works of Samuel Taylor Coleridge, Volume 11. Princeton: Princeton University Press, 1995: 1191.
② COLERIDGE S T. Shorter Works and Fragments, II [M] //BOSTETTER E E. The Collected Works of Samuel Taylor Coleridge, Volume 11. Princeton: Princeton University Press, 1995: 1191.
③ COLERIDGE S T. Shorter Works and Fragments, II [M] //BOSTETTER E E. The Collected Works of Samuel Taylor Coleridge, Volume 11. Princeton: Princeton University Press, 1995: 1191-1192.

柯尔律治诗歌中的光   >>>

简单地说，知性之眼里包含了看到感性之眼所看到的东西，而理性之眼（判断力）里又包含着知性之眼里的东西——上一层包含着下一层，视角不断上升，构成了一个"你在桥上看风景，看风景的人在楼上看你"的场景。① 实际上，这也是《忽必烈汗》（1798）暗含的主题。

追寻《忽必烈汗》一诗的视角变化，我们会发现，此诗的视角顺着心灵灯塔上升了三次。开篇，视角聚焦在"夏大都"，忽必烈汗的宫殿被源自地下冰洞的河水倾覆；空行之后，视角平移到阿比西尼亚女郎的歌声，她在歌唱阿玻若山。两个叙事一长一短，互不交错而相互平行，此为第一层。第二层始于最后一段的倒数第13行，诗人走出两个故事的幕布，以"我"的口吻渴求自己能再现歌声，并重建宫殿和冰凌洞。与此同时，听众见到"我""长发飘飘""目光闪闪"的样子十分惊恐，直呼"留神！"上至第三层，我们听到了另一个声音，他吩咐惊恐的听众用神秘的仪式祭拜"我"。换言之，《忽必烈汗》是一首"神吩咐人听我讲忽必烈汗和阿比西尼亚女郎"的三层嵌套的叙事。层差就是这首诗的目的所在。

然而，第三层的区分常被国内学界忽视，这也许是因为国内常见译本常将最后四行译作听众说的话。本文在使用杨德豫的文本时做了修正，而原译文为："'留神！留神！'他们会呼唤/'他长发飘飘，他目光闪闪！/要排成一圈，绕他三度/要低眉闭眼，敬畏而虔诚/因为他摄取蜜露

---

① 柯尔律治的心灵灯塔是柏拉图式的光学与神学化的心理学结合的产物。至今，我们仍能在套语中看到它的影子："理性之光"中发光的理性、"反思"中反光的知性以及"感受"中感光的感性。有一点值得指出：从心灵灯塔的隐喻看，"反思"（reflect）指人接受理性之光后将其反射到感官对象的行为，是一个将光从第一层传导到第三层的动作，并非"回顾""反省""返回来思考"的意思——光线在反射的过程中会损耗，反光体无论如何也不可能看清发光体。

为生/并有幸啜饮乐园仙乳。'"① 杨先生认为后四行为听众所说,便将这几句话放入括号中。胡家峦在《英国名诗详注》一书中引用了飞白的译文,最后四行译为:"我们要围他绕上三圈,/在神圣的恐惧中闭上双眼,/因为他尝过蜜的露水,/饮过乐园里的乳泉。""我们"这个词原文中没有,是飞白先生加上去的,这让后四行听起来像是听众说的。王佐良的《英国诗史》引用了吕千飞的译文,此译文似乎最符合原意:"莫犯圣威,阖闭眼光/围成圆圈,绕行三度/因为他已喝过甘露/又饮过天堂乳浆。"然而,将 with holy dread 译成"莫犯圣威",口气又过重,读者读到这里很容易将"圣威"的"圣"等同于后文中的"他",让诗人显得像神一样。这样做仍然没有清晰地分出层次来,如不将第三层凸显出来,全诗的意义将会被矮化。

　　仔细观察,我们可以从两个方面区别三层。首先,听众见到诗人"长发飘飘""目光闪闪"时发出的四句惊呼都带有感叹号:"留神!留神!/他长发飘飘!他目光闪闪!"(见图示7)而第三个感叹号甚至在权威的"伯林根"版本中都被改成了逗号。听众的四句带感叹号的惊呼与后四行来自更高层次的平静的声音原本是可以显出层次的,若是缺了第二个感叹号,层次感便会减少。其次,第三层的声音吩咐听众闭眼时,清晰地说"闭上你们的眼"(close your eyes),这说明这个声音不是来自听众。然而,这个"你们的"却在常见译本中消失了。

---

① 柯尔律治. 柯尔律治诗选 [M]. 杨德豫, 译. 桂林: 广西师范大学出版社, 2009: 10617, 120.

柯尔律治诗歌中的光　>>>

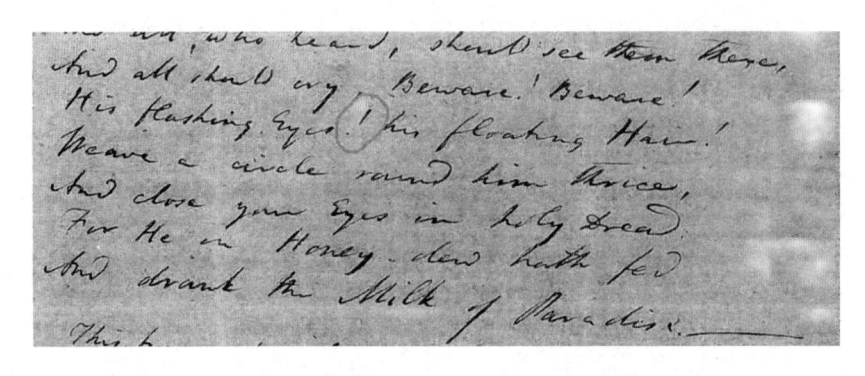

图示 7　柯尔律治手稿中，His Flashing Eyes 后有感叹号①

此外，聆听最后一节，我们还会发现，韵脚的排列似乎也在暗示一种三层结构。

我一度神游灵境，瞥见	A damsel with a dulcimer	A	第一层
一少女扬琴在手：	In a vision once I saw:	B	
她是个阿比西尼亚女郎，	It was an Abyssinian maid	C	
她吟唱阿玻若山的风光，	And on her dulcimer she play'd	C	
用扬琴悠扬伴奏。	Singing of Mount Abora.	A	
但愿那琴声曲意	Could I revive within me	D	第二层
重现于我的深心，	Her symphony and song,	B	
那么，我就会心醉神迷，	To such a deep delight 'twould win me,	D	
就会以悠长高亢的乐音，	That with music loud and long,	B	
凌空造起那琼楼玉殿——	I would build that dome in air,	E	
那艳阳宫阙，那冰凌洞府！	That sunny dome! Those caves of ice!	F	
凡听见乐曲的都能瞧见；	And all who heard should see them there:	E	

---

① Manuscript of Samuel Taylor Coleridge's 'Kubla Khan' [DB/OL]. British Library, 2014-02-20.

190

<<< 第三章　内源之光：生物磁疗术和柯尔律治的玄幻诗

续表

他们会呼唤，留神！留神！	And all should cry, Beware! Beware!	E	第二层
他长发飘飘！他目光闪闪！	His flashing eyes! his floating hair!	E	
要排成一圈，绕他三度，	Weave a circle round him thrice,	F	第三层
你们要低眉闭眼，敬畏而虔诚，	And close your eyes with holy dread,	G	
因为他摄取蜜露为生，	For he on honey-dew hath fed,	G	
并有幸啜饮乐园仙乳。	And drank the milk of paradise. ①	F	

　　如图所示，讲述阿比西尼亚女郎的诗行应该被归为一部分，此为第一层，其韵脚为不完美的抱韵（ABCCA）。讲述"我"希望重建"艳阳宫阙""冰凌洞府"，听众随之发出四句惊叹的诗行应被归为一部分，此为第二层，韵脚为完美的交韵（DBDB）+不完美的交韵（EFE）+随韵（EE）；这里需要声明一件事：第二行结尾的 saw 和第七行结尾的 song、第九行结尾的 long 对于柯尔律治很可能是可以押韵的，这是因为柯尔律治常年鼻子不通气，无法将 song 和 long 中最后的鼻辅音读出来。本诗创作前两年（1796 年）柯尔律治自己在信中描述自己的画像时，说自己由于鼻子常年不通气，平时只能用嘴呼吸，所以总是张着"憨厚的嘴唇"②（见图示 8）；托马斯·卡莱尔（Thomas Carlyle）拜访晚年（1817 年以后）住在海盖特村的诗人时也提到过，柯尔律治鼻子不通气。③

---

① COLERIDGE S T. Poetical Works, I [M] //MAYS J C C. The Collected Works of Samuel Taylor Coleridge, Volume 16. Princeton: Princeton University Press, 2001: 514. 柯尔律治. 柯尔律治诗选 [M]. 杨德豫，译. 桂林：广西师范大学出版社，2009: 105-106.
② COLERIDGE S T. volume I [M] //GRIGGS E L. Collected Letters of Samuel Taylor Coleridge. Oxford: Clarendon Press, 1966: 260.
③ COLERIDGE S T. Table Talk, I [M] //WOODRING C. The Collected Works of Samuel Taylor Coleridge, Volume 14. Princeton: Princeton University Press, 1990: lviii.

图示8　1795年柯尔律治的画像,在信中他还嘲笑自己眼神呆滞,面无表情。①

　　回到诗歌里:神秘的声音吩咐听众朝拜诗人的诗行应被归为一部分,此为第三层,其韵脚为完美的抱韵(FGGF)。仔细观察这一节的韵脚,ABCCA+DBDBEFEEE+FGGF,我们可以发现,第一层和第二层共有B,B在第一层出现了一次,却在第二层出现了两次;同样的情况也发生在二、三层之间:第二层和第三层共有F,F在第二层出现了一次,在第三层出现了两次。这是不是在暗示三层若即若离呢?莫非F就是连接理性和知性的想象力,B就是连接知性和感性的幻想?最后一个能说明三分的方面是三个以ice/ise结尾的单词——"冰凌洞府"(caves of ice),"绕他三度"(a circle... thrice),"乐园仙乳"(milk of paradise)。结合语境,三个单词分别指代着分布在三层的三种事物:"冰凌洞府"在感性层,朝拜模式("绕他三度")在知性层,灵感之源、力量之源("乐园仙乳")

---

① Commons. Samuel Taylor Coleridge [DB/OL]. Wikipedia, 2018-08-08.

  <<< 第三章　内源之光：生物磁疗术和柯尔律治的玄幻诗

在理性层；这三样事物又被 ice/ise 的尾音穿在了一根顶梁柱上，支撑着心灵灯塔，浮现在镜面的湖水上。"三层说"使得原本很难找出押韵规律的最后一节也会显现出某种有趣的规律。

  按照华兹华斯的标准，第一层的故事远离普通民众，毫无人味。首先是中国皇帝忽必烈建造的"艳阳宫阙"（pleasure-dome）。塞缪尔·珀切斯（Samuel Purchas）的游记《珀切斯，朝觐之旅》如下描述了忽必烈的宫殿："忽必烈在上都建造了一座宏伟的宫殿，用一道墙围起了方圆25.75 千米的平原。墙内，草场肥沃，泉水淙淙，小溪潺潺，猎兽繁多。中央伫立着一座能易址的享乐宫，可谓富丽堂皇。"[①] 是否因为它"可以易址"（remoued from place to place）所以终将遭暗河冲毁？忽必烈的政权并不长久，他在那个年代并不受欧洲人喜爱，而是残暴压迫的代名词，让人想起拿破仑。若真是如此，"艳阳宫阙"难道是拿破仑梦想建立的欧洲帝国，为此而屠戮欧洲百姓？其次是俄国女皇安娜一世建造的冰宫（"冰凌洞府"，caves of ice）。冰宫是为庆祝 1739 年对奥斯曼帝国作战胜利所造，它坐落于圣彼得堡，长 50 米，宽 20 米，备有冰做的花园、冰做的动植物、冰做的桌椅、冰做的床、冰做的枕头，天热融化后入冬还需重建。女皇曾命人在冰宫中举行婚礼，以此取乐。女皇于 1740 年去世，冰宫也随即停止了复建。就是说，冰宫只存在了两年。再次是阿比西尼亚王阿巴兴在阿玛拉山顶建造宫殿。柯尔律治虽然在诗中提到的是"阿玻若山"，但从手稿中看，这座山还被命名为"阿莫拉山""阿玛拉山"。历史上，阿玛拉山坐落于阿比西尼亚境内，尼罗河上游，赤道之下。阿比西尼亚王阿巴兴害怕其他王子叛逆，把家建在阿玛拉山顶，在那修建了多达 34 座宫殿。那里气候宜人，四季如春，有乐园的美称。然而，在

[①] COLERIDGE S T. Poetical Works, I [M] //MAYS J C C. The Collected Works of Samuel Taylor Coleridge, Volume 16. Princeton: Princeton University Press, 2001: 511.

柯尔律治诗歌中的光　>>>

弥尔顿笔下，它也只不过是衬托伊甸园的假天堂。在《失乐园》第 4 卷中，撒旦为了颠覆神的统治，计划去伊甸园策反亚当和夏娃。到了可以纵览伊甸园的地方，他百感交集：时而恐惧，时而失望，时而嫉妒。就在他羡慕亚当和夏娃的时候，他情不自禁地夸奖起伊甸园有多么美好，很多他知道的乐园都无法与之媲美，例如，阿玛拉山上的宫殿：

又如阿比西尼亚的王防守

他诸皇子的住处，阿玛拉山，

在埃塞俄比亚的赤道地方，

离尼罗河源头不远，包围在

光辉灿烂的岩石怀抱之中，

它的高度有一天的路程，

有些人把它看成真正的乐园；

但比起这个亚述的名园相差很远。①

可见，阿比西尼亚女郎抚琴颂扬的山巅宫殿再宏伟，它也是压制下级、对抗反叛的结果。总之，第一层故事里的人物和事物并不亲近普通民众，与华兹华斯的诗学理念完全相悖。

然而到了第二层，当"我"要重构这些建筑时，众人却因"我"目光放出的致信力而开始祭拜"我"。尽管"我"已像《伊安篇》里描述的那样疯癫，众人仍"绕他三度，闭眼阖目"，像信神一样追随"我"。难道这是因为"我""摄取了蜜露为生，／并有幸啜饮乐园仙乳"？柯尔律治在评价斯韦登伯格的神启时说，"作家获得灵感时和疯子一样，眼前

---

① 弥尔顿. 失乐园 [M]. 朱维之, 译. 上海：上海译文出版社, 1984：141.

194

<<< 第三章 内源之光：生物磁疗术和柯尔律治的玄幻诗

满是幻象，却能连篇写下真理和真理的象征，令人印象深刻"①。可见，众人是因为可以一瞥真理才愿意相信"满纸荒唐言"，这即是《文学生涯》中提到的诗学信仰（poetic faith）。② 因此，"我"饮的"乐园仙乳"就是让人相信"此中有真意"的致信力，"我""目光闪闪"要么是像斯韦登伯格那样在透见真理，要么是像磁疗师那样在传输致信力。面对阻力，柯尔律治在《忽必烈汗》里骄傲地展示：我不仅要让我笔下的角色用眼施魔，我自己也要用眼施魔。

可以说，《忽必烈汗》将玄幻诗作炼成了一颗丹——致信力，它出自诗人之眼，源于"乐园仙乳"（milk of paradise）。

柯尔律治的玄幻诗作生于对"祛魅风"小说和华兹华斯诗学理念的反驳，成于角色和作者用眼射出的致信力。这种致信力就是用眼放光的效果。如果光仍然象征神的话，难道柯尔律治想象自己是神？显然，用眼控人有道德风险：富兰克林成立的专家调查小组除了公开了一份调查结果，还秘密向路易十六呈上一份奏折，报告男性生物磁疗术性侵女患者的风险。③ 英国的同人也在强烈要求组织一次公开的测试，毕竟这种危险的疗法不可以落入无知的人和坏人的手里。④ 在《克丽丝德蓓》里，吉若丁已被多次比喻成蛇（"冰冷的胸膛""蛇眼"），但这条蛇是勃雷西梦到的那只缠绕鸽子的"小绿蛇"，还是一只可以喷射毒液的毒蛇？柯尔律治于1805年5月写下了一段很可能就要加入《克》的诗节："他凝

---

① COLERIDGE S T. Volume III [M] //COBURN K. The Notebooks. London: Routledge, 2002: 3474.
② COLERIDGE S T, Biographia Literaria, II [M] //MAYS J C C. The Collected Works of Samuel Taylor Coleridge, Volume 7. Princeton: Princeton University Press, 1983: 5.
③ CRABTREE A. From Mesmer to Freud, Magnetic Sleep and the Roots of Psychological Healing [M]. New Haven: Yale University Press, 1993: 28.
④ COLERIDGE S T. volume IV [M] //GRIGGS E L. Collected Letters of Samuel Taylor Coleridge. Oxford: Clarendon Press, 1966: 886-887.

望的蛇眼虽然呆滞，/但眼球后的毒液管却/仍在工作；像往常那样，/从无辜的血液中制造毒液。——"① 柯尔律治若用这段语言形容吉若丁，致信力就化为毒液，读者的心灵不但不会得到真理的滋养，还会面临被毒害身亡的危险；若果真如此，柯尔律治所有的玄幻诗作定会受到道德的谴责。这样看来，柯尔律治无法完成《克》的原因就明了了：吉若丁就是诗人自己，不论结局是喜是悲，她（他）都不会有好下场。鉴于向外照射的内源之光可能产生的道德风险，柯尔律治只能让这道光向内照射。

---

① COLERIDGE S T. Poetical Works, I [M] //MAYS J C C. The Collected Works of Samuel Taylor Coleridge, Volume 16. Princeton: Princeton University Press, 2001: 782.

第四章

光源之谜：晚期柯尔律治的认识论

学者尼尔·威克斯（Neil Vickers）研究发现，柯尔律治最早在马耳他出任代理公共秘书（1804—1805）的时候就开始琢磨触觉与高层次的智性之间的关系。① 柯尔律治结交他人不靠视觉，而只凭这个人给他的感觉，或让他感到的触觉（feeling）。② 他发现语言习得与触觉之间有联系，认为触觉和字词一样也能以同样的程度引发理念或记忆。③ 不久之后，他又立志要"将语言的诞生和成长（不是那么绝对也罢）溯源至母亲怀抱婴儿时向他说的话"④。"'一个诗人的心和智性'从他降生的那一刻起就是'相互缠绕且统一的。'"⑤ 威克斯据此推断，柯尔律治认为触觉从某种程度上促成了语言，它是掌握语言能力、感受爱的基础。然而，对威克斯却没有触觉促成语言的机制深究下去。

---

① VICKERS N. Coleridge's "Abstruse Researches" [M] //ROE N. Coleridge and the Sciences of Life. Oxford: Oxford University Press, 2001: 174.
② COLERIDGE S T. Volume II [M] //COBURN K. The Notebooks. London: Routledge, 2002: 2061.
③ COLERIDGE S T. Volume II [M] //COBURN K. The Notebooks. London: Routledge, 2002: 2152.
④ COLERIDGE S T. Volume II [M] //COBURN K. The Notebooks. London: Routledge, 2002: 2153.
⑤ VICKERS N. Coleridge's "Abstruse Researches" [M] //ROE N. Coleridge and the Sciences of Life. Oxford: Oxford University Press, 2001: 174.

柯尔律治诗歌中的光 >>>

　　柯尔律治将光学的基本原理附会到认识论上，用聚焦、穿透、反射三个光学原理设立了主、客体以及二者的关系，认为自己在暮年仍要做持续发射哲思之光的主体，这才是对自己"长久的自爱"。客体源于主体，而主体又源于内向性，后者是"发光的主体永远处于暗影"的状态，即光源所在的位置。因此，主体理应看不见自己，但可以触摸到自己。主体让《失意吟》（1802）里的诗人不再失意，让欣赏版画《薄伽丘花园》（1828?）的诗人感到了由婴儿的小手传递而来的灵感。柯尔律治试图用镜子反照自己的主体，却发现自己像《对于一个理想中的客体的执着》（1804—7? 1822?）一诗中追逐自己影子的农夫，即使与自己的灵魂面对面坐在床边，自己也分不清这是"魅影还是事实"。为了认识内源之光的光源，柯尔律治徒劳地在内心寻找着它，这个向内照射的过程成就了柯尔律治自己的一套唯心主义认识论。

第一节　客源于主

　　为了论证自己的双眼能"发光"，柯尔律治首先区分了被动的"看到"和主动的"看懂"，后者有认识活动的参与，实际上是用视觉隐喻思考；这一隐喻源于柏拉图的"视觉光线说"，即看是用光去照，故可称为观照。他将视线、思考比作光，三个光学原理概念——聚焦、穿透、反射随即进入了他的唯心主义认识论。具体而言，观照首先是施动的原型：主体、主语是观照者，客体、宾语是被观照者；当没有客体时，人可以像光通过放大镜生成聚焦点一样生成真实感极高的"聚焦词"；当有客体时，它可能是被主体的观照之光穿透了的第一种客体，也可能是反射主体观照之光的第二种客体。第二种客体显得比主体更真实，一是因为：光证明存在，客体反射的光让主体更容易确立客体的存在；二是因为：光等同于外向性（outness）、客体性（objectivity），因此"外在于主体"的状态实际上是由主体赋予客体的。柯尔律治的暮年诗歌《责任，长久的自爱》（1826）认为岁月的流逝只是主体的投射，持续发射哲思之光才能活得更久——其理论知识背景仍是客源于主。

柯尔律治认为，看不应是慵懒的旁观。在他看来，牛顿的光学是被动的，他所代表的科学家只会慵懒地旁观这个世界：

> 艾萨克·牛顿的著作我读得越多，我越有勇气给自己和你说，500个牛顿也抵不过一个莎士比亚或弥尔顿……我觉得，这些归纳而出的理论肤浅，且可能出了错。牛顿只不过是一个唯物主义者——他体系中的心灵总是被动的——面对这个世界，他是一位慵懒的旁观者。①

牛顿在《光学》第一卷第一部分的第八节肯定了约翰内斯·开普勒（Johannes Kepler）用暗房（camera obscura）类比视觉成像原理的理论，即晶体将接收到的光倒置地折射到视网膜上②，这样一来，眼睛就成了一种被动接受光的机制。

由于这种不满，他开始琢磨一种主动的视觉观，着手区分主动地看和被动地看。在阅读克鲁格（Carl Alexander Rerdinand Kluge）的著作时，他不满后者对感官的论述，提出了自己的感官论。具体而言，他沿着惯

---

① COLERIDGE S T. volume II [M] //GRIGGS E L. Collected Letters of Samuel Taylor Coleridge. Oxford: Clarendon Press, 1966: 709.
② NICOLSON, M H. Newton Demands the Muse: Newton's Opticks and the 18th Century Poets [M]. Princeton: Princeton University Press, 1966: 94.

用的去同义化的思维方法①，区分了主动感官和被动感官，即看懂（see）、听懂（hear）为主动，看到（visual notice-taking）和听到（auditual notice-taking）为被动。为此，他举了一个例子："假设一个天生失聪的人第一次重获听觉；假设他在一间黑屋里，或有人将他的眼睛蒙上了，一旁一个话音响起：'你兄弟来了'——他只能听到一个没有内容的人声。只有声音、兄弟本人反复与视觉图像相关联……"② 他所谓的主动地看实际上涉及全套的认知过程，需要调用全部的心智才能看懂、听懂。

柯尔律治在上述引文之后指出，这种主动视觉观源自柏拉图的视觉理论③，后者简而言之：看是用光去照，即观照。天文学家约翰·赫谢尔（John Herschel）在《自然哲学研究初论》（1830）《光与视觉》一节中也提到，古人以为双眼本身会释放光芒或类似的未知物体，以此感知客体。④《柏拉图全集·蒂迈欧篇》45节到46节就有这样的记录：

> 诸神认为正面比背面更荣耀，更有利于发布命令，所以就使我们在大部分时间里向前运动。由于这个原因，人体的正面必定要与其他部分很不一样。因此在安排头部的时候，诸神首

---

① 去同义化（desynonymization）是柯尔律治好用的思维方式，即将原本同义的一对词按照主动被动关系加以区分，如想象力与幻想的区分。这两个词在柯尔律治以前并没有大的区别，早期浪漫派诗人爱德华·杨（Edward Young）甚至以为幻想要高于想象力。柯尔律治曾称：思想的进步取决于去同义化。保罗·汉密尔顿（Paul Hamilton）1983年的专著《柯尔律治的诗学》专门研究这一思维方式在柯尔律治思想中的地位。他发现在柯尔律治看来，去同义化可以训练我们对诗歌语言的敏锐度，提升我们对诗中的真理的洞察力（1-6）。
② COLERIDGE S T. Marginalia, III [M] //WHALLEY G. The Collected Works of Samuel Taylor Coleridge, Volume 12. Princeton: Princeton University Press, 1980: 389.
③ COLERIDGE S T. Marginalia, III [M] //WHALLEY G. The Collected Works of Samuel Taylor Coleridge, Volume 12. Princeton: Princeton University Press, 1980: 389.
④ FULFORD T. Romanticism and Science, II [M]. London: Routledge, 2002: 257.

先让光束从眼中发射出来，整个眼睛，尤其是其中心部分是压缩过的，可以抵挡其他一切杂质，只让这种纯洁的元素通过。每逢视觉之流被日光包围，那就是同类落入同类之中，二者互相结合之后，凡是体内所发之火同外界某一物体相接触的地方，就在视觉中形成物体的影像。整个视觉之流由于性质上的相似而有相似的感受，视觉把它触及的以及触及它的物体的运动传播到全身，直抵灵魂，引起我们称之为视觉的感觉。①

直到10世纪的阿拉伯学者阿尔哈曾（Ibn al-Haytham）发现射入暗室的光线会刺眼，人们才明白，是光线射入眼睛，而非眼睛射出光线。或许可以说，柯尔律治所代表的唯心主义哲学并没错，错只在旧的视觉观和光学理论。艾布拉姆斯将浪漫主义形象化为一支蜡烛灯（lamp）②，却没有发现，柯尔律治的眼睛就是一盏超越那个时代的探灯。

"看即是照"这一古老的理论一直存留于文人墨客的记忆里。邓恩在《欢喜》（The Ecstasy）一诗中想象他和情人的"目光交织在一起，/捻成一根双股线，牵连两双眼；/我们的手相互盘绕，/想尽办法合二为一，/我们眼前的图景/我们的双眼投射"③。弥尔顿感叹《我思量我已耗尽光明》（When I Consider How my Light is Spent），更是说明光像能量一样可以从眼睛流逝。同样，柯尔律治在《致理查德·布林斯莱·谢立丹先生》（1794）一诗中赞扬谢立丹愤慨的爱国之情，说他的"目光/跳着蔑视的舞蹈，沉浸在奇思妙想中！/在那探究内心的目光下，/被无脑的乌合之

---

① 柏拉图. 柏拉图全集［M］. 王晓朝，译. 北京：人民出版社，2002：297-298.
② ABRAMS M H. The Mirror and the Lamp: Romantic Theory and the Critical Tradition［M］. Oxford: Oxford University Press, 1953: 59-60.
③ DONNE, J. The Complete Poems of John Donne［M］. ROBBINS R. Ed. Harlow: Pearson Education Limited, 2010: 169.

众崇拜着的叛徒/暗自痛苦地扭曲"①。经典的学说虽然违背自然，但仍能在"目光炯炯""容光焕发"这样的套语中留存在群体记忆中。

既然看是用光去照，那么发光的就是主体，被光照射的就是客体。他挖掘了 subject 和 object 的词源，指出主体因将光全部投射到客体上，自身没有分到一丝光线，因此遮蔽了自己，所以 subject 是从看不见的地方（sub）向客体投射（ject）光的事物，而 object 则是反射（ject）看得见的光（ob/op，表示"光、视觉"的前缀）的事物。用他的话说，"从我们的存在和其他事物的存在而推导出的是主体，即不出现却潜伏在表象之下的东西……可以从中推导出主体的或通过与其区分而推导出主体的是客体，即在我们面前，与我们相对的眼前之物"②。具体而言：

> 理性的本能要求我们在时空关系中、在某种形式中、在被某种力作用的运动和可运动物体的现象和结果中不停地去探寻；因此我们会自然地（非偶然地、也不是按照常规地）去再现人内在的、看不见的行为和对象。如内与外、深与浅；在眼前且可见的（ob）与潜藏的、不可见的（sub）。这样就得到了我们所谓的主语（subject）的原始的和哲学上的义项——即作为人称的我，施动者——这才是被 nominative 这个词非常不小心地替换掉的、更古老却更合适的主格（subjective case）——我们还得到了宾语，其原始意义为受动的、可见的；这是因为我们渴望的往

---

① COLERIDGE S T. Poetical Works, I [M] //MAYS J C C. The Collected Works of Samuel Taylor Coleridge, Volume 16. Princeton: Princeton University Press, 2001: 169.
② COLERIDGE S T. Shorter Works and Fragments, II [M] //BOSTETTER E E. The Collected Works of Samuel Taylor Coleridge, Volume 11. Princeton: Princeton University Press, 1995: 927.

往是我们所看到的（我们用视觉代表所有的感觉）……①

总之，在柯尔律治看来，观照是所有施动行为的原型。

在将"照与被照"的关系运用到主客关系上后，柯尔律治开始将光学原理附会到主体的各种行为上。

首先，当没有客体时，人可以像光通过放大镜生成聚焦点一样生成真实感极高的"聚焦词"。"放大镜的光芒可以点燃钻石，这些光芒在聚焦之前却完全是冷的。"② 同理，人也可以通过集中注意力凭空生成真实感极高的聚焦词。柯尔律治在一封信中首次用光学聚焦原理隐喻了一种自造自感的真实：③ 这种无中生有的真实可以作用于所有感官，以假乱真，甚至摆布主体——柯尔律治到底是先认识到放大镜的聚焦原理，还是先感悟到聚焦词的作用？我们很难说。

当有客体时，它可能是被主体的观照之光穿透了的第一种客体，也可能是反射主体观照之光的第二种客体。"可以通过考察感觉的修饰性的影响，尤其是视觉，区别二者"④；两种客体"好比同时出现的影像，一

---

① COLERIDGE S T. Shorter Works and Fragments, I [M] //BOSTETTER E E. The Collected Works of Samuel Taylor Coleridge, Volume 11. Princeton: Princeton University Press, 1995: 605.
② COLERIDGE S T. Shorter Works and Fragments, II [M] //BOSTETTER E E. The Collected Works of Samuel Taylor Coleridge, Volume 11. Princeton: Princeton University Press, 1995: 1189.
③ COLERIDGE S T. Shorter Works and Fragments, I [M] //BOSTETTER E E. The Collected Works of Samuel Taylor Coleridge, Volume 11. Princeton: Princeton University Press, 1995: 423.
④ COLERIDGE S T. Shorter Works and Fragments, II [M] //BOSTETTER E E. The Collected Works of Samuel Taylor Coleridge, Volume 11. Princeton: Princeton University Press, 1995: 928.

个通过传输光而出现,另一个通过反射光而出现"①。很明显,柯尔律治这次对客体的去同义化分析取用了光线传播的两种方式。

柯尔律治没有展开谈第一种客体,而对第二种客体着墨较多,这是因为后者关乎(他的)唯心主义认识论的立论和(他所认为的)唯物主义的错误——客体为何显得更真实?为此,柯尔律治在两个笔记中给出了两种解释。

原因一:光证明存在,主体在客体身上找到了发源于自身的光,才确立了自己的存在。柯尔律治在笔记中绘制过一个认知图:

真实	中立点	理想
A. 我自身		物自体——B. 本质②

他在这幅图下注释道:

A 和 B 在直观中是相同的,都无法想象,只是一幅图画的黯淡的底版——。真正的、唯一的本质性是感觉,一种在自我中的发现——。感觉——简单直观中的第一步,其间直观丢失在客体里——正如弥尔顿所言:那里首先接收到了/他的光芒,光芒在其他地方没有动静,却在这里发现了自己的力量。③

---

① COLERIDGE S T. Shorter Works and Fragments, II [M] //BOSTETTER E E. The Collected Works of Samuel Taylor Coleridge, Volume 11. Princeton: Princeton University Press, 1995: 930.
② COLERIDGE S T. Shorter Works and Fragments, II [M] //BOSTETTER E E. The Collected Works of Samuel Taylor Coleridge, Volume 11. Princeton: Princeton University Press, 1995: 1189.
③ COLERIDGE S T. Shorter Works and Fragments, II [M] //BOSTETTER E E. The Collected Works of Samuel Taylor Coleridge, Volume 11. Princeton: Princeton University Press, 1995: 1189.

<<< 第四章 光源之谜：晚期柯尔律治的认识论

"一幅图画的黯淡的底版"是在说主体和客体的本质都是无法看清的。"感觉"就是观照，是直观的一部分，"直观丢失在客体"意为"满眼都是客体"，为了形象，他引用了《失乐园》第8章第89至93行拉斐尔对亚当说的一段话，国内译者朱维之的译本如下："地球比起天来虽小而不发光，/却白白接受日光的照射，得到实惠，/太阳自己徒劳，而给地球以丰盛的实利。/地球首先接受他的光线，否则/光线便不能活动而实现自己的活力。"① 总而言之，如果发光体是一只眼睛，它看不到自己，眼里只有反光体；所以在发光的主体看来，反光的客体更容易被看到，而主体的自身存在只能靠自己推导而出。

原因二：柯尔律治将光等同于外向性（outness），这样，"外在于主体"的状态实际上是由主体赋予客体的。柯尔律治的外向性——

> 只是一种他者的感觉，它可以被直接看到，或者说一个被视觉再现了的他者性。因此，由于我们发现外在性和客体在一起，并将源于我们自身的外在性附着到客体上，过程不受我们意志的影响，而且普遍存在于其他心灵，我们逐渐将其联系到真实的感觉；客观的与外部的、真实的成了同义词，许久之后又被用于表达普遍的永久的真理性，不受偶然和个人才智的特殊性影响；而且，从最宏观和绝对的视角看，它不受制于与生俱来的限制、偏颇的视角、部分心灵的扭曲，与整体心灵完全不同。②

---

① 弥尔顿. 失乐园 [M]. 朱维之，译. 上海：上海译文出版社，1984：286.
② COLERIDGE S T. Shorter Works and Fragments, II [M] //BOSTETTER E E. The Collected Works of Samuel Taylor Coleridge, Volume 11. Princeton：Princeton University Press, 1995：929.

205

每个主体都会向客体投射外向性,客体因此汇聚了普遍的外向性,从而给主体留下了深刻的视觉印象,客体便有一种真实的感觉,因此变得"普遍"。

这种由主体投射而出的外向性可以像光一样独立于客体而存在。为了证明其独立性,柯尔律治转述了当时流行于医学界的一个事件:心智不算健全的一位女士听到不在身边的丈夫去世的消息后,每晚在同一时刻都会在床尾看到一个人的影像,她说这是她的丈夫,而且还能在看到影像的时候细致地为身边的人描述他。丈夫回来,在见到妻子之前被人告知在影像出现的时刻站在妻子的床尾,并穿上妻子所描述的衣服,人们相信这样可以驱散妻子心中的假象,希望可以通过从外部刺激她的感官,从而抵消、驱除妻子脑海里的影像。他答应了,但当他站到床尾的那一刻,妻子尖叫道:"上帝啊!我的丈夫怎么成了两个。"[1] 女士看到的幻想是由她自身投射而出的外向性,它没有载体也不需要载体,因此当现实的丈夫回来站在一旁时,女士同时看到了现实丈夫和幻想丈夫:前者反射了自己投射的外在性,后者则一直存在于自己投射的外向性中。柯尔律治没有对比前文提到的聚焦理论和这里的外向性理论,但我们很容易发现二者的共性:它们都将眼睛、意识比作射灯,自己可以在没有反射物的情况下看到自己投射而出的光。

在另一个文献中,这种独立于客体的外向性又被柯尔律治等同于客体性(objectivity)。这样,正如反光体正是因为反射了发光体的光才能被称为反光体,客体也正是因为接受了主体投射到自身的外向性或客体性才能被称为客体。虽然——

---

[1] COLERIDGE S T. Shorter Works and Fragments, II [M] //BOSTETTER E E. The Collected Works of Samuel Taylor Coleridge, Volume 11. Princeton: Princeton University Press, 1995: 930.

<<<　第四章　光源之谜：晚期柯尔律治的认识论

　　时间和空间只能被我们附着上客体性（一种不依靠心灵去确立自身的存在），但时间和空间只能存在于无限的心灵内，只能为有限的心灵而存在——这难道不是在暗示，客体性本身就是具有主体性的吗？精神这一潜在的心灵即是万物？因此就是时间和空间的对立性！——这样就有了核心的、纯粹的客体性，普遍的形式，任何可感知的客体要通过它才能成为客体。这样也就有了核心的主体性，每一个有限的心灵通过它成为一个主体？①

　　客体性是一种不依靠某一个特定的人而存在的性质。时空是一种事物（"存在于无限的心灵内"），它之所以成为一个客体是因为人类认为它是客体，客体性这一概念只有人类才能给予，因此客体性源于投射的主体。换言之，客体是一个反光体，它之所以被看到是因为反射了主体的光，它之所以是客体是因为它是"主"的"客"。另外，剥离了客体性的事物是什么，柯尔律治没有研究；主体是否因为投射外向性或客体性才得以成为主体？上述引文虽然最后一句暗示了这个意思，但柯尔律治仍然没有细究。他首要的哲思使命是证明"客源于主"。

　　"客源于主"这一命题成了晚年诗歌《责任，长久的自爱》（1826）的理论知识背景。本诗的副标题为"生命末期唯一可信赖的朋友"，暮年的言说者坚信只有继续思考、持续放光，才能抵偿岁月的蹉跎，因为岁月的流逝只是自己发出的光发生的变化。这首诗创作于1826年9月，而在这一月的2日，他在给友人T. J. 欧斯里（T. J. Ouseley）写信时吐露了

---

① COLERIDGE S T. Shorter Works and Fragments, II [M]//BOSTETTER E E. The Collected Works of Samuel Taylor Coleridge, Volume 11. Princeton: Princeton University Press, 1995: 1187.

柯尔律治诗歌中的光　>>>

这些年的困窘和辛酸：

　　遭遇了困境，但又无可救药，凄惨啊。我既不懒惰，也不穷奢极欲，更没有不良癖好。我之所以到了今天这个地步，是因为我不愿为了一时的兴趣而牺牲我的良知；我习惯性地写一些同胞们缺少的东西，而不是他们喜欢的东西。我可以毫无羞耻感地告诉你，我兜里的先令比你提到的英镑还要少；如果有朝一日我因为不能偿还8枚一镑的硬币，我只能把我的书卖掉，没有别的办法，——它们是我的生命。我一年的收入还不够我基本的生活，——穿衣、住房、吃饭、吃药；其他花销都要仰仗大公无私的吉尔曼先生，他为我治病，感谢上帝，我还活着；还有他的善解人意的妻子，她无微不至的关怀让我的日子不那么难以忍受。就算精神好一些的时候，一天中我也只能工作几个小时，努力完成我在过去二十年试图完成的工作——如果艰辛的阅读和写作也算是劳作的话。但在过去六个月里，我的身体非常虚弱——不是疼，就是乏力，就连给朋友写信的劲儿都快没有了。我，或者说我和我的朋友，为了出版，赔进去了大概300英镑，因为我不会、也不愿写评论；我会写的，公众不爱读，所以现在我与杂志社、报社、出版机构的联系已经断了；我也没有兴趣为我最新的著作——《思想协助》写一篇介绍，发表在评论或者期刊上。我活着，不为这个世界，也不在这个世界。(I neither live for the world nor in the world.) ①

---

①　Coleridge S T. volume VI [M] //Griggs E L. Collected Letters of Samuel Taylor Coleridge. Oxford: Clarendon Press, 1966: 607-608.

<<< 第四章 光源之谜：晚期柯尔律治的认识论

　　这首诗可视为柯尔律治在消沉时期对自我的激励。诗歌文本前有一段艾莉雅与古罗马哲学家君士坦提乌斯散文式的对话，诗歌以独白的形式顺着对话展开。艾莉雅问君士坦提乌斯："哲学让你更快乐了吗？"柯尔律治借君士坦提乌斯之口评价了自己一生对哲学的追求："（哲学让我）至少更平静的，不高兴的时候也少了……因为它让我明白，无私的理性是生命的末期最好的安慰、最忠诚的朋友。"随后，头发灰白的哲学家"独自陷入了沉思，开始玩味艾莉雅引出的这个念头。不久，他低声自语，为了悦耳、上口，他开始加上了韵律，但绝没有要把这些话改成诗歌的想法"①。

> 用不变的内心观照变化的外部，
> 苍然的命运让人难以忍受，无疑。
> 为什么你会为他人的衰落而发愁？
> 倘若你收回你的爱，或将你的
> 光芒隐藏于自私且轻蔑的预见。
> 那样你可能仅仅感到一丝遗憾，
> 也会更加睿智地摆脱无为渴望。
> 尽你所能将光芒继续照向他们！
> 客体可能折返或吸收你的辉煌：
> 尽管你从安全的幽蔽处注意到
> 老朋友黯然失色，像风中灯光，
> 爱他们如是吧，不要减少一分，

---

① COLERIDGE S T. Poetical Works，Ⅰ [M] //MAYS J C C. The Collected Works of Samuel Taylor Coleridge，Volume 16. Princeton：Princeton University Press，2001：1068.

因为在你眼里他们已今夕两人。①

诗人以一个对比开篇——一边是自己坚定不移的内心，对面是日渐衰老的友人。之后他设想，倘若自己不再继续哲思，闭上自己发光的眼睛，独自享受眼睛投射的预见，不再爱这个世界，这样就能摆脱无为的渴望。全诗13行，虽然比十四行诗少一行，但仍像后者那样在第八行亮出一个转折——此刻诗人还是决定继续让两眼放光，照射友人，不论这些客体是反射自己的光，还是吸收自己的光。由于自己是发光体，所以一直处在"安全的幽蔽处"（safe recess），这对应了subject中sub的含义；又由于自己哲思的能力随着年岁而增强，自己的光盖过了友人的光（"老朋友黯然失色，像风中灯光"）。诗歌的重心随之而来：最后一行的"你"在原文中为表示强调的斜体，这或许是在暗示，友人只对观照者而言才"今夕两人"，而现实情况也许并非如此；观照者之所以看到了"今夕两人"，是因为自己发出的光比以前更强，是因为赋予友人的外向性或客体性发生了变化。总之，"今夕两人"的现象全是主体臆想而来的，友人本身（物自身？）也许并没有发生变化，因此仍要"爱他们如是吧，不要减少一分"。这样看来，柯尔律治并不盲信"客源于主"，并没有用唯心主义抹杀物自身，而是用诗歌巧妙地提醒自己，现实和想象是有差别的。

光被柯尔律治认定是由主体发出、射向客体的认识的力量，由此，一套围绕"客源于主"的唯心主义认识论便可以沿着光学理论展开。像光一样的外向性虽由主体发出，但常与客体同在；真正属于主体并一直

---

① COLERIDGE S T. Poetical Works，I [M] //MAYS J C C. The Collected Works of Samuel Taylor Coleridge, Volume 16. Princeton: Princeton University Press, 2001: 1068. 柯勒律治. 柯勒律治诗选 [M]. 袁宪军, 译. 福州：福建教育出版社, 2015: 215.

与主体同在的是内向性。"客源于主",要弄清客体就必须弄清主体,要弄清主体就必须弄清内向性。

第二节 主源于内

观照就是认识,发光体无法将光照向自己,主体无法认识自己。主体的这种神秘性就是内向性(inwardness),它是主体用自己的光照不到、却可以触摸的状态。柯尔律治沿用同义化的思路谈论内向性,先后将它等同于深度、实质、身体、重量以及《失意吟》(1802)与《薄伽丘花园》(1828?)两首诗中的灵感,其中又夹杂着去同义化的分析,即区分了"绝对的"深度与几何学深度、深度与空间、身体与物质。总之,与可见的几何学深度、空间、物质相反,内向性或深度或实质或身体或重量或灵感是一种无法看到、却可以摸到的力量,是构成主体的重要成分。

主体性的重要成分是内向性。在界定主体的时候,"潜伏""内向"是柯尔律治常用的词汇。"从我们的存在和其他事物的存在而推导出的是主体,即不出现却潜伏在表象之下的东西。"[1] "与客观相对的是主观,它首先与内在同义;其次,不真实;再次,受制于观察者心灵、官能、位置的特殊性的影响。"[2] 可以说,内向性就是subject里的sub,同样也

---

[1] COLERIDGE S T. Shorter Works and Fragments, II [M] //BOSTETTER E E. The Collected Works of Samuel Taylor Coleridge, Volume 11. Princeton: Princeton University Press, 1995: 927.

[2] COLERIDGE S T. Shorter Works and Fragments, II [M] //BOSTETTER E E. The Collected Works of Samuel Taylor Coleridge, Volume 11. Princeton: Princeton University Press, 1995: 929.

像这个前缀一样是主体重要的一部分。

内向性的确立对柯尔律治具有两个意义。一可以帮助柯尔律治区分绝对的"内"和相对的"内",即生产性的"内"和产品性的"内"(这种思路与能造自然和被造自然的区分相同);二可以证明人的内在意识可以独立于身体而成长。首先,在柯尔律治看来,混淆"从内的""内向的""在内的""主体""实质""深度"这些短语的用法会造成严重的障碍。

  在这些词汇中,我们总会混淆那些表示与绝对的"外"和相对的"外"、绝对的"内"和相对的"内"——同样也混淆了真正的深度感和深度的隐喻。不能区分上述二者,混淆上述二者,甚至指鹿为马,学习者不仅无法理解心灵可以把握的最有趣的话题——如光、重力、磁力、电、生命、组织、意志、洞察力、思想;而且,一切可以由术语表示的事物(身体和心灵,物质和精神),都将引他犯错,成为诡辩者、唯物主义者、嘲弄宗教的人的基石。①

沿着因果律区分原本差异不大的同义词是柯尔律治惯用的思想法宝:第一想象力与第二想象力、想象与幻想、理性与知性、思考与思想(thinking vs thought)、能造自然与被造自然(natura naturans vs natura naturata),它们基本上都体现了源与流的关系,柯尔律治常用这种源流二分的思路攻击横行18世纪末的唯物主义,为自己的唯心主义辩护。其次,确立

---

① COLERIDGE S T. Shorter Works and Fragments, II [M] //BOSTETTER E E. The Collected Works of Samuel Taylor Coleridge, Volume 11. Princeton: Princeton University Press, 1995: 1037.

>>> 第四章 光源之谜：晚期柯尔律治的认识论

绝对的内向性有助于驳斥"意识沿四肢延展"的学说。当时有唯物主义哲学家将婴儿意识的成长归因于四肢的延展。柯尔律治试图另辟蹊径，证明存在一种内在的意识，它不源于身体经验和对距离的感知，而是与其平行发展的。他用这一论点将物质性囿于表象、现象，并借此说明哪些物质是身体性的，哪些不是，且不能以表象区分二者。① 简而言之，柯尔律治仍希望建立一套绝对的、独立发展的意识论，他无法接受任何暗示"内源自外""思想源于物质""身体决定大脑"的反唯心主义学说。

具体而言，柯尔律治首先将内向性等同于深度："内向性和深度是一回事。"之后，柯尔律治用否定的方法定义绝对的深度。他举了两个反面的例子来证明"此深度"非几何学意义上的"彼深度"。例子一：

> 设想一个长度的画面——即一条垂直的线，它落在一条横线之上，形成一个高度的样本——⊥。将纸张倒置，我们就得到了深度的样本——但实际上，二者本身都是长度的不同情况。——宽度也是同理。画一组横线；整体去看这些线，脑海里再附上长度的线——

> 想象而成的垂直的线是心灵表达深度的语言；但并不是深度。

---

① COLERIDGE S T. Shorter Works and Fragments, I [M] //BOSTETTER E E. The Collected Works of Samuel Taylor Coleridge, Volume 11. Princeton: Princeton University Press, 1995: 452.

不论我们想象多深的垂线，所穿过的"千万张表面始终是表面"。真正的深度存在于构成这些线的点，它们"一定有其自身的深度、长度、宽度；否则不可能会产生深度"①。总之，能想象到的、能用几何思维直观的绝不是柯尔律治的深度。

例子二：深度等同于实质，后者被定义为一种以外向性展现自身的力量，即内向性；另一面，柯尔律治将空间等同于物质，与空间和物质有关的深度绝不是柯尔律治的深度。

> 所有外在的事物由长度和表面构成——剩下的一定是内向性——物质可被定义为充盈空间之物——是相互对应的长度和宽度充盈着空间。换言之，空间只与外向有关。因此，没有空间充盈的才能有深度——它让空间饱满，因此是真正的实质。——深度因此不能成为物质的属性，物质（长度+宽度或延展度）本身只是一种抽象的结果，是属于心灵的实体；深度必须是一种力量，其精髓为内向性，外向性是这种力量的结果和展现自身的模式——。②

与唯物主义"外决定内"的观点相反，柯尔律治的深度或实质是"内决定外"的力量，它不依靠个体心灵而绝对地存在，物质反而仅相对

---

① COLERIDGE S T. Shorter Works and Fragments, I [M] //BOSTETTER E E. The Collected Works of Samuel Taylor Coleridge, Volume 11. Princeton: Princeton University Press, 1995: 453.

② COLERIDGE S T. Shorter Works and Fragments, I [M] //BOSTETTER E E. The Collected Works of Samuel Taylor Coleridge, Volume 11. Princeton: Princeton University Press, 1995: 453.

于个体心灵而存在。

深度再次被等同于身体。为了说明这一点，他继续使用否定定义法，套用一系列物理学的术语让深度或身体与物质或现象相对：

> 因此，身体不可能主要是物质性的——而是深度。就是说，我们称为身体的是一种力量，它在空间中展现自身，在现象中思考长度和宽度。所以，物质这一术语单独看来的话应该仅限于现象——即限于没有深度的长度和宽度——能证明所有身体里都具有深度的证据是重量，因此，物质，而非身体，才能被归因于不可估量的现象——光、热、磁力、电都是物质性的，而非身体性的。——
>
> 至此，从反面看，我们发现深度不具有物质性——从正面看，深度是具有内向性的。①

至此，神通广大但悬而未定的深度终于在身体上找到了载体；他只要返回自身，就可以随时汲取到力量。

实质又被等同于重量。实质并非仅限于主体，它还是客体的精髓、知识的内容，柯尔律治从词源上证明了这一点。他说，只有重量才能证明有深度，只有触觉才能证明有重量；由于知识由感觉延伸而来，"实质"与"知道"在某些语言具有共同的词源，因此，"用触觉而非视觉从事物的下方感触到重量"（sub+stance, stand）就是"知道"（understand）。柯尔律治接着上面的引文说道：

---

① COLERIDGE S T. Shorter Works and Fragments, I [M] //BOSTETTER E E. The Collected Works of Samuel Taylor Coleridge, Volume 11. Princeton: Princeton University Press, 1995: 453.

柯尔律治诗歌中的光　>>>

> 这种力量……我们通过感觉知道它的存在，即重量——由于我们惯将物以类聚，便假设知识与感觉同源。（所以在所有语言中——深情，深思，实理，知道＝实质的字面翻译。）（understanding＝substance）感觉却是一种自我把握。"今天觉得怎么样？"（How do you find yourself to day）——还有德语中的 empfinding（feeling，sensation，frame of mind）。①

"今天觉得怎么样？"中的"觉得"排除了可见性，这句即是在问"你身上那些我看不到的方面是否可好？"总之，深度或实质有重量，虽然无法看到，却可以触摸到。

因此，灵感在《失意吟》（1802）和《薄伽丘花园》（1828?）两首诗中是可以触摸到的。在本文第一章，诗人从外源之光中总能获得启发，似乎外求法很管用；但到了1802年，他逐渐触摸不到客体的分量，外部的美开始缺乏实质，进而无法启发自己——外求法的失败最终令诗人失意。《失意吟》（1802）就是这样一道从外求法转向到内求法的分水岭。在诗中，他哭诉了"失意"的后果——灵感缺失，探究了"失意"的根源——只图外求，忘了内求，最终借助一场如期而至的暴风骤雨洗刷了内心中"非我"的成分，从而重获信心。本诗既是一首品达体颂歌，正节（strophe）、反节（antistrophe）来回交叠数次后回归合节（epode）；也是一首用气候映照心情的诗歌，题注中暗示的暴风雨直到倒数第二节终于袭来；还是一首谈话诗，诗人用亲切的素体诗行向"萨拉"讲话，除了倒数第二

---

① COLERIDGE S T. Shorter Works and Fragments, I [M] //BOSTETTER E E. The Collected Works of Samuel Taylor Coleridge, Volume 11. Princeton: Princeton University Press, 1995: 453-454.

段呼语成了"风"以外，妻子或情人"萨拉"在其他段落中都是呼语的对象，并在最后一段中得到了诗人的祝福。黄昏，诗人凝望着夜空，面对着妻子或情人，从容地从正节的第二段过渡到反节第三段：

> 女士呵！我意绪苍凉，精神慵懒，
> 听画眉声声，心念也随之变换；
> 整整这一个黄昏，温馨澄澈，
> 我一直注视着西方天宇，也注视
> 天边那如黄似绿的奇异色泽，
> 此刻还注视着——眼神却茫然若失！
> 晚空里，淡薄的浮云成条成片，
> 游动着，腾出位置让星儿露脸；
> 星儿们滑行在浮云背后或中间，
> 忽暗忽明，却时时窈窕可见；
> 天边的新月牢牢坐定，仿佛
> 生根于一片无星无云的碧湖；
> 眼前的景物呵，美得无可比配，
> 我看出，而不是感觉出，它们有多美！①

眼前的景色不论多么美丽，诗人都"茫然若失"（with how blank an eye）；就算他能看到，却也无法触摸这美景的"实质"（I see, not feel how beautiful they are），进而获得灵感。紧接着，柯尔律治在下一段随即道出了"茫然若失"和无法"触摸"的原因：

---

① 柯尔律治. 柯尔律治诗选 [M]. 杨德豫, 译. 桂林：广西师范大学出版社, 2009：117-118.

217

柯尔律治诗歌中的光　>>>

  我的元气已凋丧，
  还能有什么力量
  排除胸臆间令人窒息的块垒？
  那会是徒劳的尝试，
  哪怕我始终在注视
  流连于西方天宇的绿色光辉：
  激情和活力导源于内在的心境，
  我又怎能求之于、得之于外在的光景？

  我们所得的都得自我们自己，
  自然仅仅存在于我们的生命里：
  是我们给她以婚袍，给她以尸衣！①

  元气（genial spirits）即是"客源于主""主源于内"的"内"，它是文学的创造力，是灵感；没有它，"流连于西方天宇的绿色光辉"也是索然无味。诗人终于在第四段顿悟到"我们所得的都得自我们自己"——"我们自己""我们的生命"像"婚袍""尸衣"包裹着生死循环的"自然"，天然地触摸着实质或身体或灵感。《失意吟》（1802）之后，极少有外部事物能给柯尔律治带来灵感的重量与实质的触动，唯一的例外就是《薄伽丘花园》（1828?）：一幅托马斯·斯多特哈德（Thomas Stothard）创作的、以薄伽丘《十日谈》为主题的水彩画点燃了暮年柯尔律治沉寂多年的想象力，这种重获青春的感觉出现在第二段：

---

① 柯尔律治. 柯尔律治诗选［M］. 杨德豫，译. 桂林：广西师范大学出版社，2009：117-118.

<<< 第四章 光源之谜：晚期柯尔律治的认识论

> 像云雾中浮现出沾满露水的草场
> 还有羊群；像乐曲潺潺
> 却又不会驱散睡意，在梦中
> 被塑成更美好的形状，
> 面对一双悠闲安静却潜藏力量的眼睛
> 这幅画溜进了我内向的视野。
> 一团温热的感觉，像婴儿的手指
> 慢慢爬向我的胸口。①

水彩画给诗人的灵感始终像是在看不清的"云雾中"，像无形的"乐曲潺潺"塑造着无法具体化的"更美好的形状"，这一切都印在"悠闲安静"的被动的眼——这些都在暗示灵感无法被外向性、被光照射的性质。灵感要对接的是"内向"性，它具有"温热的"触感，长着"婴儿的手指"，象征新生的力量，触动着我的内心。总之，灵感像实质一样只能摸、不能看，它是包裹自然的"元气"，是触摸内心的"手指"。

总体看来，柯尔律治对内向性的讨论难免存在许多弊病：没有比较客体的实质与主体的实质；肆意的同义化损耗了思考的严谨度；"只能摸到、无法看到"的标准因人而异，不具有普遍性；他这样做无非是将唯心主义的"心"神秘化、神圣化，将事物的本源无限地向内隐藏。或许柯尔律治认识到了这些缺点，为了窥视神秘的内向性，他设想用一面心灵的镜子反照自身。

---

① COLERIDGE S T. Poetical Works, I [M] //MAYS J C C. The Collected Works of Samuel Taylor Coleridge, Volume 16. Princeton: Princeton University Press, 2001: 1092.

第三节　追逐影子

为了将神秘的主体显现出来，柯尔律治试图用一系列镜像的意象反观（reflect）自己，追寻自己。他在《午夜寒霜》（1708）中沿着青烟追寻自己，1803年在玻璃窗户上印出的火苗中追寻自己，在1825年的笔记中的一面象征信仰的镜中反照自己，在《对于一个理想中的客体的执着》（1804-1807？1822？）中让自己的思想追寻自己，在《魅影还是事实？》（1830？）让灵魂出窍来追寻自己，但这些尝试并没有什么结果。

纵观柯尔律治的笔迹，他常用照镜子的意象找寻自己思想的各个成分。在1708年的《午夜寒霜》里，柯尔律治的思绪就像壁炉中升起的袅烟，"（它到处寻觅自己的/回声或影像），凭着自己的心境/来解释轻烟的袅绕和怪态奇姿，/借幽思遐想来消遣。"①；1803年12月，柯尔律治将自己的灵魂比作"透过窗户印在墙上的火焰的影像？"②1825年2月2日，他在一封信中向一位不知名的朋友吐露，自己是一面镜子，面对着另一面象征信仰的镜子。③寻觅自己回声或影像的袅烟引领着诗人的思绪，玻璃窗镜像中的火苗影射诗人的灵魂，照镜子的诗人与信仰合二为一——思想像一个照镜子的人，渴望知道自己的模样。

终于，在《对于一个理念中的客体的执着》（1804-1807？1822？）

---

① 柯尔律治. 柯尔律治诗选［M］. 杨德豫，译. 桂林：广西师范大学出版社，2009：74.
② COLERIDGE S T. Volume I［M］//COBURN K. The Notebooks. London．Routledge，2002：1737.
③ COLERIDGE S T. Volume IV［M］//COBURN K. The Notebooks. London：Routledge，2002：5192.

一诗中，思想被柯尔律治拟人化为一个照镜子的人。本诗是一首献给思想的颂歌，但我们仍很难弄清思想是什么：既然是颂歌，赞颂对象一定是题目中"执着"（constancy）的介词宾语；然而，这个宾语的中心词却一方面被外化为"客体"（object），另一方面又被"理想中的"（ideal）所修饰——这个"既外又内"的思想到底是什么？

> 所有自然界中的事物
> 转瞬即逝；为何你却能
> 以不变应万变，
> 住在大脑里的、不断渴求的思想！
> 他呼唤时间，时间是未来的仙女，
> 在远处嬉戏——
> 可爱的思想，当希望和绝望在死亡的露台上相见，
> 万丈光芒只为你照耀，
> 向你注入生命的气息，
> 像是为风雨中的陌生人搭起的帐篷！
> 但你仍然萦绕着我，我明白，
> 他不是你，但你却是他。①

思想包罗万象（"他不是你，但你却是他"），执掌时间（"呼唤时间"），在艰难的时刻可以庇护作者（"是为风雨中的陌生人搭起的帐篷"），思想之所以有这个能力是因为光（神）的照射（"万丈光芒只为你照耀，/向你注入生命的气息"）。

---

① COLERIDGE S T. Poetical Works, I [M]//MAYS J C C. The Collected Works of Samuel Taylor Coleridge, Volume 16. Princeton: Princeton University Press, 2001: 777-778.

柯尔律治诗歌中的光 >>>

> 虽然善的象征
> 爱的象征站在我眼前
> 眼神期待，洗耳恭听，
> 我向你低声说道——"啊！最亲爱的朋友！
> 有一个家，一个英国的家，还有你，
> 是为我所有奋斗的赏赐！"
> 无为的重复！你和家是一回事。
> 最平静的小屋，月儿高照，
> 画眉催眠，又被云雀唤醒
> 没有你，一切只是一条无言的轻舟，
> 他的舵手坐在海上的废墟漂荡
> 缄默，苍白，舵在一旁腐朽。①

　　柯尔律治想象思想的家就在自己的头脑（"无为的重复！你和家是一回事。"），只要思考，诗人就会重获回家的感觉（"最平静的小屋，月儿高照/画眉催眠，又被云雀唤醒"）。相比之下，没有思想的人就像困于海上的水手，随着废墟随波逐流（"舵在一旁腐朽"）。最终，柯尔律治将思想凝结成一幅"农夫追影"的画面：

> 现在你什么也不是了吗？你是这样的：
> 当伐木手沿着蜿蜒的山路向山谷的西面走去
> 冬日清晨，羊群踩出的迷宫小径上

---

① COLERIDGE S T. Poetical Works, I [M] //MAYS J C C. The Collected Works of Samuel Taylor Coleridge, Volume 16. Princeton: Princeton University Press, 2001: 777-778.

第四章 光源之谜：晚期柯尔律治的认识论

> 浮着一层无形的雪雾闪闪发亮
> 伐木手清晰地看到，一个身影，
> 头顶光圈，沿地表滑动；
> 着迷的农夫崇拜影像，
> 却不知道，他所追随的是他的影子！①

柯尔律治明白，思想就是自己的影子，自己追随自己的影子，就像探寻无限的内向性一样，是没有尽头的。

柯尔律治渴望反照自己，他在对话诗《魅影还是事实?》（1830?）中看到自己灵魂出窍。诗歌以一段对话的形式展开，睡醒的诗人向朋友讲述自己的梦。他梦见自己的灵气（spirit）终于要返回自己的魂魄（soul）。我们不必追问灵气与魂魄的差异，只需要明白，这是思想的两部分在相互观照。对常人而言不祥的预兆对柯尔律治却是一次顿悟，但诗人又在用题目反问读者：这是"魅影还是事实?"

> 作者：
> 一个可爱的人影坐在我的床边，
> 他的存在投来让人满足、让人平静的光，
> 世俗的酵母发出温柔的爱如此纯粹
> 控制自己的幻想都变得吃力，
> 这是我的灵气刚从天堂下凡，
> 尝试返回我的魂魄！
> 但是，啊！这种变化——它很冷静，但——

---

① COLERIDGE S T. Poetical Works, I [M]//MAYS J C C. The Collected Works of Samuel Taylor Coleridge, Volume 16. Princeton: Princeton University Press, 2001: 777-778.

柯尔律治诗歌中的光 >>>

> 天啊！我多想忘记这种变化！
> 它退缩了，好像认错人了！
> 那种疲倦、散漫、六亲不认的眼神！
> 这完全是另一个特征、样子、体型，
> 但是，在我看来，我明白，是一回事！

开篇，诗人在吉尔曼大夫的家里接待前来拜访的文人。他告诉朋友，说梦到了年轻时的自己来探望现在的自己，那时的他还没有服用鸦片酊，完全是另一副模样（"这完全是另一个特征、样子、体型"）。看到他，作者闻到了"世俗的酵母"味。从1776年到1779年，24岁的柯尔律治带着萨拉和三个月大的哈特利搬到了下斯托伊镇的一间简陋的平房。家里没有烤炉，萨拉只能在家发好面，拿到镇上的烤房请人代烤，还经常赊账。[①] 柯尔律治常在案板旁写作，思考玄奥的问题，不时就能闻到发面的酵母味，因此"世俗的酵母"指的是柯尔律治年轻时和妻子度过的最美的时光，是他体会到少有的家庭的温馨。作者说到这，朋友听得莫名其妙，问道：

> 朋友：
> 这谜语一般的故事算是什么？
> 不是历史？幻想？还是闲暇时的歌谣？
> 用一句话说的话，这种厄运般的事情
> 在何种时空才会发生？

[①] SACKETT T. A Walk Round Nether Stowey in 1797 with Samuel Taylor Coleridge [EB/OL]. The Friends of Coleridge, 2018.

<<< 第四章 光源之谜:晚期柯尔律治的认识论

朋友非常惊讶:只有人濒死的时候才会看到自己的灵魂出窍("这种厄运般的事情")。

作者:
叫它即兴作品吧(的确也像是这样),
做了那么多梦,这只是其中之一;
但岁月让碌碌无为的我终于明白:
生活如一场梦,这梦都留存在这个故事中。①
Call it a moment's work (and such it seems)
This tale's a fragment from the life of dreams;
But say, that years matur'd the silent strife,
And 'tis a record from the dream of life. ②

在结尾,诗人使用交错修辞法为故事赋予了终极意义:看到自己的"灵魂出窍"是他一生都在做的梦,认识自己是他毕生的精神追求。这首诗是他在弥留之际创作的,可谓是他写给自己的墓志铭。1834年7月24日凌晨,柯尔律治望向内源之光的发光体,他"什么也看不到,只有一团光"。(语出《寓言式的神启》)③

---

① COLERIDGE S T. Poetical Works, I [M] //MAYS J C C. The Collected Works of Samuel Taylor Coleridge, Volume 16. Princeton: Princeton University Press, 2001: 1119.
② COLERIDGE S T. Poetical Works, I [M] //MAYS J C C. The Collected Works of Samuel Taylor Coleridge, Volume 16. Princeton: Princeton University Press, 2001: 1119.
③ COLERIDGE S T. Lay Sermons [M] //WHITE R J. The Collected Works of Samuel Taylor Coleridge, Volume 6. Princeton: Princeton University Press, 1972: 136.

结　语

　　不论是对光源位置的思考，还是对照射方向的想象，柯尔律治研究光是为了探究认识能力的本源。正如反光体永远也照不到发光体，追光的他永远也看不到发光的源头。换言之，认识能力的本源，或曰人分有的神性，永远隐藏在 subject（主体）里的 sub（幽蔽性）。从科学文化史的视角看，是光的知识为柯尔律治的思考赋予了隐喻工具和理论知识背景，将他传送到了 sub 这一通向本源的洞口。这种有关光的知识被柯尔律治诗化成一种诗人的光学，与牛顿的光学形成了一种对立：科学家认为光是被动的、被色散的，而诗人则相信光是主动的、生成性的。正因如此，柯尔律治为后人树立了一个反科学的人文主义者形象。

　　从此以后，文理分家，铁幕落下。根据 C. P. 斯诺的记录，两方的矛盾在 20 世纪愈演愈烈：1930 年以后，科学家突然发现自己不算是"知识分子"了。同时，非科学家开始认定文化就是传统文化，绝不包括科学。人文学者指责科学家过于乐观，而事实却是，在假设被实验证伪之前他们必然乐观。如果说科学家执掌着未来，那么人文学者则悲观地认为根本不存在未来。他们反科学，反社会，变成了"智性上的路德党人"。[①]

[①] SNOW C P. The Two Cultures [M]. Cambridge: Cambridge University Press, 1998: 29.

20世纪初,人文学者和科学家还能在共同感兴趣的话题上交流;20世纪30-40年代,这种交流虽然停止了,但双方面对面时起码还能保持微笑;而到了20世纪50-60年代,他们就开始冲着对方做鬼脸了。[1] 斯诺的见证停止在1959年,此后,人文学科更是兴起了一股史无前例的反科学的势力。霍克海默的"启蒙辩证法"给科学带上了"科学主义""科学理性""工具理性""目的理性""计算理性""操作理性""现代管理理性""进步理论""发展观念"的帽子,称其为新的、有待祛魅的神话、巫术;他和其他法兰克福学派中反科学的批评家指责科学将理性工具化,用技术满足快感,奴役大众,自封为神;科学不增加新的认知,只谈既定现实,且不停地重放既定现实,还要求我们求证、认同、顺从既定现实,要求万物"顺从科学家的意志",将人变成了"群氓",用欺骗和独裁给人类社会带来了新的野蛮。[2] 这一点与马克思主义文学批评中国形态时科学的态度是截然相反的。随着后现代思潮的到来,"反思现代性""反理性""不事体系"的声音更是不绝于耳……柯尔律治似乎借尸还魂了。这其实不足为奇:柯尔律治本来就是社会、批判、政治批判理论的鼻祖,是他晚年的《论教会和国家的形成》(1830)"将(政治)批判浓缩成自由人文主义意识形态,将批判的社会功能赋予知识阶层"[3]。

然而有趣的是,这些反科学的后现代思想家与柯尔律治一样也离不开科学。他们同样热衷于改造同时代科学的知识和理论,拿来隐喻、类比自己的理论,不那么严谨地取用科学。例如,德里达之于爱因斯坦的相对论;拉康、克里斯蒂娃之于数学;福柯的知识考古学之于地质学;

---

[1] SNOW C P. The Two Cultures [M]. Cambridge: Cambridge University Press, 1998: 1-21.
[2] 郭军. 启蒙现代性 [M] //赵一凡, 张仲载, 李德恩. 西方文论关键词. 北京: 外语教学与研究出版社, 2006: 405-413.
[3] 陶家俊. 海盖特的沉思者:柯尔律治晚年思想一瞥 [J]. 解放军外国语学院学报, 2005 (1): 79-83.

伊利格瑞、拉托尔之于相对论；鲍德里亚、德勒兹、瓜塔里之于混乱理论；巴迪欧之于哥德尔不完备定律以及集合论。① 后现代文人与柯尔律治一样，对科学欲迎又拒，一面喊着反科学，一面却又有意无意地视它为隐喻词库。

文学理论家与批评家们通过隐喻科学概念来说明自己的理论是无可厚非的。波士顿大学哲学系教授、量子力学史及科学实在论②领域的专家曹天予就明示道：

> 任何一种对世界的文化（的）理解或世界观，诸如，以牛顿力学为基础的机械论世界观，或以达尔文生物学为基础的进化论世界观，总是用一组比喻结构起来的。在牛顿力学的因果机制概念或达尔文生物学的进化概念与社会文化历史现象之间，除了比喻关系之外，并没有什么必然的逻辑关系。进而言之，即便是科学概念的形成或科学解释本身……本质上也是比喻性的：只有通过比喻，通过一种结构性的相似性，才能在抽象的科学概念与日常生活或熟悉的现象之间建立起一种联系，使科学概念获得一种可以理解的意义（51-52）。

---

① GROSS P R, LEVITT N. Higher Superstition: The Academic Left and its Quarels with Science [M]. Baltimore: The John Hopkins University Press, 1994: 92-97. SOKAL A, BRICMONT J. Fashionable Nonsense: Postmodern Intellectuals' Abuse of Science [M]. New York: Picador, 1998: viii.

② 曹天予. 科学、后现代与左派政治 [J]. 读书, 1998 (7): 48-53. 科学实在论（scientific realism）是20世纪60年代兴起于美国的一种承认科学理论实体的客观存在并坚持客观真理的学派，它代表了今天大部分科学家的信仰。科学实在论者一方面扬弃了20世纪初的逻辑实证主义奉科学论断为真理的倾向，批判其预设主义和本质主义的科学观，认为科学方法、科学推理的规则及科学概念等不是预先假定的，也不是一成不变的；另一方面，科学实在论者也反对库恩等人的历史主义或相对主义的科学观，认为科学本质上不是社会建构的结果；他们相信，科学发展并非突变或新旧范式的更替；科学的发展总是积累式的，并一步步接近真理。

也就是说，文学理论家与批评家取用科学并不是因为他们真的发现文学和科学之间有什么必然的、具体的联系，而仅仅是因为二者在结构上有相似性；但这也无可厚非，因为科学内各学科之间也会像这样相互隐喻。

真正令人不安的是他们当中反科学的声音。时代在发展，知识在增进，学科分布也随之调整：有些学科会兴盛，分散出更多的亚学科、新学科，如生命科学；而另一些学科在功能上会被新学科取代，因而会没落、萎缩，如神学。据约翰·克朗切调查，文理分家始于17世纪的古今之争：人们发现，在自然科学等理科方面，现代人要高于古代人，而在史诗和演讲等文科方面，古人高于现代人。[①] 如此说来，理科面向未来，它乐观的态度与生俱来；相比之下，文科天生怀旧。今天的文人大都对当下悲观、不满，他们要么像柯尔律治用"之乎者也"装饰《老水手吟》那样目的明确地复古，要么像柯尔律治批判同代科学家那样批判主流意识形态，要么像柯尔律治构建"元科学"那样创造一套新的术语和理论体系，用"这种理性"代替"那种理性"，以期让文科与理科齐头并进。其实，当代文人与柯尔律治一样，所做的大部分事情说到底都是在跟科学较劲，都在为领土而抗争，都在为生存而挣扎。

---

① KLANCHER J. Transfiguring the Arts and Sciences: Knowledge and Cultural Institutions in the Romantic Age [M]. Cambridge: Cambridge University Press, 2013: 13.

参考文献

中文文献

［1］柯尔律治. 柯尔律治诗选［M］. 杨德豫, 译. 桂林：广西师范大学出版社, 2009.

［2］柯勒律治. 柯勒律治诗选［M］. 袁宪军, 译. 福州：福建教育出版社, 2015.

［3］柯尔律治. 文学生涯第十三章［M］. //刘若端. 十九世纪英国诗人论诗. 北京：人民文学出版社, 1984.

［4］张剑. 浪漫主义诗歌与新历史主义批评［J］. 外国文学, 2008（4）.

［5］张旭春. 革命、意识、语言：英国浪漫主义研究中的几大主导范式［J］. 外国文学评论, 2001（1）.

［6］蒋显璟. 生命哲学与诗歌——浅谈柯勒律治的诗歌理论［J］. 外国文学评论, 1993（2）.

［7］谢海长. 论华兹华斯的诗与科学共生思想［J］. 外国文学, 2014（4）.

［8］孙红霞. 18—19世纪中叶的浪漫主义反科学思潮——一种另类认识论和方法论［J］. 自然辩证法研究, 2010, 26（10）.

［9］曹天予. 科学、后现代与左派政治［J］. 读书, 1998（7）.

[10] 董文俊, 熊志勇. 评培根"科学归纳法"的理论地位 [J]. 求索, 2009 (9).

英文文献

[1] COLERIDGE S T. Lecture 1795 on Politics and Religion [M] // ENGELL J, BATE W. J. The Collected Works of Samuel Taylor Coleridge, Volume 1. Princeton: Princeton University Press, 1971.

[2] COLERIDGE S T. Essays on his Times in the Morning Post and the Courier [M] //ERDMAN D V. The Collected Works of Samuel Taylor Coleridge, Volume 3. Princeton: Princeton University Press, 1978.

[3] COLERIDGE S T. The Friend [M] //ROOKE B. The Collected Works of Samuel Taylor Coleridge, Volume 4. Princeton: Princeton University Press, 1969.

[4] COLERIDGE S T. Lectures 1808—1819 on Literature [M] // FOAKES R A. The Collected Works of Samuel Taylor Coleridge, Volume 5. Princeton: Princeton University Press, 1987.

[5] COLERIDGE S T. Lay Sermons [M] //WHITE R J. The Collected Works of Samuel Taylor Coleridge, Volume 6. Princeton: Princeton University Press, 1972.

[6] COLERIDGE S T. Biographia Literaria [M] //MAYS J C C. The Collected Works of Samuel Taylor Coleridge, Volume 7. Princeton: Princeton University Press, 1983.

[7] COLERIDGE S T. Lectures 1818—1819 on the History of Philosophy [M] //JACKSON J R J. The Collected Works of Samuel Taylor Coleridge, Volume 8. Princeton: Princeton University Press, 2000.

[8] COLERIDGE S T. Aids to Reflection [M] //BEER J B. The Collected Works of Samuel Taylor Coleridge, Volume 9. Princeton: Princeton University Press, 1993.

[9] COLERIDGE S T. On the Constitution of the Church and State [M] //COLMER J. The Collected Works of Samuel Taylor Coleridge, Volume 10. Princeton: Princeton University Press, 1976.

[10] COLERIDGE S T. The Notebooks [M]. COBURN K. Ed. London: Routledge, 2002.

[11] COLERIDGE S T. Shorter Works and Fragments [M] //BOSTETTER E E. The Collected Works of Samuel Taylor Coleridge, Volume 11. Princeton: Princeton University Press, 1995.

[12] COLERIDGE S T. Marginalia [M] //WHALLEY G. The Collected Works of Samuel Taylor Coleridge, Volume 12. Princeton: Princeton University Press, 1980.

[13] COLERIDGE S T. Logic [M] //JACKSON J R J. The Collected Works of Samuel Taylor Coleridge, Volume 13. Princeton: Princeton University Press, 1972.

[14] COLERIDGE S T. Table Talk [M] //WOODRING C. The Collected Works of Samuel Taylor Coleridge, Volume 14. Princeton: Princeton University Press, 1990.

[15] COLERIDGE S T. Poetical Works [M] //MAYS J C C. The Collected Works of Samuel Taylor Coleridge, Volume 16. Princeton: Princeton University Press, 2001.

[16] COLERIDGE S T. Collected Letters of Samuel Taylor Coleridge [M]. GRIGGS E L. Ed. Oxford: Clarendon Press, 1966.

[17] FULFORD T. Romanticism and Science [M]. London: Routledge, 2002.

[18] SNOW C P. The Two Cultures [M]. Cambridge: Cambridge University Press, 1998.

[19] LEVERE T H. Poetry Realized in Nature: Samuel Taylor Coleridge and Early Nineteenth-Century Science [M]. Cambridge: Cambridge University Press, 1981.

[20] BARFIELD O. What Coleridge Thought (Third Edition) [M]. Oxford: Barfield Press, 2014.

[21] AIDAN D. New Critical Idiom: Romanticism [M]. London: Routledge: 1996.

[22] KLANCHER J. Transfiguring the Arts and Sciences: Knowledge and Cultural Institutions in the Romantic Age [M]. Cambridge: Cambridge University Press, 2013.

[23] JACKSON J R J. Method and Imagination in Coleridge's Criticism [M]. Cambridge: Harvard University Press, 1969.

[24] LOWES J L. The Road to Xanadu: A Study in the Ways of Imagination [M]. New York: Vintage Books, 1959.

[25] HAMILTON P. Coleridge's Poetics [M]. Oxford: Blackwell, 1983.

[26] CRABTREE A. From Mesmer to Freud, Magnetic Sleep and the Roots of Psychological Healing [M]. New Haven: Yale University Press, 1993.

[27] GOETHE J W. Theory of Colours [M]. EASTLAKE C. Trans. Cambridge: MIT Press, 1970.

[28] NICOLSON M H. Newton Demands the Muse: Newton's Opticks and the 18th Century Poets [M]. Princeton: Princeton University Press, 1966.

[29] NOEL J. Science and Sensation in Romantic Poetry [M]. Cam-

bridge: Cambridge University Press, 2008.

[30] SHARON R. Creating Romanticism: Case Studies in the Literature, Science and Medicine of the 1790s [M]. New York: Palgrave MacMillan, 2013.

[31] GROSS P R, LEVITT N. Higher Superstition: The Academic Left and its Quarels with Science [M]. Baltimore: The John Hopkins University Press, 1994.

[32] SOKAL A, BRICMONT J. Fashionable Nonsense: Postmodern Intellectuals' Abuse of Science [M]. New York: Picador, 1998.

[33] GROSS P R, LEVITT N. Higher Superstition: The Academic Left and its Quarels with Science [M]. Baltimore: The John Hopkins University Press, 1994.

[34] ABRAMS M H. Coleridge's "A Light in Sound": Science, Metascience, and Poetic Imagination [J]. Proceedings of the American Philosophical Society, 1972, 11 (6).

[35] ALMEIDA H. Romanticism and the Triumph of Life Science: Prospects for Study [J]. Study in Romanticism, 2004, 43 (1).

[36] CRARY J. Techniques of the Observer [J]. October, 1988, 45 (Summer).

[37] GLASS D J, HALL N. A Brief History of Hypothesis [J]. Cell, 2008, 134 (August).

[38] LOUW H. Window-Glass Making in Britain c. 1600-c. 1860 and its Architectural Impact [J]. Construction History, 1991, 88 (7).

[39] FULFORD T. Vital Fluid: The Politics of Poetics of Mesmerism in the 1790s [J]. Studies in Romanticism, 2004, 43 (1).

[40] ROSS S. Scientist: The Story of a Word [J]. Annals of Science,

1962, 18 (2).

[41] ROE N. Coleridge and the Sciences of Life [C]. Oxford: Oxford University Press, 2001.

[42] CUNNINGHAM A, JARDINE N. Ed. Romanticism and the Sciences [C]. Cambridge: Cambridge University Press, 1990.

[43] CLARKE Bruce, ROSSINI M. Routledge Companion to Science and Literature [C]. London: Routledge, 2010.

[44] STAFANO P, MAURIZIO B. Romanticism in Science: Science in Europe, 1790—1840 [C]. Dordrecht: Spriger, 1994.

[45] ABRAMS M H. The Structure and Style in the Greater Romantic [M] //Hilles F W, Bloom H. From Sensibility to Romanticism. Oxford: Oxford University Press, 1965.

[46] COBURN K. Coleridge: A Bridge between Science and Poetry [M] //. BEER J. Coleridge's Variety: Bicentennial Studies. London: Palgrave Macmillan, 1974.

[47] FULFORD T. Science [M] //ROE N. An Oxford Guide: Romanticism. Oxford: Oxford University Press, 2005.

[48] WILSON E G. Coleridge and Science [M] //BURWICK F. The Oxford Handbook of Samuel Taylor Coleridge. Oxford: Oxford University Press, 2009.

[49] KELLEY T M. Science [M] //FAFLAK J, WRIGHT J M. A Handbook of romanticism Studies. Chichester: Wiley Blackwell, 2012.

[50] GéRARD A. Systolic Rhythm: The Structure of Coleridge's Conversation Poems [M] //COBURN C. Coleridge: A Collection of Critical Essays. Ed. New Jersey: Prentice-Hall, 1967.

后　记

在此我要感谢恩师张剑教授。没有他的指导，就不会有这本书。

诗化地讲，是艾略特让我认识了张老师。2003—2004 年，我在撰写本科毕业论文时引用了国内第一本研究艾略特的专著《艾略特与英国浪漫主义传统》，那是我第一次认识了老师的名字；2011 年夏，在新疆大学的一次研讨会上，我有幸结识了老师本人；2013 年秋，我争取到了一次来北外访学的机会，在老师的门下学习了半年；2014 年秋，我正式成为老师的一名博士生，终于在 10 年后找到了"学海"中的明灯。

在读博期间，张老师一直鼓励我选择更合适的研究题目。在 2013 年备考时提交的资料中，我计划用生态批评理论研究柯尔律治，老师评价"基本合格"；2014 年入学不久，研究计划改用后殖民视角，老师担心素材不足；2015 年，到了准备选题的时候，研究内容又改为想象力的政治指涉，老师认为不够新颖；2016 年，我提议选用科幻文学的视角，老师和郭栖庆教授都对可行性提出质疑；2017 年开题时，我计划将科学试验方法套用到柯尔律治的诗歌创作过程上，老师又告诫我不要机械；到了 2018 年 4 月我第一次报告本文的第一章时，老师才舒了一口气，鼓励我继续做下去；2018 年 10 月预答辩后，老师督促我要在总体与部分之间反复来回地修改。没有老师的一次次提醒、更正，我的论文可能会惨不忍睹。

　　老师对我的指导既有上述宏观的方面，更有具体的方面。2013年访学即将结束的时候，老师审阅了我的访学论文，要我注意"的"字的用法；2016年，我写了一篇短文，老师亲手为我改了两稿，为我示范如何为每一段结尾，如何在结尾做到余音绕梁；2017年，我在翻译一句诗歌注释时错将限定定语当作非限定定语，老师及时指出了错误，还要我加强汉语译文的流畅度；2018年预答辩后，老师执笔为我修改摘要，提炼观点句；老师在研讨课上反复强调，解读诗歌要力争严谨，不要模仿"脑洞大开"式的解读；要在心里形成一套评判标准，自己的稿子通过了这个标准才能拿出来；甚至连学生在研讨课上做的报告，老师也要我们注意内容的编排、速度、时长、声调、眼神等细节。老师细心且量体裁衣式的指导增加了我做研究的信心和能力，为我铺设了一条学术的道路。

　　我更要感谢审阅开题报告和预答辩稿的三位专家：郭栖庆教授、陶家俊教授、章燕教授，他们的意见让我的思路逐渐成熟。郭老师高瞻远瞩，他在选题阶段为我概述了学界对这一话题的看法，在开题报告阶段指出理论部分薄弱的问题，在预答辩阶段对原主标题的合理性进行了质疑。陶老师的西学功底深厚，熟谙哲学概念，他也曾研究过柯尔律治的晚年思想。陶老师建议我研究这位诗人的思想时要力求全面，前、后期的思想都要照顾到。到了预答辩阶段，陶老师帮我将研究对象进一步提炼成"光"，将我引向有意忽视掉的宗教观。章老师是英国浪漫派诗歌、诗学、美学方面的专家，她告诫我做论文时不要生搬硬套，不能为了谈科学而牺牲掉了浪漫派特有的美。章老师聚焦到预答辩稿的细节，建议我调篇章顺序，从而理顺了篇章之间的逻辑，让主要观点自然地浮现出来。答辩的时候，我还有幸请到了余石屹教授和赵国新教授，二位老师在一些关键的细节方面提供了重要的修改意见。五位专家代表了学界的声音，他们的观点就像三个参照物，构成了一幅地貌图；有了这幅图，我才敢大幅调整开题报告中的计划，选择一条大家都认可的路线。

　　我还要感谢我的同门：陈浩然、吴晓梅、王冬菊、吴远林，还有挚友曹玉辉。陈浩然涉猎比我广泛，在选题的时候为我提供了许多宝贵的信息；吴晓梅对学术文章的质量具有独特的敏锐度，火眼金睛，她多次为我文章的立意把关；师姐王冬菊潜心研究华兹华斯多年，从她身上我第一次近距离领略到了浪漫派研究者的思想图景；博士后吴远林在听完我的报告后多次提供了宝贵的反馈，还打电话教我如何在文章结尾升华；我的邻居张旸不厌其烦地听我在宿舍讲论文、排练汇报，给我提意见，鼓励我。曹玉辉是复旦大学的西方哲学博士，他为我校审了文稿的摘要和绪论，及时更正了一些误译的哲学术语。

　　魔鬼住在细节里。导师评判文章的基本标准就是看诗歌细读得好不好；家父读完我第一篇公开发表的文章后也提醒我："只有细节才抓人"；柯尔律治称赞牛顿的《光学》论证得"工整、完美，从中归纳出的语言即时而准确"。这也是我在撰写本书过程中时刻遵循的基准理念。